新校注 伊勢物語

片桐洋一
田中まき 著

和泉書院

目次

凡例

一、本書は、藤原定家天福二年書写の『伊勢物語』百二十五章段に、ある時期の『伊勢物語』の本文と認められる別の十九章段を附録として加えて本文とし、頭注に語釈や和歌の他出などを掲出したものである。

一、通行の『伊勢物語』百二十五章段の本文は、『伊勢物語全読解』（和泉書院刊）と同じく、三条西実隆が定家の天福二年本を忠実に書写したという学習院大学日本語日本文学科蔵本を底本とさせていただいた。使用を許可いただいた当局・関係者の方々に心から御礼申しあげる。

一、附録とした十九章段の本文は、「補充章段」として、宮内庁書陵部蔵阿波国文庫旧蔵本、天理図書館蔵伝為家筆本、国立歴史民俗博物館蔵伝為家筆本によって補い、それぞれの章段の末尾に（　）に入れて、その底本を示した。なお、章段番号の下の（A）、（B）…（S）などの記号は、『伊勢物語に就きての研究（補遺篇）』に付された記号を参考に掲げたものである。

一、本文は読解の便をはかって、左のような校訂を加えた。

①章段番号を付し、段落を整え、句読点、会話表示を加えたほか、適宜、漢字をあてた。また、漢字は通行の字体に統一した。

②清濁を表示し、歴史的仮名遣いに統一した。底本の用字は本文の右傍に付記した。一方、読みを示す必要のある場合は、本文の右傍に（　）に入れて付記した。また、底本にない語を本文に補った場合は、右傍に×を付して、その文字が底本に本来なかったことを示した。

（例）昔《むかし》、男《おとこ》有りけり。　蔦《つた》・かへ《え》では茂《しげ》り　春宮《（とうぐう）》の御息所《みやすん》と申しける時

③重点（反復記号）「ゝ」「〱」は仮名や漢字に改め、漢字の反復の場合は「々」に改めた。

一、作中の和歌には、その下に（　）に入れて、通し番号を付した。

一、頭注には、適宜、語釈・語法等の解説を施し、＊を付して、和歌の他出を示した。なお、他出和歌の番号は『新編国歌大観』によった。ただし、素寂本業平集には、五一に明らかな歌の欠落があるため、その歌にも番号を付し、それ以降一つずつ番号をずらして表記した。

一、巻末には、勘物と奥書、解題、関係系図、関係年表、和歌各句索引、語彙索引を付した。

第一段

昔《むかし》、男《おとこ》、[1]初冠《うゐかうぶり》して、奈良《なら》の京、春日《かすが》の里《さと》に、[2]しるよしして、狩《かり》にいにけり。その里《さと》にいと[3]なまめいたる女《をんな》はらからすみけり。この男《おとこ》かいまみてけり。思《おも》ほえず、[4]ふる里《さと》にいと[5]はしたなくてありければ、心地《ここち》まどひにけり。男《おとこ》の着《き》たりける狩衣《かりぎぬ》の裾《すそ》を切《き》りて、歌《うた》を書《か》きてやる。その男《おとこ》、[6]しのぶずりの狩衣《かりぎぬ》をなむ着《き》たりける。

[7]春日野《かすがの》の若紫《わかむらさき》のすり衣
しのぶの乱《みだ》れかぎりしられず
（一）

となむ[8]おひ《をい》つきていひやりける。[9]ついでおもしろきことともや思ひけん。

[10]みちのくのしの《忍》ぶもぢずりたれゆゑ《へ》に

1 元服・叙爵（初めて従五位下に叙せられること）の両説があるが、「かうぶりす」の例は、例外なく「元服」の意。
2 領有する縁で。領地のある関係で。
3 若々しく魅力的な姉妹。
4 古びた里。今は都ではなく、古い里に過ぎないところ。
5 「はしたなし」は不似合い。古びた里に不似合いな美しい姉妹がいたので、男は魅惑されてしまった。
6 詳細は不明だが、陸奥国信夫郡産のプリント生地。「摺る」は型木の上に布をあて、染料をすりつける染め方。
7 ＊新古今集恋一・九九四・業平。古今六帖第五・三三〇九・作者名無。在中将集七七。素寂本業平集六二。
8 底本には「をいつきて」とあり、本来の仮名遣いはわからないが、垣間見されていることに気付いて奥へ入ろうとする女を、追いかけるように歌を贈った意と解し、「追（お）ひつきて」とするのが妥当であろう。
9 歌を贈った折の手筈を女が趣のあることとでも思ったのだろうか。以下、いわゆる草子地（語り手のコメント）。
10 ＊古今集恋四・七二四・河原左大臣。第四句「みだれむと思ふ」。ただし、古今集でも本阿弥切・元永本などには「みだれそめにし」とある。古今六帖第五・三三一二・作者名無。素寂本業平集六三。

乱《みだ》れそめにし我ならなくに　（二）

といふ歌《うた》の[11]心ばへなり。昔《むかし》人は、かく[12]いちはやきみやびをなんしける。

第二段

昔《むかし》、男《おとこ》有りけり。[1]奈良《なら》の京は離《はな》れ、この京は人の家まだ定《さだ》まらざりける時に、西《にし》の京に女ありけり。その女、世人にはまされりけり。その[2]人、かたちよりは心なんまさりたりける。[3]ひとりのみもあらざりけらし。それをかの[4]まめ男《をとこ》、[5]うち物語《ものがた》らひて、かへりきて、[6]いかが思ひけん、時は三月《やよひ》のついたち、[7]雨《あめ》そほ《を》ふるに、やりける。

[8]おきもせず寝《ね》もせで夜《よる》をあかしては
[9]春の物とてながめくらしつ　（三）

11　「心ばへ」は「心延へ」。心(意味)が発展すること。(一)の「春日野の」の歌が(三)の本歌の心を発展させたものである、と説明しているのである。
12　激しい。激烈な。

1　奈良の都を離れ、平安京への遷都(七九四)から年月を経ていない時。実在の業平(八二五―八八〇)の活躍時期より四、五十年前のこととして設定。
2　その女は容姿より心が勝っていた。表面的なものより内面的なものを重んずる作者の価値観が表されている。
3　この女に目をつけて通って来る男は一人ではなかったようだ。
4　一途な男。「まめ」はその人だけを愛し続ける誠実さをいう。
5　ちょっと世間話をして。契りを結ぶ段階まで進んでいるわけではない。
6　「やりける」に続く。男はすっかり魅了されて「どう思ったのだろうか」、後朝の文のような歌を詠んで贈った。
7　「そほふる」は「そぼつ」と同根で、「しょぼしょぼ降る」意。
8　＊古今集恋三・六一六・業平。新撰和歌第四・二四〇。古今六帖第一・四五七・業平。同第五・二五九三・業平。在中将集七。素寂本業平集五五。
9　「長雨」は「春の物」だから「眺め」も当然だと思って「眺め暮らした(物思いに耽って過ごした)」。

第三段

昔《むかし》、男《おとこ》ありけり。懸想《けさう》じける女のもとに、[1]ひじき藻《も》といふものをやるとて、

[2]思ひあらば[3]むぐらの宿《やど》に寝《ね》もしなん
[4]ひしきものには袖《そで》をしつつも　（四）

[5]二条の后《きさき》の、まだみかどにもつかうまつりたまはで、[6]ただ人にておはしましける時のこと也。

1 海藻のひじき。第八十七段の「海松（みる）」の場合でもわかるように、海藻は当時甚だしく珍重されていた。
2 ＊大和物語百六十一段。大和物語では二条の后の歌としている。
3 「むぐら（葎）」は、蔓性の雑草の総称。「むぐらの宿」は葎が生い茂った住まい。身分の低い人の住まいというイメージを持つ。
4 「ひしきもの」は「引敷物」の約か。「ひじきも」字余りを避けた処置であろう。「ひじきも」を詠み込んだ物名歌。
5 藤原長良の娘で清和天皇の后の高子。勘物（117頁）・系図三参照。
6 普通の人。皇族に対して、臣下の身分の人。

第四段

昔《むかし》、[1]東《ひんがし》の五条に大后《おほきさい》の宮おはしましける、西《にし》の対《たい》にすむ人有りけり。[2]それを本意《ほい》にはあらで、心ざしふかかりける人《ひと》ゆきとぶらひけるを、正《む》月の十日ばかりのほどに、ほかにかくれに

3　第四段

1 東五条の皇太后の宮は、左大臣藤原冬嗣の娘で仁明天皇の后、文徳天皇の母、順子のこと。系図三参照。
2 西の対に住む人をもともとの意志ではなくて、しだいに愛情深く慕うようになった男が訪ねて行ったが。すでに入内の予定のある高子（二条の后）との関係を想像させる書き方。

けり。ありどころは聞《き》けど、[3]人の行《い》き通《かよ》ふべき所にもあらざりければ、なほ《猶》憂《う》しと思ひつゝなんありける。
[4]又の年《とし》の正月《むつき》に、梅《むめ》の花ざかりに、去年《こぞ》を恋《こ》ひて行《い》きて、立《た》ちて見、ゐて見、見れど、去年《こぞ》に似《に》るべくもあらず。うち泣《な》きて、あばらなる[5]板敷《いたじき》に、月のかたぶくまでふせりて、去年《こぞ》を思ひいでてよめる。

[6]月やあらぬ春や昔の春《はる》ならぬ
わが身ひとつはもとの身にして　（五）

とよみて、夜のほのぼのとあくるに、泣《な》く泣くかへりにけり。

第五段

昔《むかし》、男《おとこ》有りけり。東《ひんがし》の五条わたりに、いと忍《しの》びて行《い》きけり。
みそかなる所なれば、門《かど》よりもえ入《い》らで、[1]わらはべのふみあけ

3　普通の人が通って行くことのできる所ではないというのは、宮中を暗示している。

4　次の年。翌年。

5　建具、障子、屏風、几帳など、調度の類を取りはずしてある板の間。

6　「月は去年の月ではないのか。春は去年の春ではないのか。我が身ひとつだけはもとの身のままで」と詠んで、変わらぬはずの月や春までが変わってしまったと疑われるほどに状況が変わったことを愁嘆しているのである。
＊古今集恋五・七四七・業平。古今六帖第五・二九〇四・業平。在中将集三七。素寂本業平集三四。

1　「わらはべ」は「わらは（童）」とは異なり、雑用に従う下級の使用人のこと。男女を問わず用いる。

たる[2]ついひぢの崩《くづ》れよりかよひけり。人《ひと》しげくもあらねど、度《たび》かさなりければ、あるじ、聞《き》きつけて、その通《かよ》ひ路《ぢ》に、夜ごとに人を据《す》ゑて守《まも》らせければ、行《い》けども、えあはで帰《かへ》りけり。[3]さて、よめる。

　[4]人知《ひとし》れぬわが通《かよ》ひ路《ぢ》の[5]関守《せきもり》は
　宵〳〵《よひ〳〵》ごとに[6]うちも寝《ね》ななん　（六）

とよめりければ、[7]いといたう心やみけり。[8]あるじゆるしてけり。

[9]二条の后《きさき》に忍《しの》びて参《まゐ》りけるを、世の聞《き》こえありければ、[10]兄人《せうと》たちの守《まも》らせたまひけるとぞ。

第六段

昔《むかし》、男《をとこ》ありけり。[1]女のえ得《う》まじかりけるを、年《とし》を経《へ》て[2]よばひわたりけるを、[3]からうして盗《ぬす》み出《い》でて、いとくらきに来《き》けり。

2　「ついひぢ（築土）」は土塀のこと。土手のように土を積み上げて固めた塀。
3　「さて」は「そのようにして」。そのようにして（行ったけれども会えなくて、人を介して）歌を届けた。
4　他人には知られていない私だけの通い路。＊古今集恋三・六三二・業平。在中将集四七。素寂本業平集四二。
5　関所の番人。通い路の見張り番。
6　少しうとうとしてほしい。「うち」は「ちょっと」「軽く」という意の接頭語。「な」は完了の助動詞「ぬ」の未然形。「なん」は未然形に続いて「～してほしい」意の願望の終助詞。
7　女はとてもひどく心を悩ませた。
8　「あるじ」はその邸の主人。第四段によれば大后の宮のこと。男が通って来ることを邸の主人が許したというのは現実にはあり得ないことで、物語的虚構というほかない。
9　以下、後人の補注的語り。
10　二条の后の兄、藤原国経・基経。系図三参照。

1　自分のものにできそうにない女を。
2　「よばふ」は「求婚する」意。「呼ばふ」（男が女を呼び続ける）から転じた。
3　「からくして」の音便。やっとのことで。

[4]芥川《あくたがは》といふ河を率《ゐ》て行《い》きければ、草の上《うへ》に置《を》きたりける露《つゆ》を、[5]「かれは何《なに》ぞ」となん男《おとこ》に問《と》ひける。ゆくさき多《おほ》く、夜もふけにければ、鬼《おに》ある所とも知《し》らで、神さへいといみじう鳴《な》り、雨《あめ》もいたうふりければ、[6]あばらなるくらに、女をば奥《おく》に押《を》しいれて、男《おとこ》、弓《ゆみ》・[7]やなぐひを負《お》ひて、戸口《とぐち》にをり。はや夜もあけなんと思ひつつゐたりけるに、鬼《おに》はや一口《ひとくち》に喰《く》ひてけり。[8]「あなや」といひけれど、神なる騒《さは》ぎに、え聞《き》かざりけり。やうやう夜も明《あ》けゆくに、見れば率《ゐ》て来《こ》し女もなし。[9]足《あし》ずりをして泣《な》けども、かひなし。

[10]白玉《しらたま》か何《なに》ぞと人の問《と》ひし時
[11]つゆと答《こた》へて消《き》えなましものを　（七）

[12]これは、二条の后《きさき》の、[13]いとこの女御の御もとに、[14]仕《つか》うまつるやうにてゐたまへりけるを、かたちのいとめでたくおはしけれ

4　兄たちが参内の途中に二条の后を見つけて取り返したと後文にあることから、古来、「芥川」は都の中の塵芥を捨てる川だとか大内裏の御溝水のことだとする説があったが、摂津の国三島郡芥川（現在の大阪府高槻市）のこと。
5　「かれ」は遠称の指示代名詞。露も知らない高貴な女が「あれは何？」と男に尋ねたのである。
6　中に物があまりなく、すかすかしている倉。第四段5参照。
7　「やなぐひ（胡籙）」は、矢を入れて背負う道具。
8　感動詞「あな」に間投助詞「や」がついた形。女の悲鳴。
9　「足ずり」は、悔しさ、腹立たしさのあまり、地面に倒れ転がって足をばたばたさせる動作。立ったまま地団駄を踏むことではない。
10　＊新古今集哀傷・八五一・業平。新撰和歌第四・三六〇。
11　「あれは露ですよ」と答えて私自身も露のように消えてしまったらよかったのに。「な」は完了の助動詞「ぬ」の未然形。「まし」は反実仮想の助動詞。
12　ここまで述べてきたことは、以下の事実をもとに物語にしたものという。
13　藤原良房の娘明子。染殿の后。二条の后と従姉妹関係。系図三参照。
14　女房に準ずるような形で二条の后が染殿の后の邸にいたという。

ば、盗《ぬす》みて負《お》ひて出《い》でたりけるを、御兄人[15]《せうと》堀河《ほりかは》の大臣《おとゞ》・太郎国[16]《たらうくに》経《つね》の大納言、まだ下﨟[17]《らう》にて、内へ参《まゐ》りたまふに、いみじう泣《な》く人あるを聞《き》きつけて、とゞめて取《と》り返《かへ》したまうてけり。[18]それを、かく鬼《おに》とはいふなりけり。まだいと若《わか》うて、[19]后《きさき》のたゞにおはしける時とや。

第七段

昔《むかし》、男《おとこ》ありけり。京にありわびて[1]、あづまに行《い》きけるに、[2]伊《い》勢・尾張《おはり》のあはひの海《うみ》づらをゆくに、浪のいとしろく立《た》つを見て、

[3]いとゞしく[4]過《す》ぎゆく方《かた》の恋《こひ》しきに
うらやま《山》しくもか[5]へる浪《なみ》かな

となむよめりける。

15 藤原基経。藤原長良の息で二条の后の兄。叔父の良房の養子となり、早く昇進し、大臣になって、「堀河のおとど」と呼ばれた。系図三参照。
16 二条の后の長兄藤原国経。
17 「下﨟（げらふ）」は「上﨟」に対する語。特定のポストについての経験が浅い人をいう。
18 ここから後の叙述（二条の后の兄たちが参内の途次に后を取り返したということ）が事実で、それをこのように鬼だと言って、仮相の形で語ったのだと解説している。
19 二条の后が女御になる前の「ただ人」であった時のことであるよ。

1 「ありわぶ」は「生活しているのがつらくなる」意。
2 伊勢と尾張（をはり）の国境あたりの海辺
3 ＊後撰集羇旅・一三五二・業平。
4 「過ぎゆく方」は場所を表す場合と時間を表す場合があるが、ここは懐旧の念を消しがたいというのが主眼で、過ぎ去った都での時間を懐かしがっている。
5 「かへる」は一旦定まった状態が元に復すること。波立ってもすぐ元に返ることをうらやましがって、過去の都での生活に戻りたがっている気持ちを表す。

第八段

昔《むかし》、男《おとこ》有りけり。[1]京や住《す》みうかりけん、あづまの方にゆきて、住《す》み所求《もと》むとて、[2]ともとする人一人二人《ひとりふたり》してゆきけり。[3]信濃《しなの》の国《くに》、[4]浅間《あさま》の嶽《たけ》に、けぶりの立《た》つを見て、

[5]信濃《しなの》なる浅間《あさま》のたけに立《た》つ煙
をちこち人の見やはとがめぬ

第九段

昔《むかし》、男《おとこ》ありけり。その男《おとこ》、身を[1]えうなきもの《物》に思ひなして、「京にはあらじ。あづまの方に住《す》むべき国求《くにもと》めに」とて、ゆきけり。もとより友とする人一人二人《ひとりふたり》して行《い》きけり。道知《みちし》れる人もなくて、まどひ行《い》きけり。[2]三河《みかは》の国《くに》、[3]八橋《やつはし》といふ所にいたり

1　都が住みづらかったのだろうか。
2　第九段に「もとより友とする人一人二人」とあり、ここも「供とする人」ではなく「友とする人」の意。
3　現在の長野県。東山道を行く東下りの異伝が語られている。
4　長野県と群馬県の境にある活火山。
5　浅間山の噴煙は遠近どこにいる人にも見咎められる。自分の燃ゆる想いも見咎められ、思うようにならず情けない状態に終わってしまったと嘆いている。「やは」は反語。＊新古今集羇旅・九〇三・業平。素寂本業平集一〇三。

1　「えうなし」の仮名遣いに従うと、「要なき」だが、「要なし」の用例はない。「用(よう)なし」は「役に立たない」意。
2　現在の愛知県東部。
3　愛知県知立市に「八橋」の旧跡とされる庭園があるが、江戸時代に作られたもの。そこから遠くない刈谷市の小堤西池に天然記念物にもなっているカキツバタの群落がある。ここに特定はできないが、当時からこのあたりがカキツバタの名所であった可能性は高い。

ぬ。そこを八橋《やつはし》と言《い》ひけるは、水ゆく河の[4]蜘蛛手《くもで》なれば、橋《はし》を八《や》つわたせるによりてなむ八橋《やつはし》と言《い》ひける。その沢《さは》のほとりの木のかげに[5]おりゐて、[6]かれいひ食《く》ひけり。その沢《さは》に、[7]かきつばた、いとおもしろく咲《さ》きたり。それを見て、ある人のいはく、[8]「かきつばたといふ五文字《いつもじ》を句《く》の上《かみ》に据《す》ゑて、旅《たび》の心をよめ」と言《い》ひければ、よめる。

[9]から衣きつつなれにしつましあれば
はるばるきぬる旅《たび》を[10]しぞ思ふ　（一〇）

とよめりければ、みな人、かれいひの上《うへ》に涙《なみだ》落《お》として[11]ほとびにけり。

ゆきゆきて、[12]駿河《するが》の国《くに》にいたりぬ。[13]宇津《うつ》の山にいたりて、わが入《い》らむとする道《みち》は、いと暗《くら》う細《ほそ》きに、[14]蔦《つた》・かへ《え》では茂《しげ》り、物心細《ぼそ》く、[15]すずろなるめを見ることと思ふに、修《す》行者あひたり。

4 蜘蛛の手足のように八方に広がっている様子をいう。
5 馬から降りて座って。
6 旅中の携帯食料。飯を干したもの。湯または水をかけ軟らかくして食べる。
7 アヤメ科の多年草。湿地に群生し、五月上旬から下旬にかけて紫色の花を付ける。
8 か・き・つ・は・たの五文字を和歌の各句の頭に置いて。折句にして。
9 「から衣」は「着る」にかかる枕詞。「なれ（馴れ―萎れ）」「つま（妻―褄）」「はるばる（遥々―張々）」「き（来―着）」は掛詞。「から衣」「着」「萎れ」「褄」「張る」は縁語。＊古今集羇旅・四一〇・業平。新撰和歌第三・一九八。古今六帖第六・三八〇六・業平。在中将集八〇。素寂本業平集三三。
10 「～しぞ思ふ」は熟語的表現で、「しみじみと思う」意。
11 「ほとぶ」は「ふやける」意。旅の苦しさをそのまま表現するのではなく、涙でふやけると言って、あえてオーバーな表現を用いて滑稽化している。
12 現在の静岡県中央部。
13 静岡市駿河区宇津ノ谷と藤枝市岡部町岡部坂下の境に位置する海抜一七〇メートルの小さな峠だが、東海道の難所。
14 「つた・かづら」が本来の形か。
15 思いもかけないひどいめに遭う。

「かかる道《みち》は、いかでかいまする」と言《い》ふを見れば、見し人《ひと》なりけり。「京にその人の御もとに」とて、文書《ふみか》きてつく。16

17駿河《するが》なる宇津《うつ》の山べのうつつにも
夢《ゆめ》にも人にあはぬなりけり

（二）

富士《ふじ》の山を見れば、18五《さ》月のつごもりに、雪いと白《しろ》う降《ふ》れり。

19時知《し》らぬ山は富士《ふじ》の嶺《ね》いつとてか
鹿《か》の子《こ》まだらに雪《ゆき》の降《ふ》るらん

（三）

その山は、20ここにたとへば、比叡《ひえ》の山を二十《はたち》ばかり重《かさ》ねあげたらんほどして、なりは21塩《しほ》じりのやうになんありける。

なほ《猶》ゆきゆきて、22武蔵の国《くに》と23下総《しもつふさ》の国《くに》との中に、いと大《おほ》きなる河あり。それを24隅田《すみだ》河と言《い》ふ。その河のほとりに群《む》れゐて、25思《おも》ひやれば、「限《かぎ》りなく遠《とを》くも来《き》にけるかな」と26わびあへるに、渡守《わたしもり》、「はや舟《ふね》に乗《の》れ。日も暮《く》れぬ」と言《い》ふに、乗《の》りて、渡《わた》ら

16　「つく」は「託す」こと。
17　＊新古今集羇旅・九〇四・業平。類歌に、古今六帖第二・八三八・作者名無「するがなるうつのを山のうつつにも夢にもみぬに人のこひしき」、西本願寺本忠岑集三八「するがなるうつつのやまのうつつにもゆめにもきみをみてややみなむ」がある。
18　旧暦（太陰暦）の五月末は、太陽暦では七月上旬頃。
19　＊新古今集雑中・一六一六・業平。古今六帖第一・六七・作者名無。在中将集六六。素寂本業平集一四。
20　「ここ」は京都。物語が京都で語られていたことを示している。
21　「しほじり」は、海浜で製塩する時に用いる砂山だというが、未詳。
22　現在の東京都、埼玉県、神奈川県にまたがる国。
23　現在の千葉県北部と茨城県南西部にわたる国。
24　現在の隅田川は東京都の中央区と江東区の間を流れており、武蔵の国と下総の国の間を流れていた川は旧江戸川。いずれも利根川の下流で、往時は荒川や江戸川も一つの流れであったらしい。
25　都の方へ思いを馳せると。
26　つらいと思い合っている。嘆き合っている。

んとするに、みな人、物わびしくて、京に思ふ人なきにしもあらず。さる折《をり》しも、白《しろ》き鳥《とり》の嘴《はし》と脚《あし》と赤《あか》き、鴫《しぎ》の大《おほ》きさなる、水《みづ》の上《うへ》に遊《あそ》びつつ《ゝ》、魚《いを》を《ゝ》喰《く》ふ。京には見えぬ鳥《とり》なれば、みな人、見知《し》らず。渡守《わたしもり》に問《と》ひければ、「これなん[27]みや《宮》こどり」と言《い》ふを、聞《きゝ》きて、

[28]名にしおはば《ゞ》いざ言《事》とはむみや《宮》こ鳥
[29]わが思《おも》ふ人はありやなしやと

とよめりければ、舟こぞりて泣《な》きにけり。　（三）

第十段

昔《むかし》、男《おとこ》、武蔵の国《くに》までまどひ[1]ありきけり。さて、その国《くにゝ》にある女をよばひけり。父《ちゝ》は異人《[2]こと》にあはせむと言《い》ひけるを、母《はゝ》なんあてなる[3]人に心つけたりける。父《ちゝ》は直人《[4]なおびと》にて、母《[5]はゝ》なん藤原《ふぢはら》な

27　ユリカモメのこととするのが通説。
28　都鳥という名を背負っているのなら（都のことはよく知っているはずだから）、さあ、尋ねてみよう。＊古今集羇旅・四一一・業平。新撰和歌第三・一四。古今六帖第二・三四・業平。在中将集八二。素寂本業平集三五。
29　私が思いを寄せているあの人は健在でいるか否かと。

1　「まどふ（惑ふ）」はどうしてよいか困惑すること。試行錯誤すること。
2　当該の男と違うほかの人。
3　高貴な人。家柄のよい人。
4　「直人（なほびと）」は「あて人」の反対。普通の家柄の人。
5　国司となって赴任した藤原氏が現地の妻に生ませた女であろう。

りける。さてなん、あてなる人にと思ひける。この[6]婿《むこ》がねによみてお《を》こせたりける。住《す》む所なむ、[7]入間《いるま》の郡《こほり》みよし野《の》の里《さと》なりける。

[8]みよし野《の》の[9]たのむの雁《かり》も[10]ひたぶるに
君《きみ》が方《た》にぞ寄《よ》ると鳴《な》くなる　（一四）

むこがね、返し、

[11]わが方に寄《よ》ると鳴《な》くなるみよし野《の》の
たのむの雁《かり》をいつか忘《わす》れん　（一五）

となむ。[12]人の国《くに》にても、なほ《猶》[13]かかることなんやまざりける。

第十一段

昔、男《おとこ》、東《あづま》へゆきけるに、友だちどもに、道《みち》より言《い》ひお《を》こせける。

6 婿の候補者。婿になるべき人。
7 現在の埼玉県川越市の西方あたりか。
8 ＊続後拾遺集恋三・八〇〇・読人不知。古今六帖第六・四三八〇。在中将集一四。素寂本業平集三八。
9 諸本「たのむの雁」とするが、「たのも(田面)」でなければ意が通じない。「む」の草体「无」と「も」の草体「尤」を混同したと考えることもできるが、「む」と「も」は発音上通ずる面があり、「田の面(たのも)の雁」と「頼むの雁」を掛けて、東国的な雰囲気を出そうとしたとも見られる。
10 他のことを考えずにひたすらに。田の面にふさわしい「ひた(引板)」(鳴子のこと)を掛ける。
11 ＊続後拾遺集恋三・八〇一・業平。古今六帖第六・四三八一。在中将集一五。素寂本業平集三九。
12 他国。都のある山城の国以外の国。
13 「かかること」は「女を『よばふ』こと」。色好みを中心とする雅(みやび)がやまなかったのである。

[1]忘《わす》るなよ[2]ほどは雲ゐになりぬとも
空《そら》ゆく月のめぐりあふまで　（一六）

第十二段

昔《むかし》、男《おとこ》有りけり。人のむすめを盗《ぬす》みて、[1]武蔵野《むさしの》へ率《ゐ》てゆくほどに、[2]盗《ぬす》人なりければ、[3]国《くに》の守《かみ》にからめられにけり。女をばくさむらの中《なか》に置《を》きて、逃《に》げにけり。道来《みちく》る人《ひと》、「[4]この野は、盗《ぬす》人あなり」とて、火つけむとす。女、わびて、

[5]武蔵野《むさしの》は今日《けふ》はな[6]焼《や》きそ[7]若草《わかくさ》の
つまもこもれり我《われ》もこもれり　（一七）

とよみけるを聞《き》きて、女をばとりて、ともに率《ゐ》て往《い》にけり。

1　＊拾遺抄雑下・五二八・橘忠幹。拾遺集雑上・四七〇・橘忠幹。素寂本業平集一二三。伊勢物語の中で特に新しい作として古来問題にされてきた。
2　相互の距離が雲の居る所のように遠いものになってしまっても。

1　現在の東京都・埼玉県に神奈川県の一部を含めた広大な野。多摩川流域から荒川流域に及ぶ。
2　黙って人の娘を連れて行ったことを「盗人」と表現。
3　武蔵の国の国守に捕らえられたという結論を先に記し、その過程を次に具体的に記す。
4　この野には盗人がいるようだ。
5　＊古今集春上・一七・読人不知。初句「春日野は」。古今集の初句の地名を「武蔵野」に替えて作られた章段。
6　焼かないで。「な〜そ」は禁止の語法。
7　「若草の」は「つま」の枕詞。「つま」は「女」をいう場合が多いが、ここは「夫」をいう。

第十三段

昔、武蔵なる男《おとこ》、京なる女のもとに、「[1]きこゆれば、[2]はづかし。きこえねば、くるし」と書《か》きて、[3]上書《うはが》きに「[4]むさしあふみ」と書《か》きておこせてのち、音《をと》もせずなりにければ、京より女、

武蔵鐙《むさしあぶみ》[5]さすがにかけてたのむには
とはぬもつらし[6]とふもうるさし[7]

とあるを見てなむ、堪《た》へ難《がた》き心地しける。

[8]問《と》へば言《い》ふ問《と》はねばうらむ武蔵鐙《さしあぶみ》
[9]かかる折《おり》にや人《ひと》は死《し》ぬらん

（一八）

（一九）

第十四段

昔《むかし》、男《おとこ》、[1]陸奥国《みちのくに》、[2]すずろにゆきいたりにけり。そこなる女、

1　お手紙を差し上げるとなると。

2　気が引ける。身の置きどころがない。

3　手紙の表書きに。包み紙がある場合はその表紙に。なければ手紙をたたんだ外側、すなわち紙背に。

4　武蔵の名産である「武蔵鐙（あぶみ）」に掛けて、「武蔵逢ふ身」すなわち「自分は武蔵の国で他の女と結婚する身」だと現状報告した。

5　「そうは言うものの（武蔵で結婚されたとは聞くものの）」の意の「さすがに」に「刺鉄（さすが）」を掛ける。「かけて」は「心に掛けて」と「鐙を掛けて」を掛ける。「刺鉄」「かけ」は「鐙」の縁語。

6　「つらし」は「つれないと恨む」意。

7　「うるさし」は「やっかいだ」「迷惑だ」。

8　「問へば『うるさし』と言ふ」の略。

9　こういう進退窮まって悩む折。「かかる」も「鐙」の縁語。

1　「陸奥（みちのく）」は「道の奥」の約。東海道・東山道の奥。現在の福島県・宮城県・岩手県・青森県にあたる。

2　目的もなしに。何となく。

3　萬葉集巻十二・三〇八六「なかなかに人とあらずは桑子にもならましものを

京の人《ひと》はめづらかにやおぼえけん、切《せち》に思《おも》へる心なんありける。

さて、かの女、

[3]なか《中》〳〵に恋に死《し》なずは[4]桑子《くはこ》にぞ
なるべかりける[5]玉《たま》の緒《を》ばかり　（二〇）

[6]歌《うた》さへぞひなびたりける。[7]さすがにあはれとや思《おも》ひけん、行《い》きて寝《ね》にけり。

夜深《ぶか》く出《い》でにければ、女、

夜も明《あ》けば[8]きつにはめなで[9]くたかけの
[10]まだきになきて[11]せなをやりつる　（二一）

と言《い》へるに、男《おとこ》、「京へなんまかる」とて、

[12]栗原《くりはら》の[13]あね《れ》はの松の人ならば
都《みやこ》のつとにいざと言《い》はましを　（二二）

と言《い》へりければ、よろこぼひて、「思《おも》ひけらし」とぞ言《い》ひをり

玉の緒ばかり」の異伝もしくは改作。「なかなかに」は打消の語と呼応して、「中途半端に〜しないで」「かえって〜しないで」の意。

4　蚕のこと。蚕は雌雄一対ずつ同じ繭にこもると考えられていた。

5　玉に通した緒は玉と玉の間が短いので、短い時間の喩え。

6　人柄はもとより歌までも田舎ふうで洗練されていない。「ひなび」は「ひなぶ」の連用形。「みやび」の反対。

7　そうは言うものの。

8　「きつ」は「水槽」の意の奥羽方言。「はめなで」は「はめなん」の誤写か方言で、「投げ込んでしまおう」の意。古くは「きつ」を「狐」、「はめなで」を「食わせてしまおう」と解し、中世・近世の絵巻や絵本には狐が描かれている。

9　「くたかけ」は底本の行間勘物に「東国之習、家ヲクタト云。家鶏也」とあるが、「くた」は「朽つ」と同根。「かけ」は鶏の鳴き声を擬して生まれた方言であろう。

10　その時期でないのに早くも。

11　女から愛する男を言う語。上代の東国方言であったか。

12　古今集東歌・一〇九〇「をぐろさきみつの小島の人ならば都のつとにいざといはましを」の改作であろう。

13　底本天福本に「あれは」とあるが、「あねは」に改めた。現在も宮城県栗原市金成に何代目かの「姉歯の松」がある。

ける。

第十五段

昔《むかし》、陸奥国《みちのくに》にて、1なでふ《う》ことなき人の妻《め》にかよひけるに、あやしう、2さやうにてあるべき女ともあらず見えければ、

3しのぶ山しのびてかよふ道もがな《哉》
人の心の奥《おく》も見るべく　（二三）

女、限《かぎ》りなくめでたしと思《おも》へど、4さるさがなき5えびす心《ごころ》を見てはいかがはせんは。

第十六段

昔《むかし》、1紀有常《きのありつね》といふ人有りけり。2三《み》代《世》のみかどにつかうまつりて、3時にあひけれど、のちは、世かはり、時うつりにければ、

1　何というほどのこともない平凡な人妻。語り手の評価であって「男」の立場からの評価ではない。
2　陸奥で「なでふことなき人の妻」であるべき女ではないように思えたので。
3　＊新勅撰集恋五・九四二・業平。古今六帖第二・八六六・作者名無。「しのぶ山」は東北本線福島駅の北に見える信夫山。同音反復で「忍びて」を導く枕詞。「人の心の奥」は道の奥（陸奥）の女という意を響かせているのであろう。
4　都会的で文化的な洗練された姿勢に欠けることをいう。
5　「えびす（蝦夷）」は「えみし」が「えみす」「えびす」と転じた語。奥羽地方に住み、大和朝廷に服従しなかった人たちを異民族視して言った。「えびす心」は雅（みやび）とは縁の遠い、洗練されていないセンスのこと。

1　勘物（116頁）、系図二参照。
2　仁明（八三三-八五〇）・文徳（八五〇-八五八）・清和（八五八-八七六）の三代の天皇。
3　時勢に合って栄えていたのだが。

世のつねの人のごともあらず。人がらは心うつくしく、あてはかなることをこのみて、こと人にもにず。まづしくへても、なほ《猶》、昔《むかし》よかりし時の心ながら、よのつねのことも知《し》らず。

年《とし》ごろあひなれたる妻《め》、やう〳〵[4]とこはなれて、つひ《ゐ》にあまになりて、あねのさきだちてなりたるところへゆくを、男《おとこ》、[5]まことに[6]むつましきことこそなかりけれ、[7]「いまは」とゆくを、いとあはれと思ひけれど、まづしければ、するわざもなかりけり。おもひわびて、ねむごろにあひ語《かた》らひけるともだちのもとに、「かう〳〵。『いまは』とてまかるを、[8]なにごとも、いささかなることもえせでつかはすこと」とかきて、おくに、

[9]手をりてあひ見し事をかぞふれば
[10]と《お》をといひつつよつはへにけり　（二四）

かのともだち、これを見て、いとあはれと思ひて、[11]夜《よる》の物まで

4　寝所を共にしなくなって。夫婦の関係が疎遠になって。
5　「まことに」は「真言に」の意で、文脈指示語として用いられる場合は「先刻述べたように」の意。ここでは「とこ（床）はなれて」と前述されていたことをいう。
6　「むつましきことこそなかりけれ」は「それほど愛し合う間柄ではなくなっていたが」という意。
7　今はお別れの時。
8　何ごとも、ちょっとしたことさえもしてやれずに出て行かせること（が心残りです）。
9　指を折って夫婦として共に過ごした年数を数えてみると。＊在中将集六九。素寂本業平集二。
10　一般には四十年と解しているが、一条兼良の『伊勢物語愚見抄』、荷田春満の『伊勢物語童子問』などは十四年説をとっている。「年ごろあひなれたる妻」とある「年ごろ」という表現も四十年ではふさわしくない。
11　昼の衣はもちろん夜着まで。

お《を》くりてよめる。

[12]年だにもとを《お》とてよつはへにけるを
いくたびきみをたのみきぬらん　（二五）

かくいひやりたりければ、

[13]これやこのあまの羽《は》衣[14]むべしこそ
きみが[15]みけしと[16]たてまつりけれ　（二六）

よろこびにたへで、又、

[17]秋やくるつゆやまがふとおもふまで
あるは涙のふるにぞ有りける　（二七）

第十七段

[1]年ごろお《を》とづれざりける人の、さくらのさかりに見にきたりければ、[2]あるじ、

12　＊続千載集恋四・一五三九・業平。在中将集七〇。素寂本業平集一一。

13　＊素寂本業平集一二。「あまの羽衣」は天人が着る「天の羽衣」と尼が着る衣の意の「尼の羽衣」を掛けている。紀有常が、友達の男（物語の主人公で業平らしき人物）ではなく、尼になった妻に贈った歌と見るべきである。

14　「むべしこそ」は「なるほど」「道理で」の意の「むべ」に、強意の助詞の「し」と「こそ」が加わった形。

15　着物の敬称。お召し物。御衣装。

16　「たてまつる」は謙譲語ではなく、ここは「着る」の尊敬語。「みけし」や「たてまつる」という語を用いて、あえてオーバーな表現にしている。「天人」ならぬ「尼人」である妻に冗談めかして言った歌と見られる。

17　これも有常の歌だが、こちらは友達に対して感謝の気持ちを詠んだ歌。＊新古今集雑上・一四九八・有常。

1　通行本の伊勢物語中、「昔…」で始まらない唯一の章段。

2　「あるじ」は男とも女とも解せるがおそらく女であろう。5参照。

[3]あだなりと名《な》にこそたてれ桜花[4]
年にまれなる人もまちけり　（一八）

返し、

[5]今日《けふ》こずはあすは雪とぞふりなまし
きえずはありとも花と見ましや　（一九）

第十八段

昔《むかし》、[1]なま心ある女ありけり。男《おとこ》ちかう有りけり。女、[2]うたよむ人なりければ、心見むとて、[3]菊《きく》の花のうつろへるを折りて、男《おとこ》のもとへやる。

[4]くれなゐ《紅》ににほふはいづら白雪の
枝もとををに降《ふ》るかとも見ゆ　（二〇）

[5]男《おとこ》知《し》らずよみによみける。

3　「あだ」は「変わりやすい」「浮気っぽい」こと。「名にた(立)つ」は「評判になる」こと。＊古今集春上・六二・読人不知。在中将集二。素寂本業平集二。
4　桜の花が「年にまれなる」客人を待っているのである。
5　「たまたま今日来たから、えらそうなことが言えるのだ。もう一日遅れていたら、どうなったか知れたものじゃない」という言い方は、浮気男が女に居直った物言いで、男同士のたわぶれ的な挨拶ではない。＊古今集春上・六三・業平。古今六帖第六・四二〇・業平。在中将集三。素寂本業平集三。

1　接頭語「なま」がついた形。「生半可に風流心がある女」という意。
2　男が歌を詠む人であったので。
3　当時は白菊が寒さのために赤く変色してゆくのを好んで賞美したが、色変わりした菊の花を用いて、男の移ろいやすい心を皮肉ったのである。
4　「にほふ」は色づくこと。「とををに」は「たわわに」の意。やや古い表現。歌全体の意は「白ばくれていらっしゃるが、色めいたお心はどこ。それを見せなさいよ」と言っているのである。
＊素寂本業平集六七。
5　男は相手の女の意図をわざと気づかないような顔をして詠んだ。

くれなゐ《紅》にゝほふが上《うへ》の[6]白菊《しらぎく》は
[7]折《お》りける人の袖《そで》かとも見ゆ　（三一）

第十九段

昔、男《おとこ》、宮仕《づか》へしける女の方に、[1]ごたちなりける人を[2]あひ知《し》りたりける、ほどもなく離《か》れにけり。同《おな》じところなれば、女の目《め》には見ゆるもの《物》から、男《おとこ》は「あるもの《物》か」とも思ひたらず。女、

[3]天《あま》雲のよそにも人のなりゆくか
さすがに目《め》には見ゆるもの《物》から　（三二）

とよめりければ、男《おとこ》、返し、

[4]天雲《あまぐも》のよそにのみしてふることは
わがゐる山の風はやみなり《也》　（三三）

6 非定家本の「白雪は」に従うべきか。
7 下句も難解。まるで折ったあなたの袖のように思われますね。あなたの袖も、白の下に紅の色めいた心を隠しているのでしょう。

1 「ごたち（御達）」は本来、皇后・皇太后など高貴な女性に仕える上級の女房のことを言った。
2 「あひ知る」はお互いに知り合うこと。深い関係になること。
3 *古今集恋五・七八四・業平。新撰和歌第四・二八四。在中将集五二。素寂本業平集一九。「あま雲のよそ」は雲のように遠く離れている所をいう。
4 *古今集恋五・七八五・業平。在中将集五三。素寂本業平集二〇。「わがゐる山」は「私が居ついている山」。みずからを「雲」に喩えて、「風が激しいので、雲が山にかかれない」と言っているのである。

とよめりけるは、また《又》、男《おとこ》ある人となんいひける。[5]

第二十段

昔《むかし》、男《おとこ》、大和《やまと》にある女を見て、よばひて[1]あひにけり。さて、程《ほど》へて、[2]宮仕《づか》へする人なりければ、[3]帰《かへ》り来《く》る道《みち》に、やよひばかりに、かへ《え》でのもみぢのいとおもしろきを折りて、女のもとに道《みち》より言《い》ひやる。

[4]君がため手折《たお》れる枝は春ながら
かくこそ秋のもみぢしにけれ　（三四）

とてやりたりければ、返り事は京に来着《きつ》きてなん持《も》て来《き》たりける。

[5]いつの間《ま》にうつろふ色のつきぬらん
君《きみ》が里《さと》には春なかるらし　（三五）

5　以下、草子地。と男が詠んだのは、その女が、またほかに通う男がいる人だからだと世間の人々が言っていた。

1　「あひにけり」は第九十五段の末尾の「この歌にめでて、あひにけり」と同じく結婚したことをいう。
2　男は宮仕えする人だったので。「宮仕へ」は愛情を阻害するものとして描くのがこの物語の特徴である。第二十四段・第六十段・第八十四段参照。
3　京に帰って来る道中で。
4　＊玉葉集恋四・一六二四・業平。「あなたのために手折った枝は、春でありながら、このように秋と同様、紅葉していることですよ」と詠んで、別れの辛さで流す私の血の涙がかかって紅葉しているると言っているのである。現在でも、種類によっては、春や夏の間から色づいている楓があるが、そのような品種であったのか、あるいは突然変異ともいうべき病葉（わくらば）であったのだろうか。
5　「いつの間にこの楓の紅葉のように色変わりする気配がついたのでしょうか。あなたの里には春がなくて、秋（飽き）ばかりらしいですね」と詠んで、男の歌を切り返したのである。

第二十一段

昔《むかし》、男《おとこ》、女、いと[1]かしこく思ひかはして、[2]異《こと》心なかりけり。さるを、いかなる事かありけむ、いささかなることにつけて、[3]世の中をうしと思ひて、出《い》でていなんと思ひて、かかる歌《うた》をなんよみて、[4]物に書《か》きつけける。

[5]出《い》でていなば心かるしと言《い》ひやせん
世のありさまを人は知《し》らねば　（三六）

とよみお《を》きて、出《い》でていにけり。

この女かく書《か》きお《を》きたるを、「[6]けしう、[7]心お《を》くべきこともおぼえぬを、なにによりてかかからむ」と、いといたう泣《な》きて、いづかたにもとめゆかむと、門《かど》に出《い》でて、と見、かう見、見けれど、いづこを[8]はかりともおぼえざりければ、帰《かへ》り入《い》りて、

1　ここの「かしこく」は程度の甚だしい意を表す副詞的用法。心をこめて。深く。
2　「異心」は「他の人に浮気する気持ち」。
3　女が二人の間柄を嫌だと思って。
4　紙に書いたのではないということがわかるように、わざわざ「物に」と言っている。障子や壁などに直接書きつけたのだろう。
5　私が出て行ったならば、軽率だと人は言うかもしれない。二人の間の実情を他人は知らないので。＊古今六帖第四・二四七一。古今六帖の作者名表記には「なりひら或本」とあり、こう詠んで出て行ったのを主人公の男と見る説もあるが、出て行って「心かるし」と非難されるのは女のほうで、この歌は女の歌と見るべきであろう。
6　形容詞「けし（異し、怪し）」の連用形、中止法。変だ。おかしい。
7　「心おくべきこと」は「心に隔てを置かねばならないこと」。
8　「はかり」は「目当て」「見当」。
9　愛する甲斐もない間柄であったことよ。私はこの年月を無駄な契りをして暮らしてきたのだろうか。

9思ふかひなき世なりけり年月を
あだに契《ちぎ》りて我やすまひし　（三七）

10と言《い》ひて、ながめをり。

11人はいさ思ひやすらん玉かづら
面影《おもかげ》にのみいとゞ見えつゝ　（三八）

この女、いとひさしくありて、12念《ねむ》じわびてにやありけん、言《い》ひお《を》こせたる。

13今はとて忘《わす》るゝ草の種《たね》をだに
人《ひと》の心にまかせずもがな《哉》　（三九）

返し、

14忘れ草植《う》う《ふ》とだに聞《き》く物ならば
思ひけりとは知《し》りもしなまし　（四〇）

又々《〱》、15ありしよりけに言《い》ひかはして、男《おとこ》、

10　独りでぼんやりと物思いに耽りながら右の歌を口ずさんでいる。

11　出て行った女は、ひょっとして、私のことを思っているのだろうか。この頃、今まで以上に面影が何度も見えるのだが…。これも男の歌。「玉かづら」は通常「掛け」に続くが、この場合は「面影」の「影」に「掛け」が掛けられ、「影」を導く枕詞。面影として見えるのは相手が自分のことを思ってくれているのだろうかという発想は、「夢」の場合と同様、当時の人の普通の発想である。＊新勅撰集恋五・九五〇・読人不知。類歌に「人はよし思ひやむとも玉葛影に見えつつ忘らえぬかも」（萬葉集巻二・一四九・倭大后）がある。

12　辛抱し切れなくなったせいであろうか。

13　今はお別れと言ってそのまま忘れてしまう忘れ草の種だけは、あなたの心に蒔かせたくありません。別れても忘れないでほしいと、女が未練たっぷりに言って来たのである。＊新勅撰集恋四・八七九・読人不知。

14　私を忘れようとして忘れ草を植えているということだけでも聞くことがあるなら、今までは思ってくれていたことが確認できるでしょうに。＊続後撰集恋五・九六二・業平。

15　以前より一層。次の（四一）の歌の「ありしよりけに物ぞかなしき」の表現をそのまま地の文にしている。

16　古今集恋四・七一八・読人不知の歌「忘れなむと思ふ心のつくからにありしよりけにまづぞ恋しき」（元永本、第五句「ものぞかなしき」）を、離れた女がもう自分を忘れてしまっているだろうという歌に改作したもの。＊新古今集恋五・一三六二・読人不知。

17　中空に浮かんでいる雲のように、山へ戻ることもなく、我が身ははかなく消えてゆくことですよ。＊新古今集恋五・一三七〇・読人不知。

18　それぞれの結婚生活をするようになったので、疎遠になってしまった。

1　つらい結婚生活でしたが、あなたを忘れることができませんので、一方で怨みながらも、一方ではやはり恋しく思われますよ。＊新古今集恋五・一三六三・読人不知。

16忘《わす》るらんと思ふ心の疑《うたが》ひに
ありしよりけに物ぞかなしき　（四一）

返し、

17中空《ぞら》に立《た》ちゐる雲《くも》のあともなく
身のはかなくもなりにけるかな　（四二）

とは言《い》ひけれど、18お《を》のが世々になりにければ、うとくなりにけり。

第二十二段

昔《むかし》、はかなくて絶《た》えにけるなか、なほや忘《わす》れざりけん、女のもとより、

1うきながら人をばえしも忘《わす》れねば
かつうらみつつなほぞ恋《こひ》しき　（四三）

と言《い》へりければ、「[2]さればよ」と言《い》ひて、男《おとこ》、

[3]あひ見ては心ひとつを河島《かはしま》の
水の流《なが》れて絶《た》えじとぞ思ふ　（四四）

[4]とは言《い》ひけれど、その夜いにけり。いにしへゆく先《さき》のことども
など言《い》ひて、

[5]秋の夜の千夜《ちよ》を一夜《ひとよ》になずらへて
八千夜《やちよ》し寝《ね》ばやあく時のあらん　（四五）

返し、

[6]秋の夜の千夜《ちよ》を一夜《ひとよ》になせりとも
言葉《ことば》残《のこ》りて鶏《とり》や鳴《な》きなん　（四六）

いにしへよりもあはれにてなむかよひける。

2　そうであろうよ。だから言わぬことではない。前段と同じく女の方から離れて行ったのだろう。それで男は「さればよ」と言ったのである。

3　「あひ見る」は「男女が互いに見る」つまり「夫婦になる」意。私は結婚したうえは、河の中の島のように、傍らを水が絶えず流れて、絶えないようにしようと思っているのですよ。＊続後撰集恋三・八三七・業平。

4　男は「さればよ」と言って、「私は結婚した限り、『絶えじ』と思っていたのに、あなたが離れて行ったのです」と皮肉をきかした歌を詠んだけれども、女のもとに出かけて行ったので、「とは言ひけれど」と記したのであろう。

5　古今六帖第四・一九八七・作者名無(第四・五句「やちよしねなばこひはさめなん」)にも採られている古歌を改作して利用したのであろう。「なずらへて」は「同じものに見なして」の意。長い秋の夜の千夜を一夜に見なして、八千夜も共寝したなら、もう満足だと思う時があるでしょうか。

6　長い秋の夜の千夜を一夜にしたとしても、愛の睦言は言い尽くせないまま、夜明けを告げる鶏が鳴いてしまうでしょう。もっと話していたいと言っているのである。＊続古今集恋三・二五七・読人不知。

第二十三段

昔《むかし》、[1]ゐなかわたらひしける人の子ども、[2]井のもとに出《い》でて、あそびけるを、おとなになりにければ、男《おとこ》も女も、はぢかはしてありけれど、男《おとこ》は、この女をこそ得《え》めと思《おも》ふ。女は、この男《おとこ》をと思《おも》ひつつ、[3]親《おや》のあはすれども、聞《き》かでなんありける。

さて、この隣《となり》の男《おとこ》のもとより、かくなん。

[4]つつ井つのゐづつに[5]かけしまろがたけ
過《す》ぎにけらしな妹《いも》見ざる間《ま》に　（四七）

女、返し、

比《くら》べ来《こ》しふりわけ髪《がみ》も肩過《かたす》ぎぬ
[6]君《きみ》ならずして誰《たれ》かあぐべき　（四八）

[7]など言《い》ひ言ひて、つひに[8]本意《ほい》のごとくあひにけり。

1　「ゐなかわたらひしける人」は「田舎で生計を立てている人」。地方官とする説があるが、国司クラスではなく、その土地でずっと生活している郡司以下をイメージしなければなるまい。いずれにしても、実在の在原業平に付会して解釈するのは適当でない。

2　井戸のそば。

3　女の親が結婚させせようとするけれども。

4　非定家本系や別本の肖柏本・時頼本・最福寺本・真名本などでは「つゝゐづゝ」とある。底本の「つゝゐつの」も「筒井筒の」の約と見るのが自然であろうが、ここでは「井筒」の枕詞的役割を果たしている。「井筒」は井戸の周りに作った筒型の枠。

5　「かけし」の「かく」は「願を懸ける」意。井桁の高さを越したら結婚しようと、井桁に願を懸けていたのである。

6　あなた以外の誰が髪上げをすることができるでしょうか。あなたと結婚するための髪上げでなくては誰も私の髪上げを強いることはできません。

7　ここには一組の贈答歌しかないが、「など」とあることから、何度もやりとりがあったことを表している。

8　「本意」は本来の意志。かねての望み通りに夫婦となった。

9　生活の頼りがなくなるままに。当時は女の親が生活の面倒を見るのが普通であったから、親が死んだので、男の世話を十分にできなくなった。

10　共に生活して、みじめな状態でおられようか。「いふかひなし」は、「口に出して言うだけの価値がない」という意から発展して、「何の値打ちもない」「ふがいない」状態を表す。

11　「かうちの国」は「河内(かはち)の国」、現在の大阪府東部。「高安の郡」は大阪府八尾市東部。

12　庭の植え込み。

13　念入りに化粧して、物思いに耽りながら、ぼんやり外を眺めて。

14　「風吹けば沖つ白浪」は「立つ」を導く序詞。「たつ」は「白浪立つ」の「立つ」と「龍田山」の「龍」の掛詞。「龍田山」は生駒山地の最南端、奈良県三郷町と大阪府柏原市の間の山地の古名。＊古今集雑下・九九四・読人不知。元永本・俊成建久本は第五句「ひとりゆくらん」。以下も第五句同。新撰和歌第四・二五九。古今六帖第一・四三六・かぐやまのはなのこ。同第二・八五七・かごのやまのはな子。大和物語百四十九段。

15　「かなし」は「いとおしい」意。

16　奥ゆかしげにうわべを作っていたが。「心にく」は「心にくし」の語幹。

17　「いひがひ」は「飯匙」「飯を掬うしゃもじ」。

さて、年ごろふるほどに、女、親《おや》なく、[9]たよりなくなるままに、「[10]もろともに、いふかひなくてあらんやは」とて、[11]河内《かうち》の国《くに》、高安《たかやす》の郡《こほり》に、行《い》き通《かよ》ふ所、出《い》で来《き》にけり。さりけれど、この元《もと》の女、「あし」と思《おも》へるけしきもなくて出《い》だしやりければ、男《おとこ》、「異《、と》心ありて、かかるにやあらむ」と思ひうたがひて、[12]前栽《せんざい》の中に隠《かく》れゐて、河内《かうち》へいぬる顔《かほ》にて見れば、この女、いと[13]ようけさうじて、うちながめて、

[14]風吹《ふ》けば沖《おき》つ白《しら》浪たつた山
夜半《は》にや君がひとりこゆらん　(四九)

とよみけるを聞《き》きて、かぎりなく[15]かなしと思ひて、河内へも行《い》かずなりにけり。

まれまれかの高安《たかやす》に来《き》て見れば、はじめこそ[16]心にくもつくりけれ、いまはうちとけて、てづから[17]いひ《ゐ》がひとりて、[18]けこのう

つは《わ》物にもりけるを見て、心うがりて、行《い》かずなりにけり。さりければ、かの女、大和《やまと》の方を見やりて、

[19]君があたり[20]見つつををらん[21]生駒《いこま》山
雲《くも》な隠《かく》しそ雨は降《ふ》るとも　（五〇）

といひて、[22]見出《い》だすに、からうして、[23]大和人《やまと》、「来《こ》む」といへり。よろこびて待《ま》つに、たびたび過《す》ぎぬれば、

[24]君こむといひし夜ごとに過《す》ぎぬれば
たのまぬもの《物》の恋《こ》ひつつぞふる　（五一）

と言《い》ひけれど、[25]男《おとこ》住《す》まずなりにけり。

第二十四段

[1]昔《むかし》、男《おとこ》、片田舎《かたゐなか》に住《す》みけり。男《おとこ》、「宮仕《づか》へしに」とて、別《わか》れ惜《お》しみてゆきにけるままに、[2]三年《とせ》来《こ》ざりければ、待《ま》ちわびたり

18 「けこ」は「家子」。妻子・召使など家に属する小者。眷属。
19 直接的か間接的かわからないが、萬葉集巻十二・三〇三二「君があたりみつつもをらむ生駒山雲なたなびき雨はふるとも」を利用して作った歌であろう。＊新古今集恋五・一三六九・読人不知。
20 「見つつを」の「を」は間投助詞。「を(居)らん」は「控えていよう」の意。
21 河内の国と大和の国の境、現在の東大阪市と奈良県生駒市の県境にある生駒山地の主峰。
22 ぼんやりと外を眺めていると。
23 大和の国の人。主人公の男。
24 あなたが来ようとおっしゃった夜が、その夜ごとに過ぎてしまったので、もうあてにはしていないけれど、恋い慕いながら過ごしております。＊新古今集恋三・一二〇七・読人不知。
25 男は通い住みすることがなくなってしまった。
1 広本系や別本、また定家本でも「昔、おとこをんな」となっている本がある。その方が、次に一方を特定して、「男、宮仕へしに」とあるのには続きやすい。
2 令の戸令にある夫が「外蕃ニ没落シテ…三年帰ラザル時」は他の男と結婚してよいという条文と関係づけて解

けるに、[3]いとねむごろに言《い》ひける人に、「今宵《こよひ》あはむ」と契《ちぎ》りたりけるに、この男《おとこ》、来《き》たりけり。「この戸《と》あけたまへ」とたたきけれど、あけで、歌《うた》をなんよみて出《い》だしたりける。

[4]あらたまの年の三年《とせ》を待《ま》ちわびて
ただ今宵《こよひ》こそ新枕《にゐまくら》すれ　（五二）

と言《い》ひ出《い》だしたりければ、

[5]あづさ弓《ゆみ》ま弓つき弓年をへて
わがせしがごと[6]うるはしみせよ　（五三）

と言《い》ひて、いなむとしければ、女、

[7]あづさ弓引《ひ》けど引《ひ》かねど昔より
心は君《きみ》によりにしもの《物》を　（五四）

と言《い》ひけれど、男帰《おとこかへ》りにけり。

女、いとかなしくて、しりに立《た》ちて追《を》ひゆけど、え追《を》ひ《い》つか

釈する説があるが、ここは宮仕えのために片田舎から都へ行ったのであって、外蕃へ行ったわけではないから誤り。

3 たいそう心をこめて求婚して来た人に。

4 「あらたまの」は「年」にかかる枕詞。「年」と「三年」が重複しているが、語調を整えるための表現。＊続古今集恋四・三二〇・読人不知。

5 「あづさ弓」は梓の丸木、「ま弓」は檀(まゆみ)の丸木、「つき弓」は槻の丸木で作った弓。神楽歌の「弓といへば品なきものを梓弓ま弓槻弓品も求めず」のことばを借りて、「つき弓」の「槻」に「月」を掛け、「年」に続けた序詞。

6 「うるはし」は非の打ちどころがなく完璧なことをいう。「うるはしみす」は「最高に待遇する」意。完璧な夫婦関係を築くようにと言っている。

7 「梓弓」は「引く」の枕詞。「引く」と「寄り」は「弓」の縁語。あなたが手もとに引いても引かなくても。あなたの御意志は別として。類歌に「梓弓引きみゆるべみ思ひみてすでに心は寄りにしものを」(萬葉集巻十二・二九八六)や「梓弓末のたづきは知らねども心は君に寄りにしものを」(萬葉集巻十二・新番号二九九八)などがあり、萬葉集の時代からあった弓にまつわる伝承歌の改変であろう。＊新勅撰恋四・八七一・読人不知。続後撰集恋三・八二三・読人不知。いずれも第二句「ひきみひかずみ」。

で、清水《し》のある所にふしにけり。そこなりける岩《いは》に、[8]およびの
血《ち》して書《か》きつけける。

[9]あひ思《おも》はで離《か》れぬる人をとどめかね
わが身は今ぞ消《き》えはてぬめる　（五五）

と書《か》きて、そこに[10]いたづらになりにけり。

第二十五段

昔《むかし》、男《おとこ》有りけり。「[1]あはじ」とも言《い》はざりける女の、さすがなりけるがもとに言《い》ひやりける。

[2]秋の野にささ分《わ》けし朝《あさ》の袖よりも
あはで寝《ぬ》る夜ぞひちまさりける　（五六）

[3]色好《この》みなる女、返し、

[4]みるめなきわが身をうらと知《し》らねばや

8 指の血で。
9 お互いに思い合えないで離れて行く人を留めかねて、私の身は今まさに消え果ててしまいそうです。
10 空しくなってしまった。死んでしまった。

1 「結婚する気なんかない」とも言わない女で、とは言うものの、「結婚しよう」ともしない女。「の」は「〜で〜」というように同格を表す。「さすがなり」は、「そうは言うものの〜だ」というように上述のことと反対の意を表す。
2 露が多く置いている秋の篠を分けて濡れながら帰宅した時の袖よりも、会わずに独り寝している夜の方が涙で袖は濡れまさっております。＊古今集恋三・六二二・業平。第一句「あきぎりに」、第四句「あはでこしよぞ」。古今六帖第一・五五七・作者名無。同第五・三〇三七・業平。第三句「つゆよりも」。在中将集五一。素寂本業平集一五。
3 「あはじとも言はざりける女の、さすがなりける」状況を物語作者が「色好み」ととらえたとも考えられるが、小町の歌を付加したために「色好みなる女」と記したのであろう。
4 「みるめ」は海藻の「海松布」と「男が女を見る機会」の意の「見るめ」を掛ける。「うら」は「浦」と「憂し」の「う」を

かれなで海人《あま》の足《あし》たゆく来る　（五七）

第二十六段

昔《むかし》、男《おとこ》、[1]五条わたりなりける女をえ得ずなりにけることと、わびたりける、[2]人の返り事《ごと》に、

[3]おもほえず袖にみなとのさわ《は》ぐかな《哉》
もろこし舟のよりしばかり《許》に　（五八）

第二十七段

昔、男《おとこ》、女のもとに一夜《ひと》行《い》きて、又も行《い》かずなりにければ、女の、手洗《あら》ふ所に、[1]貫簀《ぬきす》をうちやりて、[2]盥《たらひ》のかげに見えけるを、[3]みづから、

[4]我ばかり《許》物思ふ人は又もあらじと

掛け、「かれ」は海松が「枯れ」と男女が「離れ」の意を掛ける。なお、「海松布」「浦」「枯れ」「海人」は縁語である。「知らねばや」は「あなたが（私の憂き状態を）御存じないからか…」の意。＊古今集恋三・六二三・小野小町。古今六帖第五・三〇三三・小町。小町集二三。

1　「五条わたりなりける女」と言えば、第四・五段と同じの女のこと。
2　自分のものにできなかった女から、あきらめていたのに、思いもかけず届けられて来た歌に対する返歌。
3　まったく予想もしないあなたのお慰めのお言葉をいただいたばかりに、私の涙はあふれ出て、袖にできた湊に、唐土の大きな舟が来たように浪が立ち騒いでいることですよ。＊新古今集恋五・一三五八・読人不知。

1　「貫簀」は細く切った竹を糸で編んだ簀。手を洗う時、盥の水が飛び散らないよう簀で半分蓋をしたまま洗うが、ここは男が来ないのでヒステリックに放り出すように側に置いたのである。
2　盥の水に女の影が見えたのを。
3　映っている影の本人が詠む。
4　私ほど恋の苦しみに悩む人はほかにあるまいと思っているると、なんと水の下にもいたことであるよ。

思《おも》へば水の下《した》にも有りけり　（五九）

とよむを、来《こ》ざりける男《おとこ》、立《た》ち聞《き》きて、

[5]みなくちに我や見ゆらんかはづさへ
水の下《した》にてもろごゑになく　（六〇）

第二十八段

[1]昔《むかし》、色好《いろこの》みなりける女、出《い》でていにければ、

など[2]てかくあふごかたみになりにけん
水もらさじと[3]むすびしものを　（六一）

第二十九段

昔《むかし》、春宮《とうぐう》[1]の女御の御方[2]の花の賀[3]に、召《め》[4]し預《あづ》けられたりけるに、

[5]花にあかぬなげきはいつもせしかども

5　盥の水の端に私が見えているでしょうか。蛙さえも水の下で雌雄声を合わせて鳴いています。私も恋に苦しんで、水の下であなたと声を合わせて泣いているのですよ。「みなくち」は田へ水を入れる口。

1　広本系では「昔、いろこのみなる女、いでゝいにければ、いふかひなくて、おとこ」となっていて、歌の作者が男であることがよくわかるが、底本の場合も、冒頭を「昔、男ありけり。その男」の省略形と見ればこのままでも問題はない。
2　「あふごかたみ」は「会ふ期難み」と「朸(天秤棒)・筐」を掛ける。
3　「(契りを)結ぶ」と「(水を)掬ぶ(手ですくう)」を掛ける。

1　「春宮の女御」は皇太子の母の女御。
2　「御方」は高貴な女性のいる所。
3　「賀」は四十歳から十年毎に年寿を祝う通過儀礼。「花の賀」は桜が咲く頃に催された賀の祝いであろう。
4　「召す」は貴人が呼び出すこと。
「預く」は処置を一任すること。賀宴の運営を一任されたのである。
5　「花にあかぬなげき」は、花に飽き

今日《けふ》の今宵《こよひ》に似る時はなし　（六二）

第三十段

昔《むかし》、男《をとこ》、[1]はつかなりける女のもとに、
[2]あふことは[3]玉《たま》の緒《を》ばかりおもほえて
つらき心の[4]ながく見ゆらん　（六三）

第三十一段

[1]昔、宮の内にて、ある[2]ごたちの局《つぼね》の前《まへ》をわたりけるに、[3]何《なに》のあたにか思ひけん、「[4]よしや、[5]草葉《くさ》よ、ならんさが見む」と言《い》ふ。男《をとこ》、
[6]罪《つみ》もなき人をうけへば忘れ草
おのが上《うへ》にぞ生《お》ふといふなる　（六四）

ることなく、もっと見ていたいというため息。＊新古今集春下・一〇五・業平。

1　わずかしか会えなかった女。
2　＊新勅撰集恋五・九九九・読人不知。
3　「玉の緒」は短い物の喩え。
4　あなたのつれないお心が、どうしてこんなに長く続くように見えるのだろうか。「つらし」は「つれない」「冷淡だ」の意。

1　「昔」に続く「男ありけり。その男」が省略されていて、「その男が局の前を素通りした時に」ということ。
2　「ごたち」は上級の女房。
3　「何の」は語り手の立場から問責の気持ちを籠めて疑問を呈した表現。「なんのつもりか」の意。「あた」は「讐仇(あたかたき)」の意。
4　「よしや」は「えい、ままよ」「もう、どうでもよい」という意。
5　私から離れてゆくあなたの本性をじっくり見ようと思っています。「草葉」の「ならんさが(そのようになるであろう本性)」は「枯(か)る」ことで、男が女のもとを「離(か)る」ことに通じる。
6　「うけふ」は「呪う」意。「忘れ草」は「相手に自分が忘れられる草」。罪のない人を呪うと、忘れ草があなたご自身の上に生えるということですよ。つまり「そんなことをしていると、あなた自身が忘れられますよ」という意。

と言《い》ふを、ねたむ女[7]もありけり。

第三十二段

昔《むかし》、物言《い》ひける[1]女に、年ごろありて、

　いにしへのしづのをだまき[2]くりかへし
　昔《むかし》を今になすよしもがな《哉》　（六五）

と言《い》へりけれど、何《なに》[3]とも思《おも》はずやありけん。

第三十三段

昔《むかし》、男《おとこ》、津《つ》[1]の国《くに》莬《む》原《ばら》の郡《こほり》にかよひける女、このたび[2]行《い》きては、又は来《こ》じと思《おも》へるけしきなれば、男《おとこ》、

　葦辺《あしべ》[3]より満《み》ち来《く》る潮《しほ》のいやましに
　君に心を思ひ×ますかな《哉》　（六六）

7　恨まれても、呪われても、しゃあしゃあとしている男をいまいましく思った女もこのようにいたのである。

1　男が関係を持った女に。
2　「しづ（倭文）」は日本古来の織物。「をだまき（苧環）」は「倭文」を織るための麻糸を丸く巻いた巻子（へそ）のこと。
3　何とも思わなかったのであろうか、返事はなかったのである。

1　現在の神戸市中央区の東部（旧生田川以東）から芦屋市の区域。第八十七段の「昔、男、津の国莬原の郡芦屋の里に、しるよしして、行きて住みけり」によって書かれたものであろう。
2　「今度都へ行くと、男は再び来ないだろう」と、察している様子なので。
3　夕刻になると、あの葦辺を通って徐々に満ちてくる潮のように、あなたに対する思いはますますまさってきていることですよ。「葦辺より満ち来る潮の」は「いやましに」を導く序詞。萬葉集巻四・六一七「葦辺より満ち来る潮のいや増しに思へか君が忘れかねつる」や新撰萬葉下・四九二「葦間より満ち来る潮のいやましに思ひ増せどもあかぬ君かな」などの類歌があり、これらの歌を利用したものであろう。

4 人に気付かれないような所で、ひそかに思っている私の心を、舟に棹さして遠くからいらっしゃるあなたに、どうして指し知ることができるでしょう。「こもり江」は「外海の激しい波から隠れるための入り江」。「さして」の「さす」は「棹さす」と「指す」の掛詞。＊続後撰集・恋一・六九四・読人不知。
5 底本は「ゐなか人の事」と記すが、「言」とすればよくわかる。
6 語り手が聞き手に「よい歌か、下手な歌か」と問いかけている文体。

返し、
[4]こもり江に思ふ心をいかでかは
舟さす棹《さほ》のさして知《し》るべき
[5]ゐなか人の言《事》にては、[6]よしや、あしや。

（六七）

1 「つれなかりける人」は、自分に反応を示さない冷淡な人。
2 率直な気持ちを言おうとすると、言い出せず、言わなければ胸の中が穏やかにおさまらず、結局、自分の心の中だけで溜息をついている今日この頃でありますよ。「言へばえに」は「言うとなると、言えず」という意。「に」は打消の助動詞の連用形。＊新勅撰集恋一・六三五・業平。素寂本業平集一〇八。
3 「おもなし」は「臆面もない」「鉄面皮だ」の意。「歌では言い出せないなどと言っているが、ずいぶん臆面もなく言ったようだ」と語り手が皮肉った。

第三十四段

昔《むかし》、男《おとこ》、[1]つれなかりける人のもとに、
[2]言《い》へばえに言《い》はねば胸《むね》に騒《さは》がれて
心ひとつになげくころかな《哉》
[3]おもなくて言《い》へるなるべし。

（六八）

1 そういうつもりではなかったのに、心ならずも、関係が切れてしまった人。

第三十五段

昔《むかし》、[1]心にもあらで絶《た》えたる人のもとに、

[2]玉の緒《を》を、[3]あわ緒《はお》に撚《よ》りて結《むす》べれば
絶《た》えての後《ち》も会《あ》はむとぞ思ふ
（六九）

第三十六段

昔、忘《わす》れぬるなめりと[1]問ひ言《ごと》しける女のもとに、
[2]谷せばみ峯まではへる玉葛《かづら》
[3]絶《た》えむと人にわが思《おも》はなくに
（七〇）

第三十七段

昔、男《おとこ》、[1]色好《この》みなりける女に会《あ》へりけり。[2]うしろめたくや思ひけん
[3]我ならで[4]下紐《したひも》解くな[5]あさがほの
[6]夕影《ゆふかげ》待《ま》たぬ花にはありとも
（七一）

2　＊新勅撰集恋五・九四八・読人不知。類歌に萬葉集巻四・七六三や古今六帖第五・三〇八・きの女郎の歌がある。「玉の緒」は玉を通す緒のことだが、ここでは「緒」の美称としての歌語。

3　底本には「あはお」とあるが、「あわ緒(を)」と校訂した。「あわ緒」は「分かれてしまったり、乱れてしまったりするルーズに撚った緒」。

1　「問ひ言」は「質問」。

2　「玉葛」は蔓草の総称。切れないで長く続くことを喩えた。萬葉集巻十四・三五〇七を利用した歌。

3　「絶えむ」が前にあるが、「人に絶えむとわが思はなくに」とある方がわかりやすい。「あなたと切れてしまおうなどと私は思いもしません」の意。

1　多情で浮気な女と夫婦の関係になっていた。

2　「うしろめたし」は、「気がかりだ」「心配だ」の意。ここは第四十二段と同じく、「自分が傍にいない時の女の浮気が心配だ」という意。

3　＊新勅撰集恋三・八二・業平。

4　「下紐解く」は、人から恋い慕われると、表からは見えない下裳・下袴などの紐が自然に解けるという俗信。

5　朝咲いて夕方までにしぼむ「あさがほ」に、すぐに心変わりする女を喩えて言った。

返し、
[7]二人《ふたり》して結《むす》びし紐《ひも》を一人《ひとり》して
会《あ》ひ見るまでは解《と》かじとぞ思ふ　（七二）

第三十八段

昔《むかし》、紀有常《きのありつね》が[1]り行《い》きたるに、[2]ありきて、[3]遅《をそ》く来《き》けるに、よみて、やりける。

[4]君により思ひならひぬ[5]世の中の
人はこれをや恋《こひ》といふらん　（七三）

返し、
[6]ならはねば世の[7]人ごとになにをかも
[8]恋とはいふと問ひし我しも　（七四）

6　「夕影」は夕方の太陽の光。
7　萬葉集巻十二・二九二九「ふたりして結びし紐をひとりしてあれは解きみじただにあふまでは」の改作か異伝の利用であろう。
1　「がり」は「人」を表す名詞や代名詞に付く接尾語。「…の所へ」。
2　歩行することだけではなく、移動することをいう。主語は紀有常。
3　有常が遅く帰って来た所に、主人公の男が詠んで贈った歌。自宅に帰ってから、有常邸に贈ったのであろう。
4　＊続古今集恋一・九四四・業平。「思ひならふ」は「慣れるように、自然に心に思う」こと。「あなた(有常)によって、待つ苦しみに慣れてしまいました」と言っているのである。
5　世間の人は、このように人を待つつらさを「恋」というのだろうか。
6　「ならはねば」の本義は「慣れていないので」「習熟していないので」。「あなたと違って、私はそのような『恋』に慣れていないので」と軽く皮肉を言っているのである。
7　世間の人の言葉では。
8　「問ひし」の「し」は、自分が経験した過去を表すとともに、相手も知っていることを前提にして言う。「何を『恋』というのかと、以前、あなたに質問したことのある私なのですよ」と言い返しているのである。

第三十九段

昔《むかし》、[1]西院《（さいゐん）》のみかどと申すみかどおはしましけり。そのみかどのみこ、[2]崇子《たかいこ》と申すいまそかりけり。そのみこうせ給ひて、[3]おほんはぶりの夜、その宮の隣《となり》なりける男《おとこ》、御はぶり見むとて、女[4]車《ぐるま》にあひ乗《の》りて、出《い》でたりけり。[5]いとひさしうゐて出《い》でたてまつらず。うち泣《な》きてやみぬべかりけるあひだに、[6]天《あめの》下《した》の色好《この》み源の至《いたる》といふ人、これも、物《の》見るに、この車《くるま》を、女車《ぐるま》と見て、寄《よ》り来《き》て、とかく[7]なまめくあひだに、かの至《いたる》、蛍《ほたる》をとりて、女の車《くるま》に入《い》れたりけるを、[8]「車《くるま》なりける人、この蛍《ほたる》のともす火にや見ゆらん。[9]ともし消《け》ちなむずる」とて、乗《の》れる男《おとこ》のよめる。

[10]出《い》でていなばかぎりなるべみともし消《け》ち

1　底本の行間勘物に「淳和天皇」とある。淳和天皇（七八六―八四〇）。在位は（八二三―八三三）は、桓武天皇の第三皇子。兄の嵯峨天皇のあとを継いで平安時代第四代の天皇となる。

2　同じく勘物に「崇子内親王、母橘船子、正四上清野女、承和十五年五月十五日薨」とある。十九歳で薨去。

3　「おほんはぶり（御葬）」はご葬送。

4　主人公の男が女車に女と共に乗って。「女車」は女性用の車。

5　「いと久しう率て出でたてまつらず」ということで、「とても長い時間、棺を外へお出し申しあげない」意。

6　「あめのした」は「天下」の訓読語。源至は嵯峨天皇の皇子である大納言源定の息。叙爵した仁寿元年（八五一）を仮に十五歳とすれば、崇子内親王の薨じた承和十五年（八四八）は十二歳の頃となり、この段の叙述は事実とは遠いものと言わざるを得ない。

7　「なまめく」は懸想めいたふるまいをすること。

8　車に乗っている女が、この蛍のともす火によって見られてしまうだろうと男が思った。

9　「灯火を消してしまおう」という意。「な」は完了の助動詞未然形。「むずる」は推量の助動詞連体形。

10　棺が出て行ったならば、すべてが終わりになるだろうから、出棺まで、

年へぬるかと泣《な》く声《こゑ》を聞《き》け　（七五）
かの至《いたる》、返し、
[11]いとあはれ泣《な》くぞ聞《き》こゆるともし消《け》ち
消《き》ゆる物とも我は知《し》らずな　（七六）
天下《あめのした》の色好《この》みの歌《うた》にては、なほ[12]《猶》ぞありける。至《いたる》は、[13]順《したがふ》が祖父《おほぢ》也。[14]みこのほいなし。

第四十段

昔、若《わか》き男《おとこ》、[1]けしうはあらぬ女を思ひけり。[2]さかしらする親《おや》ありて、「[3]思ひもぞつく」とて、この女をほかへ追《を》ひやらむとす。さこそいへ、まだ追《をい》ひやらず。人の子《こ》なれば、まだ心いきほ《お》ひなかりければ、留《とゞ》むるいきほ《お》ひなし。女もいやしければ、[4]すまふ力《ちから》なし。さる間《あひだ》に、思《おも》ひはいやまさりにまさる。にはか

この蛍の「ともし」を消して、「そんなにも長生きしたのか、いや、若く亡くなられたことよ」と言って泣いている人々の声を静かに聞いていなさい。＊在中将集・四二。素寂本業平集二六。

11 ほんとうにお気の毒。おっしゃるように泣いている声が聞こえます。蛍の火を消して、内親王様のお命まで消えるものだとは私は知らなかったよ。＊在中将集四三。

12 底本に「猶」とあるが、「直」の方がよい。「素直」「平凡」の意。

13 源順（九一一―九八三）。萬葉集の訓読と後撰集の撰進に従事。倭名類聚抄を編纂。

14 古来、諸説があり、「皇女崇子に対する本意（哀悼の意）は見られない」として、至の好色な振る舞いに対する語り手の非難と見る説などがあるが、「ほい」は「ほ（本）ハ」の誤写で、「この段が『みこ』（具平親王）の本にはない」とする後世の注記と見るべきであろう。

1 形容詞「けし」の連用形「けしく」のウ音便。「けしうはあらぬ」は「変だというわけではない」「悪くはない」という意。

2 利口ぶって口出しする親。

3 「もぞ」は懸念を表す。心ひかれては困る。恋慕の情を寄せたら大変だ。

4 抵抗する。断る。

に、親《おや》、この女を[5]追ひうつ。男《をとこ》、血《ち》の涙《なみだ》を流《なが》せども、留《とゞ》むるよしなし。率《ゐ》て出《い》でていぬ。男《をとこ》、泣《な》く泣くよめる。

[6]出《い》でていなば誰か別れの難《かた》からん
ありしにまさる今日《けふ》はかなしも　（七七）

とよみて、絶《た》え入《い》りにけり。親《おや》あわて《は》にけり。[7]なほ《猶》思ひてこそ言《い》ひしか、いとかくしもあらじと思《おも》ふに、しんじちに絶《た》え入《い》りにければ、[8]まどひて[9]願《（ぐわん）》立《た》てけり。今日《けふ》の[10]入相《いりあひ》ばかり《許》に絶《た》え入《い》りて、[11]又の日の戌《いぬ》の時ばかりになん、からうして[12]生《い》き出《い》でたりける。

昔《むかし》の若《わか》人は、さる[13]すける物思ひをなんしける。[14]今《いま》の翁《おきな》、まさにしなむや。

5　追ひ出す。放逐する。
6　女の方から出て行くのなら、誰が別れ難いことがあろうか。そうではないのだから、これまで以上に今日はいとおしく思われることよ。＊続後撰集恋三・八四〇。古今六帖第四・二三五六・作者名無。在中将集七四。素寂本業平集三。ただし、すべて初句は「いとひては」。伊勢物語も定家本以外の大半の本に「いとひては」とある。
7　親の立場からの行文。「それでもやはり、自分は子どものことを思って言ったのだ。まったく息が絶えるほどのことはあるまい」と思っていたのに。
8　「まどふ」は「あわてる」「うろたえる」意。
9　神仏に願を掛けて祈る。
10　「入相」は日没時。
11　翌日の戌の刻ぐらいに。「戌の時」は午後八時を中心とした二時間。すなわち午後七時から午後九時までの間。
12　「生き出づ」は蘇生する。
13　「すける」は動詞「好く」の命令形に完了の助動詞「り」の連体形が接続したもの。「好く」は恋愛を含めた風流事に熱中すること。
14　今の翁は、まさにこのような熱烈な恋の苦しみをするだろうか、いや、そんなことはしないだろうよ。この段は翁がみずからの若き日を回想して語る「翁語り」として書かれている。

第四十一段

昔、女はらから二人《ふたり》ありけり。[1]一人《ひとり》はいやしき男《おとこ》のまづしき、一人《ひとり》はあてなる男《おとこ》持《も》たりけり。いやしき男《おとこ》持《も》たる、しはすのつごもりに、[2]うへのきぬをあらひて、てづから[3]張《は》りけり。[4]心ざしはいたしけれど、[5]さるいやしきわざもならはざりければ、うへのきぬの肩《かた》を張《は》り破《や》りてけり。せむ方もなくて、ただ泣《な》きに泣《な》きけり。これを、かのあてなる男《おとこ》ききて、いと[6]心ぐるしかりければ、いときよらなる[7]緑衫《ろうさう》のうへのきぬを見いでて、やるとて、

[8]むらさきの色こき時は[9]めもはるに
野なる草木ぞ[10]わかれざりける　（七八）

[11]武蔵野《むさしの》の心なるべし。

1　姉妹の一人は身分の低い男で貧しい男を、一人は高貴な男を夫に持っていた。
2　袍。公事に着る衣冠束帯の上衣。
3　糊をつけて引っ張って干し、生地に張りを持たせる。
4　誠意は充分に尽くしたのだが。
5　そのような下賤な仕事に習熟していなかったので。
6　現代語と違って「気の毒だったので」の意。
7　「ろくさん（緑衫）」の転。六位の官人の着る袍。『令義解』六・衣服によれば、一位（深紫）、二・三位（浅紫）、四位（深緋）、五位（浅緋）、六位（深緑）、七位（浅緑）、八位（深縹）、初位（浅縹）、無位（浅縹）と決められている。
8　紫草の花は白色で、紫色は紫草の根を用いて染めるものであるから、「紫草の根で染めた色が濃い時は」ということ。＊古今集雑上・八六八・業平。古今六帖第五・三五〇一・業平。在中将集五四。素寂本業平集五七
9　「芽も張る」と「目を見張って遥々と見通す」の意を掛ける。
10　区別できないことよ。「れ」は可能の助動詞「る」の未然形。
11　古今集雑上・八六七の「紫のひともとゆゑに武蔵野の草はみながらあはれとぞ見る（自分の好きな紫草が一本生えているゆえに、武蔵野の草は残らず、いとおしく思われるよ）」という歌の心。

第四十二段

昔、男《おとこ》、色好《この》みと知《し》る知る、女をあひ言《い》へりけり。[1]されど、にくくはたあらざりけり。[2]しばしば行《い》きけれど、なほ《猶》いとうしろめたく、[3]さりとて、[4]行《い》かではたえあるまじかりけり。なほ《を》はたえあらざりけるなかなりければ、二日三日《ふつかみか》ばかり《許》、さはること[5]ありて、え行《い》かで、かくなん。

出《い》でてこし[6]跡《あと》だにいまだ変《かは》らじを
誰《た》が通《かよ》ひ路《ぢ》と今はなるらん　（七九）

物《もの》[7]うたがはしさによめるなりけり。

1　「～をあひ言ふ」は「～を相手にして言う」「～を相手にして睦み合う」の意。「若き女をあひ言へりけり」（第八十六段）、「親王たちの使ひたまひける人をあひ言へりけり」（第百三段）のように、当該人物を「と」ではなく、「を」で承けるのが特徴。
2　「はた」は、ある一面を認めながら、別の一面を述べようとする時に用いられる副詞。ここに「はた」が三回も繰り返されるのは、語りの調子を受け継いでいるからであろう。
3　気がかりで。不安で。
4　そうは言っても、やはり、また行かないではいられなかった。
5　差し支えること。不都合。
6　私が出て来たその足跡さえまだ変わっていないだろうに、その道は、今は誰の通い路になっていることだろうか。＊新古今恋五・一四〇九・業平。在中将集七五。素寂本業平集五八。
7　語り手の立場からの解説的コメント、いわゆる草子地。

第四十三段

昔《むかし》、賀陽《かや》[1]の親王《みこ》と申す親王《みこ》おはしましけり。その親王《みこ》、女を[2]

1　桓武天皇第七皇子。貞観十三年（八七一）薨。七十八歳。
2　女をご寵愛になって。「おぼしめす」は「思ふ」の最高敬語。

おぼしめして、いとかしこう3めぐみつかうたまひけるを、人な4
まめきてありけるを、5我のみと思ひけるを、6又、人、聞《き》きつけ
て、文《ふみ》やる。7ほととぎすのかたをかきて、

8ほととぎす汝《な》が鳴《な》く里《さと》のあまたあれば
なほ《猶》うとまれぬ思ふものから　（八〇）

といへり。

この女、9けしきをとりて、

10名のみ立《た》つしでのたを《お》さは今朝《けさ》ぞ鳴《な》く
いほりあまたとうとまれぬれば　（八一）

時は五月《さ》になんありける。男《おとこ》、返し、

11いほり多《おほ》きしでのたをさはなほ《猶》たのむ
わが住《す》む里《さと》に声《こゑ》し絶《た》えずは　（八二）

3 「めぐみつかうたまひける」は「召し人」「使ひ人」として情をかけていらっしゃる人。女房でありながら、主人から特別の寵愛を受けている人。
4 「なまめく」は「心を引きつけようとする」「懸想のそぶりを示す」意。
5 「なまめきてありける」人が「我のみ」と思ったのである。
6 さらに別の人。つまり第三の男。
7 ほととぎすの形を絵に描いて。
8 「ほととぎす」は、あちこちに通って行く男に喩えるのがふさわしく、女に対していう例は珍しい。表面は、絵に描いたほととぎすに向かって、「お前が鳴く里があちこちにあるので」と言っているが、実意は「お前が関係する男があちこちにいるので、やはり自然に疎ましくなってしまうことだよ。お前のことを思ってはいるのだけれども」と言っている。＊古今集夏・一四七・読人不知。在中将集一九。素寂本業平集九〇。
9 機嫌をとって。
10 ＊在中将集二〇。素寂本業平集九一。「しでのたをさ」は「ほととぎす」の異名。「いほり（庵）」は「たをさ（田長）」の縁語。
11 ＊在中将集二一。素寂本業平集九二。（八〇）の歌で言ったことを撤回して、「庵多きしでのたをさでも、やはりあてにするよ。我が住む里に絶えず留まって鳴いてくれるのであれば」と言っているのである。

第四十四段

昔《むかし》、あがた[1]へゆく人に、馬《むま》[2]のはなむけせむとて、よびて、うとき人[3]にしあらざりければ、家刀自《いゑとうじ》[4]、さかづきささせて、女の装束《さうぞく》[5]かづけんとす。あるじの男《おとこ》、歌《うた》よみて、裳《も》[6]の腰《こし》にゆひつけさす。

出《い》[7]でてゆく君がためにとぬぎつれば
我さへもなくなりぬべきかな　（八三）

この歌《うた》[8]は、あるが中《なか》におもしろければ、心留《とゞ》めてよます。腹《はら》にあぢはひて。

第四十五段

昔《むかし》、男《おとこ》有りけり。人のむすめのかしづく[1]、いかで、この男《おとこ》

1 国司として任国へ下る人。
2 「目指す方へ馬の鼻先を向ける」というのが本来の意であるが、意味を拡大して、送別の宴のことを言う。
3 親しくない人。関係が薄い人。
4 一家の主婦。
5 女の装束は、貨幣経済の発達していない当時、最高の贈り物であった。「かづけんとす」の「かづく」は、いただいた装束を肩や頭など上半身にかけて謝意を表すこと。
6 「裳」は女が正装の時、表着や袿の上につけ、腰から下の後方にまとうスカート状のもの。「腰」は「引腰」のことで、裳の左右に垂らす飾りの紐。
7 家刀自の立場で、着ていたものを脱いで贈るというポーズで詠まれている。「も」は「裳」と「災い」の意の「喪」を掛ける。旅立つ人の「喪」を祓うのが「馬のはなむけ」の目的だが、「裳」を脱いで贈った私も「喪」がなくなったと言って喜んでいる機知に富んだ歌。＊古今六帖第四・二三五五・業平。在中将集二九。素寂本業平集九五。いずれも第二句「きみをいはふと」。伊勢物語でも広本系はこれに一致する。
8 この歌は送別の宴で詠まれた歌の中で特に趣があったので、愛着の念をもって朗唱させる。腹に味わうように。

1 大切に愛育している娘。「人のむすめ」は「親がかりの娘」。

に物言《い》はむと思ひけり。うち出《い》でむこと、かたくやありけむ、[2]物病《や》みになりて、死《し》ぬべき時に、[3]「かくこそ思ひしか」と言《い》ひけるを、[4]親《おや》聞《き》きつけて、泣《な》く泣く告《つ》げたりければ、[5]まどひ来《き》たりけれど、死《し》にければ、[6]つれづれとこもりをりけり。[7]時は水無《みな》月のつごもり、いと暑《あつ》きころほひ《を》に、宵《よゐ》は[8]あそびをりて、夜ふけて、やや涼《すず》しき風吹《ふ》きけり。蛍高《ほたるたか》く飛《と》び上《あ》がる。この男《おとこ》、[9]見臥《ふ》せりて、

[10]ゆく蛍《ほたる》雲の上《うへ》まで[11]いぬべくは
秋風吹《ふ》くと[12]雁《かり》に告《つ》げこせ　（八四）

[13]暮《く》れがたき夏の日暮《ひぐ》らしながむれば
そのこととなく物ぞかなしき　（八五）

2　「物病み」は病気。
3　「このように（男のことを）思っていたのであるが、その意を伝えられなかった」という気持ちを表す。
4　侍女などから聞いたのであろう。
5　男が周章狼狽してやって来たが。「まどふ」は「心が混乱する」意。
6　何も手がつかない状態で、家の中にじっと籠っていた。死の穢れに触れて、喪に籠っているのである。
7　太陰暦の六月末は太陽暦の八月上中旬にあたり、最も暑い時期である。
8　「あそびをりて」は「管絃などをしながら控えて」の意。
9　「見臥す」は「臥した状態で見る」意。
10　＊後撰集秋上・二五二・業平。古今六帖第六・四〇二・作者名無。在中将集一〇。素寂本業平集五九。
11　「いぬべくは」は「行くことができるならば」の意。
12　雁に告げてほしい。「こせ」は上代に用いられた願望の意の助動詞「こす」の命令形。雁は死者の世界から飛び来るものと考えられていた。
13　「ながむ」は物思いに耽ってぼんやりしていること。「そのこととなく物ぞかなしき」は「何がどうだということでもなく、何となく悲しい」という意。
＊続古今集夏・二七〇・業平。元禄刊本新撰和歌第二・一四五。

第四十六段

昔《むかし》、男《おとこ》、いとうるはしき友ありけり。[1]かた時さらず、[2]あひ思ひけるを、[3]人の国《くに》へ行《い》きけるを、いとあはれと思《おも》ひて、別《わか》れにけり。月日へて、お《を》こせたる文《ふみ》に、「[4]あさましく対面《たいめん》せで、月日のへにけること。忘《わす》れやし給ひにけんと、いたく思ひわびてなむ侍る。世の中の人の心は、[5]目離《めか》るれば、忘《わす》れぬべき物にこそあめれ」と言《い》へりければ、よみてやる。

[6]目離《めか》るともおもほえなくに忘《わす》らるる
時しなければ面影《おもかげ》にたつ
（八六）

第四十七段

昔《むかし》、男《おとこ》、[1]ねんごろに、いかでと思ふ女有りけり。されど、

1 たいそう親密な友人。「うるはし」は非のうちどころのないことをいう。
2 ほんの少しの間も離れず、互いに思い合っていたのに。
3 「人の国」は他国。地方官として赴任したことをいう。
4 「あさましく」は「意外に」「あきれるほどに」の意。
5 「目離(か)る」は「目が離れる」「見なくなる」「会わなくなる」意。
6 顔を合わせなくなったとも思えませんのに…。あなたを忘れる時がないので、お姿はいつも面影となって見えているのですから。「おもかげにたつ」は本来見えない物が見えること。随分会わないので私のことをお忘れかと思ってつらいという手紙をよこした友人に対して、主人公の男が、いつもあなたの姿が面影に見えています。忘れてなどいませんよと詠んで贈った。＊古今六帖第四・二〇六一・業平。素寂本業平集六六。在中将集三〇。ただし、初句は素寂本業平集には「あかぬとも」、在中将集には「わかるとも」とある。

1 心を込めて何とか我がものにしたいと思う女。「ねんごろに」は「念入りに」「心を込めて」の意。

この男《おとこ》をあだなりと聞《き》きて、²つれなさのみまさりつつ言《い》へる。

³おほぬさの引《ひ》く手《て》あまたになりぬれば
思へどえこそたのまざりけれ　（八七）

返し、男《おとこ》、

⁴おほぬさと名にこそたてれ流れても
つひ《ゐ》に寄《よ》る瀬《せ》はありといふもの《物》を　（八八）

第四十八段

昔、男《おとこ》有りけり。「馬《むま》のはなむけせん」とて、人を待《ま》ちけるに、来《こ》ざりければ、

¹今ぞ知《し》る苦《くる》しきもの《物》と²人待《ま》たむ
里《さと》をば離《か》れずとふべかりけり　（八九）

2　男に対する冷淡さのみが表面に出る姿勢で歌を贈って来たのである。

3　あなたは、大幣のように引く人が多くなっているので、私もあなたを思っているけれども、頼りにはできません。「おほぬさ」は大串につけた幣帛で、祓が終わると、人々がそれを引き寄せて体をなで、穢れを清めるので、「引く手あまたになりぬれば」と言ったのである。在中将集三五。＊古今集恋四・七〇六・読人不知。素寂本業平集一七。

4　「大幣というあだ名が私には立っていますが、大幣なら流れても最後には寄り着く瀬があるというけれど、（私には寄り着く所がありません）」と詠んで、女のつれなさをなじる。＊古今集恋四・七〇七・業平。在中将集三六。素寂本業平集一八。

1　「今ぞ知る苦しきものと」は倒置法。「苦しきものであると、今はじめて知った」。初句・二句切れ。＊古今集雑下・九六九・業平。新撰和歌第四・三〇三。古今六帖第二・一二九〇・業平。在中将集六五。素寂本業平集六。

2　「人待たむ里」の「人」は主格で、「人が待っている里」。この場合の「人」は「女」。待つ身の苦しさを知ったので、女が待っているであろう里を途絶えず訪れるべきであったと反省してみせている。

第四十九段

昔《むかし》、男《おとこ》、いもうとのいとを《お》かしげなりけるを見をりて、

1うらわかみねよげに見ゆる若《わか》草を
人《ひと》の結《むす》ばむことをしぞ思ふ　（九〇）

と2聞《きこ》えけり。返し、

3初《はつ》草のなどめづらしき言《こと》の葉《は》ぞ
うらなく物を思ひけるかな《哉》　（九一）

1　若々しいので共寝するのによさそうに見える若草のようなあなたを、他の男が契りを結ぶであろうことが感無量に思われます。「ねよげ」の「ね」は「寝」と「根」の掛詞。「根」「結ぶ」は「若草」の縁語。古今六帖第六・三五四八・業平。＊新千載集恋一・一〇一六・業平。

2　相手に聞かれるように言った。自然に耳に入るように言った。

3　雪間を分けて萌え出た初草のように、私が待ち望んでいたすばらしいお言葉をどうして今おっしゃったのでしょうか。そんなお心を知らずに、私は心至らずも、ずっと一人でお兄様に対する恋に思い苦しんでいたのですよ。「初草」は「言の葉」の「葉」と縁語。＊新千載集恋一・一〇一七・読人不知。

第五十段

昔、男《おとこ》有りけり。1うらむる人をうらみて、

2鳥の子《こ》を十《とを》づつ十《とを》は重《かさ》ぬとも
思《おも》はぬ人を思《おも》ふものかは　（九二）

1　あなたは薄情だと怨み言を言って来た女に対して、男が、あなたこそ薄情だと怨み言を言い返したのである。

2　鳥の卵を十個ずつ十回重ねることができたとしても、私のことを思わないあなたを思うことがありましょうか、ありません。漢の劉向の撰になる『説苑』所載の「累卵の故事」に依拠している。古今六帖第四・二九七に収載されている紀友則の歌「かりの子を十づつ十はかさぬとも人の心をいかがたのまむ」の改作と見られる。

と言《い》へりければ、

3朝露《あさつゆ》は消《き》え残《のこ》りてもありぬべし
誰《たれ》かこの世をたのみ果《は》つべき　（九三）

又、男《おとこ》、

4吹く風に去年《こぞ》の桜は散《ち》らずとも
あなたのみがた人の心は　（九四）

又、女、返し、

5ゆく水に数書《かずか》くよりもはかなきは
思《おも》はぬ人を思ふなりけり　（九五）

又、男《おとこ》、

6ゆく水《みづ》と過《す》ぐる齢《よはひ》と散《ち》る花と
いづれ待《ま》ててふことを聞《き》くらん　（九六）

7あだくらべ8かたみにしける男《おとこ》女の、9しのびありきしけるこ

3　太陽が出ると間もなく消える朝露でも消え残ることはあるでしょう。（しかし、あなたの言葉などすぐ消えてしまうから）誰が二人の関係を最後まで信頼し切ることができるでしょうか、できません。＊続後拾遺集哀傷・一二四一・読人不知。

4　＊続古今集恋四・一三六五・読人不知。古今六帖第四・三二〇六・在原ときはるの歌として収載されている「散らずしてこその桜はありぬとも人の心をいかがたのまむ」の改作と見られる。

5　＊古今集恋一・五二二・読人不知。「水に書く」という表現は『涅槃経（ねはんぎょう）』に発すると見られる。

6　「ゆく水」は前歌（九五）を承け、「散る花」は（九四）の歌に呼応して、この歌がこの章段全体の総括の役割を果たしている。上句ではかなく過ぎゆくものを列挙し、「そのうちのいずれが、待てと言う私の言葉を聞くだろうか、聞きはしない」として、二人の関係が過去のものになっていることを詠んだ。

7　「あだくらべ」は男女の心の変わりやすさ競べ（浮気競べ）。

8　「かたみに」は「互いに」の意。

9　「しのびありき」は隠密行動。

となるべし。

第五十一段

昔、男《をとこ》、人の前栽《せんざい》に、菊《きく》植《うへ》ゑけるに、

[1]植《うへ》ゑし植《うへ》ゑば[2]秋なき時や咲《さ》かざらん
花こそ散《ち》らめ根《ね》さへ枯《か》れめや　（九七）

第五十二段

昔《むかし》、男《をとこ》ありけり。[1]人のもとより、[2]かざ《さな》りちまきお《を》こせたりける返り事に、

[3]あやめ刈《か》り君は沼《ぬま》にぞまどひける
我は野に出《い》でて狩《か》るぞわびしき　（九八）

とて、雉《きじ》をなむやりける。

1　「し」は強意の助詞。「植ゑ」を重ねてさらに意を強めた。「しっかり植えてさえおいたならば」の意。＊古今集秋下・二六八・業平。古今六帖第六・三七三一・みちひら。在中将集六。素寂本業平集六九。大和物語百六十三段。

2　秋がない時は咲かないだろうか、いや秋がないなどいうことは有り得ないので、必ず咲くだろう。花は散るけれども、根までが枯れるだろうか、いや枯れるはずがない。「秋なき時や咲かざらん」の「や」も、「根さへ枯れめや」の「や」も反語。

1　「人」を「親しい友人」とする説もあるが、「思いを寄せる女」であろう。

2　天福本にのみ「かさなりちまき」とあるが、「かざりちまき」の誤りであろう。「飾り粽」は拾遺集巻十八・一一七三の詞書「五月五日、小さき飾り粽を山菅の籠に入れて、為理の朝臣の女に心ざすとて」しか知られていないが、色とりどりの糸を巻いて飾った粽のことで、端午の節句の贈り物であろう。

3　＊在中将集九。素寂本業平集六四。大和物語百六十四段。「あやめ刈り」と「野の狩」では場所が異なっていて、出会うことがないのが「わびし（つらい）」と言っているのであろう。

第五十三段

昔《むかし》、男《おとこ》、あ[1]ひがたき女にあひて、物[2]語《がたり》などするほどに、鳥[3]の鳴《な》きければ、

いかでかは[4]鳥の鳴《な》くら《覧》ん人[5]知《し》れず
思ふ心はまだ[6]夜深《よぶか》きに

（九九）

第五十四段

昔、男《おとこ》、つれなかりける女に言《い》ひやりける、

行[1]きやらぬ夢路《地》をたのむたもとには
天《あま》つ空《そら》なる露《つゆ》やおくらん

（一〇〇）

1　容易に対面できない女と、やっと対面して。
2　まだ実事には到らず、言葉のやりとりをしているうちに。
3　当時、男は、夕闇迫るころ女の家を訪れて、鶏が鳴き東の空が白むころに帰ってゆくのである。
4　＊続後撰集恋三・八二〇・業平。
5　「人知れず」は「世間の人に知られない」という意もあるが、ここは「相手の人に知ってもらえない」という意。
6　「思いはまだ深く秘めているのに（まだ言いたいことを十分に語っていないのに）」の意と「まだ夜深いのに」の意を含む。

1　行こうとしても、あなたの許に行きつくことのできないはかない夢の中の路でも通って行きたいと期待をかけている私の袂には、やはり天空を通る夢路の露が置いているのでしょうか。このように涙で濡れています。後撰集の「ゆきやらぬ夢ぢにまどふたもとには天つ空なき露ぞおきける」（恋一・五五九・読人不知。二荒山本などは第四句「天つ空なる」）を利用した歌であろう。なお、伊勢物語の多くの本で第二句が「夢路をた《どるイ》どる」となっており、底本にも「たのむ」という書き入れがある。

第五十五段

昔《むかし》、男《おとこ》、[1]思ひかけたる女のえ得《う》まじうなりての世に、

[2]思《おも》はずはありもすらめど言《事》の葉《は》の
をりふしごとにたのまるるかな《哉》

（一〇一）

1　思いをかけた女が自分の物になりそうにない状況において。「世」は自分と相手との間に存在する状況。第六段の「女のえ得まじかりけるを、年を経てよばひわたりけるを」とあった叙述が思い出される。

2　あなたは私のことなど思ってはいらっしゃらないでしょうが、あの時のあなたのお言葉が機会あるごとに思い出され、あてにすることですよ。＊続後撰集恋三・八六六・業平。

第五十六段

昔《むかし》、男《おとこ》、臥《ふ》して思ひ、起《お》きて思ひ、思ひあまりて、

[1]わが袖《そで》は草の庵にあらねども
暮《く》るれば[2]露《つゆ》の宿《やど》りなりけり

（一〇二）

1　私の袖は「草の庵」ではないが、まるで「草の庵」であるかのように、暮れて来ると、まさに露の宿り場所であったのだなあ。＊新勅撰集雑二・一二三・業平。

2　「露の宿り」は涙で濡れている袖をいう。

第五十七段

昔、男《おとこ》、[1]人知《し》れぬ[2]物思ひけり。つれなき人のもとに、

1　「人知れぬ」は「世間の人に知られない」という意もあるが、ここは第五十三段と同じく、「相手の人に知ってもらえない」という意。

2　恋わずらいをした。

[3]恋《こ》ひわびぬ海人《あま》の刈《か》る藻《も》に宿《やど》るてふ
[4]我から身をもくだきつるかな《哉》　（一〇三）

第五十八段

昔《むかし》、[1]心づきて色好《この》みなる男《おとこ》、[2]長岡《ながをか》といふ所に家作《つく》りてをりけり。そこの隣《となり》なりける[3]宮ばらに、[4]こともなき女どもの、[5]田舎《ゐなか》なりければ、田刈《か》らんとて、この男《おとこ》のあるを見て、「[6]いみじのすき者《物》のしわざや」とて、集《あつ》まりて、入《い》り来《き》ければ、この男《おとこ》、逃《に》げて、奥《おく》に隠《かく》れにければ、女、

[7]あれにけりあはれ幾世《いく》の宿《やど》なれや
住《す》みけん人《ひと》のおとづれもせぬ　（一〇四）

と言《い》ひて、この宮に集《あつ》まり来《き》ゐてありければ、この男《おとこ》、

[8]葎《むぐら》生《お》ひてあれたる宿《やど》の[9]うれたきは

3　＊新勅撰集恋二・七三〇・読人不知。素寂本業平集一〇四。初句切れ。「恋ひわびぬ」の「ぬ」は完了の助動詞終止形。「恋に苦しんでいます」。
4　「自分から」「自分のせいで」という意の「我から」と、海藻に付着する節足動物の「割れ殻（虫）」を掛ける。

1　どんな女にも執心してしまう浮気な男。好奇心の強い色好みの男。

2　「長岡」は現在の京都府長岡京市と向日市にまたがる地。
3　宮の腹に生まれた人で。親王・内親王の子どもで。
4　「こと（殊）もなし」は「格別だ」。格段に美しい女たちが。「見て」に続く。
5　田舎であるので、田を刈ろうとしてこの男がいるのを見て。
6　すごいプレイボーイがなさる作業ですね。
7　「荒れにけり」と「あれ逃げり」を掛けた表現。＊古今集雑下・九八四・読人不知。新撰和歌第四・二七一。古今六帖第二・一三〇五・伊勢。
8　古今六帖の「むぐら生ひてあれたる宿のこひしきに玉とつくれるやども忘れぬ」（第六・三八七五・作者名無）を改変して利用した歌であろう。
9　「うれたし」は「心痛し（うらいたし）」の転か。「嫌だ」「感心しない」という気持ちであろう。

[10]かりにも[11]鬼《おに》のすだくなりけり　（一〇五）

とてなむ出《い》だしたりける。

この女ども、「穂拾《ほひろ》はむ」と言《い》ひければ、

[12]うちわびて落穂拾《おちぼひろ》ふと聞《き》かませば

我も[13]田面《づら》に[14]ゆかましものを　（一〇六）

第五十九段

昔《むかし》、男《おとこ》、京をいかが思ひけん、[1]東《ひむがし》山に住《す》まむと[2]思ひ入《い》りて、

[3]住《す》みわびぬ今は限《かぎ》りと山里《ざと》に

身を隠《かく》すべき宿求《やどもと》めてん　（一〇七）

[4]かくて、[5]物いたく病《や》みて、死《し》に入《い》りたりければ、面《おもて》に水[6]そそきなどして、[7]生《い》き出《い》でて、

10 かりそめにも。一時的でも。

11 女たちを「鬼」といった。「すだく」は「集まる」意。

12 「うちわびて」は「いささかつらい気持ちになって」というのが本義だが、ここは「生活が苦しくなって」とか「落ちぶれて」の意。

13 田に面した所。田圃のそば。

14 「まし」は事実にないことを仮想する反実仮想の助動詞。実際は聞かなかったし、行かなかったのである。

1 京都盆地の東側に連なる山の総称。当時は賀茂川と桂川の間が洛中だったので、東山は洛外で、京ではなかった。

2 「思ひ入る」は山中に入ることと深く思いつめることを掛けた表現。

3 都に住むのがつらくなった。ここにいるのも、今はこれまでだと思うので、山里に、隠遁することのできる住居を探そうと思うよ。＊後撰集雑一・一〇八三・業平。古今六帖第二・九六四・業平。在中将集七六。素寂本業平集九。

4 このようにして隠遁生活をしているうちに。

5 「物いたく病みて」は、動詞「物病む」の間に「いたく」が入った形。「物病む」は「恋患いする」意。

6 「そそく」は『名義抄』などでは清音。「そそぐ」となったのは江戸時代。

7 「生き出づ」は「生き返る」意。

わが上《うへ》[8]に露ぞ置《を》くなる天《あま》の河
[9]とわたる舟《ふね》の櫂《かい》の雫《しづく》か
となむ言《い》ひて、生《い》き出《い》でたりける。

第六十段

昔《むかし》、男《おとこ》有りけり。宮仕《づか》[1]へいそがしく、心もまめならざりけるほどの家刀自《いへとうじ》[2]、「まめに思《おも》はむ」[3]といふ人につきて、人の国《くに》[4]へいにけり。この男《おとこ》、宇佐の使[5]にて行《い》きけるに、「ある国《くに》の祇《し》[6]承《ぞう》の官人の妻《め》にてなむある」と聞《き》きて、「女《をんな》あるじにかはらけ[7]とらせよ。さらずは飲《の》まじ」と言《い》ひければ、かはらけとりて出《い》[8]だしたりけるに、さかな[9]なりける橘《たちばな》をとりて、

[10]五月《さ》待《ま》つ花橘《たちばな》の香《か》をかげば
昔《むかし》の人の袖《そで》の香《か》ぞする

（一〇八）

（一〇九）

8　私の上に露が置いたようだよ。ひょっとしたら、露ではなくて、天の川を航行する舟の櫂の雫なのかしら。「なる」は推定の助動詞「なり」の連体形。＊古今集雑上・八六三・読人不知。新撰和歌巻四・二〇七。七夕の宴で詠んだ歌を転用したのであろう。
9　「とわたる」の「と」は本来「門」のこと。「水門を渡る」意だが、ここは、一般的に「川を渡る」意と見てよい。

1　この物語の語り手は、物語のテーマである「愛」を阻害するものとして「宮仕へ」をとらえている。第二十四段・第八十三段・第八十四段参照。
2　一家の中心をなす妻。主婦。
3　「一途にあなたを愛そう」と言って来た第二の男につき従って。
4　「人の国」は都以外の国。他国。
5　豊前国（大分県）の宇佐神宮へ遣わされる勅使。宇佐神宮は奈良時代から朝廷の尊崇を得て、即位など、国家の大事にあたって奉幣が行われた。
6　諸本いずれも「しぞう」とあるが、「祇承」は「しじょう」と読むべきであろう。「祇承の官人」は勅使の送迎・応接その他万般の雑事を掌る役人。
7　素焼きの杯。酒を飲むのに使う。
8　さし出したところ。女は几帳の中にいて召使いを通じて酒をつがせているのである。
9　酒菜であった橘の実。

と言《い》ひけるにぞ、思ひ出《い》でて、尼《あま》になりて、山に入《い》りてぞありける。

第六十一段

昔、男《おとこ》、[1]筑紫《つくし》まで行《い》きたりけるに、「これは[2]色好《この》むといふすき者《物》」と、[3]簾《すだれ》の内《うち》なる人の言《い》ひけるを聞《き》きて、

[4]染《そめ》河を渡《わた》らむ人のいかでかは
色になるてふことのなからん　（一一〇）

女、返し、

[5]名にしおはばあだにぞあるべき[6]たはれ島《じま》
[7]浪のぬれぎぬ着《き》るといふなり　（一一一）

第六十二段

10　＊古今集夏・一三九・読人不知。新撰和歌第二・一二七。古今六帖第六・四三五・伊勢業平とこそ。

1　「筑紫」は現在の福岡県の古称だが、ここは九州全体を言う古い言い方。
2　色を好むと定評のある風流人。
3　男が逗留した地方の官人の縁者である女たちの私語であろう。
4　物を染めるという名を持つ染川を渡るあなたの方が、どうして色めかしくならないでいられましょうか。当然、色好みになっているはずです。「染河」は現在はないが、福岡県の太宰府天満宮と観世音寺の間を東西に流れていた川。＊拾遺集雑恋・一二二四・業平。
5　「戯れ」という名を持っているなら、当然浮気者であるはずのたはれ(戯)島も、実は浪に着せられた事実無根の濡れ衣を着ているということだそうで、浮気ではないということです。＊後撰集羇旅・一三五一・読人不知、第五句「幾夜着つらむ」。
6　「風流島」「戯島」と書く。熊本県宇土市を流れる緑川の河口近くの、有明海(島原湾)に浮かぶ小さな無人島。
7　「浪の濡れ衣」と「無みの濡れ衣」を掛ける。事実無根の濡れ衣。

昔《むかし》、年ごろ[1]おとづれざりける女、[2]心かしこくやあらざりけん、[3]はかなき人の言《事》につきて、人の国なりける人に使《つか》はれて、[4]もと見し人の前《まへ》に出《い》で来《き》て、物食《く》はせなどしけり。「[5]夜《よ》さり、この[6]ありつる人賜《たま》へ」と主《あるじ》に言《い》ひければ、お《を》こせたりけり。男《おとこ》、「我をば知《し》らずや」とて、

いにしへの[7]にほひはいづら桜《さくら》花
[8]こけるからともなりにけるかな《哉》　（一一二）

と言《い》ふを、いとはづかしと思ひて、いらへもせでゐたるを、「など、いらへもせぬ」と言《い》へば、「涙《なみだ》のこぼるるに、目《め》も見えず。物《もの》も言《い》はれず」と言《い》ふ。

[9]これやこの[10]我にあふ身《み》を逃《のが》れつつ
年月ふれどまさり顔《がほ》なき　（一一三）

と言《い》ひて、[11]衣《きぬ》ぬぎて、とらせけれど、捨《す》てて逃《に》げにけり。いづ

1　男が何年も訪ねて行かなかった女。
2　心の持ちようが悪かったのであろうか。「心かしこし」は「心の持ちようがすぐれている」意。
3　「はかなし」は「一定しない」「すぐ変わる」意であるから、「はかなき人の言(こと)」は「人の無責任な言葉」。
4　もと関係のあった人。物語の主人公。「見る」は男女の関係はあるが、夫婦にはなり切っていない段階を言い、「逢ふ」とは違う。
5　「夜さり」は「夜になる頃」。
6　「ありつる」は「先刻の」「先程の」。
7　桜の場合の「にほひ」は視覚的な美しさをいう。
8　花をしごき落とした殻のようになってしまったなあ。「こく」は「稲を扱く」と同じく、花や実を枝から落とすこと。「から」は花や実をとった後の「殻」。この場合は「枝」に相当する。
9　「これやこの」は「これがまあ…なのだなあ」の意。
10　「我にあふ身」は「私と夫婦である身」の意。本来は「近江」と掛けた表現であったと思われる。
11　着ている着物を脱いで直接与えるのは目下の者への最高の対応である。

ちいぬらんとも知《し》らず。

第六十三段

昔《むかし》、[1]世心《ごころ》つける女、「いかで、[2]心なさけあらむ男《おとこ》に[3]会《あ》ひえてしかな」と思《おも》へど、[4]言《い》ひ出《い》でむも頼《たよ》りなさに、[5]まことならぬ夢語《がた》りをす。子三人を呼《よ》びて、語《かた》りけり。二人《ふたり》の子《こ》は[6]情《なさ》けなくいらへて止《や》みぬ。三郎《さぶらう》なりける子なん、[7]「よき御男《をとこ》ぞ出《い》で来《こ》む」と合《あ》はするに、この女、[8]けしきいとよし。異人《こと》はいと情《なさ》けなし。「いかで、この[9]在五中将に会《あ》はせてしかな《哉》」と思ふ心あり。狩《かり》しありけるに、行《い》き会《あ》ひて、道《みち》にて、[10]馬《むま》の口《くち》をとりて、「かうかうなむ思ふ」と言《い》ひければ、あはれがりて、来《き》て寝《ね》にけり。

[11]さて、のち、男《おとこ》見えざりければ、女、男《おとこ》の家に行《い》きて、かいま見《み》けるを、男《おとこ》、ほのかに見て、

1　「世心(よごころ)」の用例は他にない。普通「世」を「男女の間」という意にとって、「異性に対する関心」「色めいた心」「好色心」などと訳している。
2　心があり、情がある男。
3　結婚したい。「て」は完了の助動詞「つ」の連用形、「しか」は希望の終助詞。
4　その気持ちを口に出す手掛かりもないゆえに。
5　真実ではない、見てもいない、いつわりの夢の話をする。
6　思いやりなく。情のない態度で。
7　「良い御男が出現するでしょう」と夢判断をする。
8　「けしき(気色)」は気持ちが顔色など外に表れること。機嫌。
9　伊勢物語の中で「在五中将」と記すのはここだけ。
10　「馬の口をとる」ということは、従者になるということ。
11　それ以前と時間も場所も転換して新しい場面を形成しているのに、それ以前の場面に歌がないことに注意。この段は本来の歌物語の形態とは異なり、作り物語的になっている。

[12]百年《もゝとせ》に一年《ひとゝせ》足《た》らぬつくも髪《がみ》
我を恋《こ》ふらし面影《おもかげ》に見ゆ　（一二四）

とて、出《い》で立《た》つけしきを見て、[13]むばら・からたちにかかりて、家に来《き》てうちふせり。男《おとこ》、かの女のせしやうに、忍《しの》びて立《た》てりて、見れば、女、なげきて、寝《ぬ》とて、

[14]さむしろに[15]衣《ころも》かたしき今宵《こよひ》もや
恋《こひ》しき人に会《あ》はでのみ寝《ね》む　（一二五）

とよみけるを、男《おとこ》、あはれと思ひて、その夜は寝《ね》にけり。

[16]世の中の例《れい》として、思《おも》ふをば思《おも》ひ、思《おも》はぬをば思《おも》はぬもの《物》を、この人は、思《おも》ふをも、思《おも》はぬをも、けぢめ見せぬ心なんありける。

12　「つくも髪」については未詳。「つくも」は和名抄に植物の名として見えるが、「つくも髪」は植物とは関係なく、「藻が着いたような汚い髪」という意か。「百年に一年足らぬつくも髪」と言っているのは、「百」の字から「一」を取ると「白」になるので、「白い藻がついたような白髪頭の老女」の意を表しているのであろう。

13　「むばら」は「うばら」。「いばら（茨）」と同じ。むばらやからたちの棘に引っ掛かって。女が慌てて、家に駆け戻る様子を表している。

14　この歌は、古今集恋四・六八九・読人不知・第四・五句「我を待つらむ宇治の橋姫」の異伝または改作であろう。「さむしろ」は「むしろ」の歌語。「むしろ」は下に敷くものの総称。

15　「衣かたしき」は独り寝するさま。古くは、男女が共寝する場合は、互いに袖の一部を敷き、袖を交わして寝たが、独り寝の場合は、それができずに自分一人だけの衣しか敷かないので「衣片敷き」と言った。

16　以下、語り手の立場からの主人公についてのコメント。主人公は、愛する人をも愛さない人をも差別しない心を持った、博愛主義的な色好みとして語られている。

第六十四段

昔、[1]男《おとこ》、みそかにかたらふわざもせざりければ、[2]いづくなりけんあやしさによめる。

[3]吹く×風にわが身をなさば玉簾《すだれ》
隙求《ひまもと》めつつ入《い》るべきものを　（一一六）

返し、

[4]取《と》り止《と》めぬ風にはありとも玉簾《すだれ》
誰《た》が許《ゆる》さばか隙求《ひまもと》むべき　（一一七）

第六十五段

昔《むかし》、[1]おほやけおぼしてつ[2]かうたまふ女の、[3]色許《ゆる》されたるありけり。[4]大御息《おほみやすん》所とていますかりける従姉妹《いとこ》なりけり。[5]殿上にさ

1　広本系・略本系のほか、多くの別本、また定家本でも武田本を始めとする諸本に、「おとこ、をんな」とある。これは、「みそかにかたらふわざもせざりければ」の主語が女であることを明確にした本文。
2　「女がみそかに語らうこともしないので、何処に行ったのであろうか、ここにはいないのではないだろうか」という不審に思う気持ちから男が歌を詠んだ。
3　＊新千載集恋二・三四・業平。「玉簾」は「簾」の美称。簾のすき間を探してでも、中に入って会いたいと言っているのである。
4　「とりとむ」は「つかまえて止める」意。たとえ取り押さえておけない風であっても、いったい誰が許したならば、簾のすきまを求めて入ることができるでしょうか。私は許さないからできませんよ。

1　天皇がお心をおかけになって。
2　お側に置いてお使いになっている女。「召し人」「使ひ人」。
3　朝廷の儀式で用いる赤と青や織物の豪華な衣裳を日常生活で着ることは禁じられていたが、その禁色（きんじき）を許された女。
4　「大御息所」は皇太后のこと。その従姉妹というのは、第六段の後書き

ぶらひける在原なりける男《おとこ》の、まだいと若《わか》かりけるを、この女、あひ知《し》りたりけり。男《おとこ》、[6]女方《がた》許《ゆる》されたりければ、女のある所に来《き》て、向《む》かひをりければ、女、「いと[7]かたはなり。[8]身もほろびなん。かくなせそ」と言《い》ひければ、

[9]思ふには忍《しの》ぶることぞ負《ま》けにける
会《あ》ふにしかへばさもあらばあれ　（一一八）

[10]と言《い》ひて、[11]曹司《ざうし》に下《お》りたまへれば、[12]例《れい》の、この御曹司《みざうし》には、人の見るをも知《し》らで、のぼりゐければ、この女、思ひわびて、里《さと》へゆく。されば、「[13]なにの、よきこと」と思ひて、行《い》き通《かよ》ひければ、みな人、聞《き》きて笑《わら》ひけり。つとめて、[14]主殿司《とのもづかさ》の見るに、沓《くつ》はとりて[15]奥《おく》に投《な》げ入《い》れてのぼりぬ。

[16]かく、かたはにしつつありわたるに、身もいたづらになりぬべければ、「つひにほろびぬべし」とて、この男《おとこ》、「いかにせ

「二条の后の、いとこの女御の御もとに、仕うまつるやうにてゐたまへりけるを」によれば、二条の后を思わせる。

5　清涼殿に上がって雑役をする少年。小舎人童(こどねりわらわ)。

6　後宮殿舎や清涼殿の女房の詰所である台盤所に男子は入れなかったが、童なので自由に出入りできた。

7　「欠陥がある」「見苦しい」意。

8　私だけでなく、あなたの身も破滅してしまうでしょう。

9　古今集恋一・五〇三の「思ふには忍ぶることぞ負けにける色には出でじと思ひしものを」の下句を改めて利用したものであろう。＊新古今集恋三・一二五一・業平。

10　「と言ひて」は「のぼりゐければ」に続く。

11　私室に下がっていらっしゃると。この女を二条の后として描いているので、敬語が使われている。次の「御曹司」に「御」が付いているのも同じ。

12　「例の」は「いつものように」の意。「のぼりゐければ」に続く。

13　「なに(何)のことかあらむ」の略。何の問題があろうか、ありはしない。

14　主殿寮の役人。宮中の清掃、灯燭などを司った。

15　前夜から出仕していたように見せるために沓を奥の方に投げ入れた。

16　このように、まともでない行動をしつつ日を過ごしている間に。

ん。わがかかる心やめたまへ」と仏《ほとけ》・神にも申しけれど、いやまさりにのみおぼえつつ、なほ《猶》[17]わりなく恋《こひ》しうのみおぼえければ、[18]陰陽師《おむやうじ》・[19]神《かむ》なぎ呼《よ》びて、恋《こひ》せじといふ祓《はら》への具《ぐ》してなむ行《い》きける。祓《はら》へけるままに、いとど[20]かなしきこと数《かず》まさりて、ありしよりけ[21]に恋《こひ》しくのみおぼえければ、

[22]恋《こひ》せじとみたらし河にせし禊《みそぎ》
神はうけずもなりにけるかな　（一一九）

と言《い》ひてなんいにける。

このみかどは、かほかたちよくおはしまして、[23]仏《ほとけ》の御名を御心に入《い》れて、御声《こゑ》はいと尊《たうと》くて申したまふを聞《き》きて、女はいたう泣《な》きけり。「かかる君《きみ》につかうまつらで、[24]宿世《すくせ》つたなく、悲《かな》しきこと、この男《をとこ》に[25]ほだされて」とてなん泣《な》きける。

かかるほどに、みかど[26]きこしめしつけて、この男《をとこ》をば[27]流《なが》しつ

17 「わりなく」は「理屈で説明できないほど」「どうしようもなく」の意。
18 陰陽寮に仕え、天文・暦数・卜占などを司った役人。
19 「巫」という字をあてる。巫女（みこ）のこと。神おろし、祓をする。
20 「かなしき」は「いとおしい」意。
21 格別に。際だって。
22 ＊古今集恋一・五〇一・読人不知。第四・五句「神はうけずぞなりにけらしも」。ただし、伝公任筆本や元永本などの平安時代書写本は伊勢物語と同じ。新撰和歌第四・三五六。
23 仏の名号。南無阿弥陀仏。
24 「宿世」は前世から定まっている宿命。「つたなし」は「恵まれない」意。
25 つなぎとめられて。
26 二人の関係をお聞きつけになって。
27 当時の流罪は伊豆・安房・常陸・佐渡・隠岐・土佐が遠流、諏訪・伊予が中流、越前・安芸が近流と決められていた。

かはしてければ、この女の従姉妹《いとこ》の御息所《みやすどころ》、女をばまかでさせて、蔵《くら》に籠《こ》めて、[28]しを《お》りたまう《ふ》ければ、蔵《くら》に籠《こも》りて泣《な》く。

[29]海人《あま》の刈《か》る藻《も》に住《す》む虫《むし》の我からと
音《ね》をこそ泣《な》かめ世をばうらみじ　（一三〇）

と泣《な》きをれば、この男《おとこ》、[30]人の国《くに》より、夜毎《ごと》に来《き》つつ、笛《ふえ》をいとおもしろく吹《ふ》きて、声《こゑ》はを《お》かしうてぞあはれにうたひける。かかれば、この女は、蔵《くら》に籠《こも》りながら、[31]それにぞあなるとは聞《き》けど、あひ見るべきにもあらでなんありける。

[32]さりともと思ふらんこそかなしけれ
あるにもあらぬ身を知《し》らずして　（一三一）

と思《おも》ひをり。
男《おとこ》は、女しあはねば、[33]かくしありきつつ、人の国《くに》にありきて、かくうたふ。

28　「しをる」は「折檻する」意。
29　＊古今集恋五・八〇七・典侍藤原直子。新撰和歌第四・三五一。古今六帖第三・一八七五・内侍のすけきよい子。「われから」は「割れ殻（虫）」と「我から」を掛ける。
30　「人の国」は他国。すなわち山城の国以外。27で記した「近流」であっても、越前・安芸であり、「夜毎に」来られるはずはない。
31　そこにいるようだ。「あなる」は「あンなる」とよむ。「なり」は音を聞いて推定する場合に用いられることが多い。笛の音を聞いて男が来ていることを知ったのである。
32　このような状態であっても逢えると思っているらしいことがいとおしいことです。私が生きているともいえない状態であることを知らないで。＊新勅撰恋四・八六六・読人不知。
33　「かく」は「人の国より夜毎に来つつ」を受けていう。「ありく」は「歩く」ことに限らず、移動することをいう。

[34]いたづらに行きては来《き》ぬる物ゆゑ《へ》に
見まくほしさにいざなはれつつ　（一二二）

[35]水の尾《お》の御時なるべし。大御息所《おほみやすん》も[36]染殿《そめどの》の后也。[37]五条の后とも。

第六十六段

昔《むかし》、男《をとこ》、[1]津《つ》の国《くに》に、しる所ありけるに、兄《あに》、弟《おと》、友だちひきゐて、難波《なには》の方《(かた)》に行《い》きけり。渚《なぎさ》を見れば、船《ふね》どものあるを見て、

[2]難波津《なにはつ》を今朝《けさ》こそ[3]みつの浦《うら》ごとに
これやこの世をうみわたる[4]船《ふね》　（一二三）

[5]これをあはれがりて、人々帰《〈かへ》りにけり。

第六十七段

34　＊古今集恋三・六二〇・読人不知。古今六帖第五・三〇三五・人丸作者不審。

35　「水の尾」は水尾に御陵が作られた清和天皇。

36　藤原良房の娘で、文徳天皇后、清和天皇の母、明子。系図三参照。

37　「五条の后とも（言ふ）」として、別の伝承を紹介しているのである。ただし、五条の后ならば、二条の后の従姉妹ではなく、叔母になる。

1　第八十七段の「津の国、菟原の郡、芦屋の里」に領地を持っていた男が、ここでは「兄、弟、友だち」を率いて、「難波の方」へ足を延ばしたということであろう。「難波」は今の大阪市一帯。

2　＊後撰集雑三・一二四四・業平。古今六帖第三・一八〇八・業平。いずれも第二句「けふこそみつの」。在中将集七九。素寂本業平集三一。

3　「みつの浦」の「みつ」は「（今朝こそ）見つ」と「御津（の浦）」を掛ける。「御津」は政府公認の港。

4　「うみわたる船」は、難波の港において「海渡る」大きな船を初めて見た感激と、「世を倦（う）みわたる」（「人生をしっくりしないままに生き続ける」意）を掛ける。

5　この歌に心を動かされて。

昔《むかし》、男《おとこ》、[1]逍遥《せうえう》しに、[2]思ふどち[3]かいつらねて、[4]和泉《いづみ》の国《くに》へ、如月《きさらぎ》ばかり《許》に行《い》きけり。[5]河内の国《くに》、生駒《いこま》の山を見れば、[6]曇《くも》りみ晴《はれ》み、[7]立《た》ちゐる雲《くも》やまず。朝《あした》より曇《くも》りて、昼晴《ひるは》れたり。雪《ゆき》いと白《しろ》う[8]木のすゑに降《ふ》りたり。それを見て、かのゆく人の中《なか》に、ただ一人《ひとり》よみける。

[9]昨日今日《きのふけふ》雲《くも》の立《た》ち舞《ま》ひ隠《かく》ろふは
花の林《はやし》をうしとなりけり　（一二四）

第六十八段

昔、男《おとこ》、和泉《いづみ》の国《くに》へ行《い》きけり。[1]住吉《すみよし》の郡《こほり》、住吉《すみよし》の里《さと》、住吉《すみ》の浜《はま》をゆくに、いとおもしろければ、[2]おりゐつつゆく。ある人、「住吉《すみよし》の浜《はま》とよめ」といふ。

[3]雁《（かり）》鳴《な》きて菊の花咲《さ》く秋はあれど

1　俗世を逃れて、心を遊ばせること。
2　思いが通じる者同士。
3　「かきつらねて」のイ音便。「かき」は手を使ってする場合に用いる接頭語。皆を誘った感じがよく出ている。
4　現在の大阪府堺市から南、和歌山県に接する所までの大阪府南西部。
5　淀川東岸から生駒山地・金剛山地の西までの大阪府東部。この場合、河内の国に入ったわけではなく、摂津の国から和泉の国へ向かって南下し、東に河内の生駒山を見たのである。
6　「～み～み」は、対照的な動作・状態が交互に繰り返されることを表し、「～したり～したり」の意。
7　「立つ」は「動き始める」意で、雲が湧いて空に浮かぶことを言い、「ゐる」は「一つの場所に留まる」意で、雲が山から動かないでいることを言う。
8　木の梢。
9　昨日から今日にかけて、雲が立ち舞って、山が隠れ続けているのは、雪が梢に積もって花のようになっている美しい林を、他人に見せるのを嫌だと思ってのことなのだなあ。＊在中将集三四。素寂本業平集四〇。

1　住吉は、和泉の国へ行く途中の摂津の国の最南端。現在の大阪市住吉区。
2　馬から下りて何度も腰をおろしつつ行く。小規模な歌会などを催しつつ和泉の国へ向かったのである。

春のうみべ[4]に住《す》みよしの浜《はま》　（一一五）

とよめりければ、みな人々《〱》よまずなりにけり。

第六十九段

昔《むかし》、男《おとこ》有りけり。その男《おとこ》、伊勢の国《くに》に、[1]狩《かり》の使に行《い》きけるに、かの[2]伊勢の斎宮なりける人の親《おや》、「つねの使《つか》ひよりは、この人よくいたはれ」と言《い》ひやれりければ、親《おや》の言《こと》なりければ、いとねむごろにいたはりけり。朝《あした》には狩《かり》に出《い》だしたててやり、夕《ゆふ》さりは帰《かへ》りつつ、そこに来《こ》させけり。かくて、ねむごろに[3]いたつきけり。

二日といふ夜、男《おとこ》、[4]われて、「あはむ」と言《い》ふ。女も、[5]はた、いとあはじとも思《おも》へらず。されど、人目《め》しげければ、えあはず。[6]使《つかひ》ざねとある人なれば、遠《とを》くも宿《やど》さず。女の寝屋《ねや》近《ちか》くありけれ

3　＊在中将集六七。素寂本業平集四一。「〜はあれど」は、「みちのくはいづくはあれど」（古今集東歌・一〇八八）が「陸奥の素晴らしさはあちらこちらにあるが」と訳されるように、「雁が鳴いて菊の花が咲く秋の素晴らしさは他所にもあるが」と訳し得る。

4　「海辺」に「憂みべ」を響かせ、私の「憂き状態」を癒やしてくれる「海辺」は、この住みよい住吉の浜しかないと言っているのである。

1　野禽を狩って、宮中に捧げるために、朝廷から諸国に遣わした使い。

2　「斎宮」は天皇の名代として伊勢神宮に奉仕した皇女。業平の時代のこととすると、斎宮は文徳天皇皇女恬子内親王。「斎宮なりける人の親」は、その母である紀静子（三条の町）のこととして読まれてきた。紀静子は有常の姉妹で、惟喬親王の母でもある。

3　「いたつく」は「気を配って世話をする」意。

4　「われて」は「心が砕けて」「心が千々に乱れて」の意。

5　「はた」は、ある一面を述べながら、それとは別の一面について述べようとする場合に用いる。「一方」「そうはいうものの」の意。

6　使者の中の中心人物。

ば、女、[7]人《ひと》を静《しづ》めて、[8]子一《ねひと》つばかり《許》に、男《おとこ》のもとに来《き》たりけり。男《おとこ》、はた寝《ね》られざりければ、外《と》の方《かた》を見出《いだ》して臥《ふ》せるに、月のおぼろなるに、[9]小《ちひ》さきわらはを先《さき》に立《た》てて、人立《た》てり。男《おとこ》、いとうれしくて、わが寝《ぬ》る所にゐて入《い》りて、子一《ねひと》つより[10]丑三《うしみ》つまであるに、[11]まだ何事《なにごと》も語《かた》らはぬに、帰《かへ》りにけり。男《おとこ》、いとかなしくて、寝《ね》ずなりにけり。

つとめて、いぶかしけれど、[12]わが人をやるべきにしあらねば、いと心もとなくて待《ま》ちをれば、[13]あけはなれてしばしあるに、女のもとより、ことばはなくて、

[15]きみやこし我やゆきけむ[16]おもほえず
夢かうつつかねてかさめてか　（一一六）

男《おとこ》、いといたう泣《な》きて、よめる。

[17]かきくらす心の闇《やみ》にまどひにき

7 人が寝静まるのを待って。
8 「子の刻」は午後十一時から午前一時までの二時間。それを四分割した第一部分の午後十一時から十一時半までの半時間が「子一つ」。
9 小さな召使いの童女を先に立てて、斎宮その人が立っていた。
10 「丑三つ」は午前二時から二時半まで。
11 まだいくらも語らっていないのに。
12 「わが人」は「自分の使者」。自分の使者をつかわすことのできる状況ではないので。
13 「あけはなる」は「夜がすっかり明ける」こと。
14 手紙の文章はなくて、和歌だけが書いてあったのである。
15 ＊古今集恋三・六四五。古今六帖第四・二〇三六・さい宮ある本。在中将集四八。素寂本業平集三。
16 「おもほえず」は「思うことができない」「はっきりしない」意。倒置して第四・五句を受けて、「夢かうつつか、寝てか醒めてか、わからない」と言っている。
17 「かきくらす」は目の前が真っ暗になること。＊古今集恋三・六四六・業平。第五句「よひとさだめよ」。古今六帖第四・二〇三七・業平。「よ人さだめよ」。在中将集四九。傍記に「世人」。素寂本業平集四。「よひとさだめよ」。

夢《ゆめ》うつゝとは[18]こよひさだめよ　（一一七）

とよみてやりて、狩《かり》に出《い》でぬ。

野[19]にありけど、心はそらにて、「今宵《こよひ》だに、人静《しづ》めて、いととくあはむ」と思ふに、[20]国《くに》の守《かみ》、斎《いつきの》宮の頭《かみ》かけたる、狩《かり》の使《つかひ》ありと聞《き》きて、夜一夜《ひとよ》、酒飲《さけの》みしければ、[21]もはらあひごともえせで、明《あ》けば、[22]尾張《おはり》の国《くに》へたちなむとすれば、男《をとこ》も、人知《し》れず、[23]血《ち》の涙《なみだ》を流《なが》せど、えあはず。夜、やうやうあけなむとするほどに、女方《がた》より出《い》だす盃《さかづき》の皿《さら》に、歌を書《か》きて出《い》だしたり。取《と》りて見《み》れば、

[24]かち人のわたれど濡《ぬ》れぬ[25]えにしあれば　（一一八a）

とかきて、末《すゑ》はなし。

その盃《さかづき》の皿《さら》に、[26]ついまつの炭《すみ》して、歌《うた》の末《すゑ》を書《か》きつぐ。

[27]また《又》あふさかの関《せき》は越《こ》えなん　（一一八b）

18　昨夜から明け方にかけての逢瀬が夢であったのか、現実であったのか、今夜、もう一度逢って確認したいと言っているのである。なお、前項の古今集や底本の行間勘物に「一説よひと」とあるのによると、「私はわからない。『世人』すなわち世間の人が判断してください」ということになる。

19　狩の使の本務である狩で野をうろうろするが、今夜、女に逢うことが気になって、心がうつろになっている。

20　伊勢の国守で斎宮寮の長官を兼任している人。

21　「もはら」も「え」も打消の語と呼応して、「まったく〜ない」、「(よう)〜できない」の意となる。

22　「伊勢の国(三重県)」から「尾張の国(愛知県西部)」へ移動するのは、この後、東海道を東へ行くコースが予定されていたからである。

23　「血の涙」は漢語の「血涙」の翻訳語。

24　＊古今六帖第五・二九二九・作者名無。在中将集一七・素寂本業平集五五。

25　「え」は「えん(縁)」の「ん」を無表記にしたもの。「江」と掛けた。「に」は断定の助動詞「なり」の連用形。「し」は強意の副助詞。

26　「ついまつ」は「継ぎ松」のイ音便。松明(たいまつ)と同じもの。

27　地名の「逢坂」に「また逢ふ」意を含む。「もう一度、お逢いしましょう」

とて、明《あ》くれば、尾張《おはり》の国《くに》へ越《こ》えにけり。
斎宮[28]は水の尾《お》の御時。文徳天皇の御むすめ、惟喬《これたか》の親王《みこ》の妹《いもうと》。

第七十段

昔《むかし》、男《おとこ》、狩の使より帰《かへ》り来《き》けるに、[1]大淀《おほよど》のわたりに宿《やど》りて、[2]斎《いつき》の宮の童《わらは》べに言《い》ひかけける。

[3]み《見》るめかるかた《方》やいづこぞ棹《さほ》さして
我に教《をし》へよ海人《あま》の釣《つり》舟　（一二九）

第七十一段

昔、男《おとこ》、[1]伊勢の斎宮に、[2]内の御使《つかひ》にて、まゐ《い》れりければ、かの宮に、[3]すきごと言《い》ひける女、[4]わたくしごとにて、

28 以下、語り手の立場からの注釈。「水の尾」は清和天皇のこと。斎宮は清和天皇の御代の斎宮。文徳天皇の御むすめで、惟喬親王の同母妹である恬子内親王のこと。系図一参照。

1 「大淀」は伊勢の国多気郡の斎宮寮の北東の海岸地帯。「わたり」は「渡し場」の意。

2 「斎の宮の童べ」は、第六十九段の「小さきわらはを先に立てて」とある「女(め)の童」のこととするのが古注以来の説だが、狩の使を大淀の渡し場まで迎えに来た男の童で、下僕と言ってよい小者であろう。

3 ＊新古今集恋一・一〇八〇・業平。「みるめ」は海藻の「海松布」と「見る目(女を見る機会)」を掛ける。「かた」は「方」ではなく、「潟」であろう。「棹さす」は「舟」の縁語。「指し示す」意の「指す」を掛ける。斎宮ともう一度会う機会を持ちたいのだが、会える場所はどこか教えてほしいと言っている。

1 人物ではなく、場所としての「伊勢の斎宮」。伊勢の斎宮に参上した。

2 「内の御使」は勅使。第六十九段の「狩の使」のことを言っている。

3 色めいた言葉をかけた女。

4 私的なこととして。斎宮の思いを伝えるのではなく、この女房個人の気持ちを伝えたのである。

ちはやぶる[5]神の斎垣《いがき》も越《こ》えぬべし
大宮人[6]の見まくほしさに[7]　（一三〇）

男《おとこ》

恋《こひ》しくは[8]来《き》ても見よかしちはやぶる
神のいさむる道《みち》ならなくに　（一三一）

第七十二段

昔《むかし》、男《おとこ》、伊勢の国《くに》なりける女[1]、また《又》え会《あ》はで隣《となり》の国《くに》へ行《い》くとて、いみじううらみければ、女、

大淀《おほよど》[2]の松はつらくもあらなくに
うらみてのみもかへる浪《なみ》かな《哉》　（一三二）

第七十三段

5　＊続千載集恋三・一三九六・読人不知（詞書に「斎宮に侍りける女房のもとより」とある）。類歌に「ちはやぶる神のい垣も越えぬべし今はわが名の惜しけくもなし」（萬葉集巻十一・二六六三）があり、この歌の上三句を利用したものであろう。

6　宮中に仕える貴人。

7　「見まくほしさ」は「見たさ」「会いたさ」の意。

8　そんなに恋しかったら、神垣を越えて出て来てみなさいよ。恋の道は神の禁止する道ではないのだから。＊続千載集恋三・一三九七・業平。

1　底本のままでは続き具合が悪いが、「伊勢の国にいた女が二度と会ってくれないので、男が『隣の国へ行くぞ』と言って、ひどく恨んで来たので、女がそれに対して詠んだ歌」ということである。

2　斎宮寮近くの大淀の海岸に生える松を伊勢に住む自分（女）に喩え、「私はつれないわけではないのに、あなたは恨みだけを残して帰って行かれるのですね」と言っている。「つらし」は現代語と違って「つれない」「冷淡だ」という意。「うらみ」は「浦見」と「恨み」を掛け、「かへる」は「反（かへ）る」（浪が反転する）意と男が「帰る」意を掛ける。＊新古今集恋五・一四三三・読人不知。西本願寺本伊勢集三八二。

昔《むかし》、そこ[1]にはありと聞《き》けど、消息《せうそこ》をだに言《い》ふべくもあらぬ女[2]のあたりを思《おも》ひける。

目[3]《め》には見て手にはとられぬ月[4]のうちの
桂《かつら》のごとき君《み》にぞありける
（一二三）

第七十四段

昔《むかし》、男《をとこ》、女をいたううらみて、

岩根[1]《いはね》踏《ふ》み重[2]《かさ》なる山にあらねども
会《あ》はぬ日多《おほ》く恋[3]《こ》ひわたるかな《哉》
（一二四）

第七十五段

昔、男《をとこ》、「[1]伊勢の国《くに》に率《ゐ》て行《い》きてあらむ」と言《い》ひければ、女、

大淀[2]《おほよど》の浜《はま》に生《お》ふてふみる《見》からに

1 「そこ」は、現代語と違って、「どこそこ」「ある特定の場所」という意。意図的に名前を伏せた書き方。
2 「あたり」は女の居場所をわざと婉曲に言って、「女」への敬意を表す。身分の高い女性であることを暗示。
3 ＊萬葉集巻四・六三二・湯原王。第五句「妹をいかにせむ」。古今六帖第六・四二八八・作者名無。第五句「いもにもあるかな」。これらの古歌を利用したものと見られる。
4 月の中に桂の木があるというのは、中国の故事。日本でも一般的な知識になっていた。

1 ＊萬葉集巻十一・二四二二。第二句「重なる山は」、第四句「あはぬ日あまた」。素寂本業平集一〇〇、第二・三句「かさなる山はへだてねど」。「岩根」は大地に根を下ろした巨岩の形の形容。
2 重々累々たる山ではないが。「二人の間にあるのは」を補って訳すべきであろう。
3 「恋ふ」は離れている相手を恋い慕うこと。「わたる」は「続ける」意。

1 「あらむ」は、阿波国文庫本にあるように「あはむ」の方が意味が通り、「ら」は「者(は)」の誤写の可能性があるが、底本のままだとすると、「伊勢の国に一緒に行って生活しよう」ということになる。

心はなぎぬ語《かた》らはねども　（一三五）

と言《い》ひて、ましてつれなかりければ、男《おとこ》

3袖濡《ぬ》れて海人《あま》の刈《か》りほすわたつうみの

み《見》るをあふにてやまむとやする　（一三六）

女、

4岩間《いはま》より生《お》ふるみ《見》るめしつれなくは

5潮干潮満《しほひしほみ》ちかかひもありなん　（一三七）

また《又》、男《おとこ》、

6涙《なみだ》にぞ濡《ぬ》れつつしほる世7の人の

つらき心は袖《そで》の雫《しづく》か　（一三八）

8世に会《あ》ふこと難《かた》き女になん。

第七十六段

2　あなたのお顔を見るだけで満足しました。深く語り合っていませんけれど。海藻の「海松（みる）」と「見る」を掛ける。「なぎ」は風がおさまって静かになる「凪」のことで、「浜」の縁語。

3　＊新勅撰集恋一・六四九・業平。上三句は序詞。これも「海松」と「見る」を掛ける。「見る」だけなのに、「会ふ」、つまり夫婦になったことにして、終わりにしようとするのか。

4　＊新勅撰集恋一・六五〇・読人不知。「海松布（みるめ）」と「見る目」を掛ける。「見る機会があるだけではつれないというのであれば」の意。

5　潮が満ちたり干たりする時に貝が見えるように、日を重ねてかよってくると、きっと甲斐もあるでしょう。

6　＊続後撰集恋一・七〇六・業平。貫之集・五六六。「しぼる」ではなく、「しほる」と清音に読み、「霑る」（四段動詞）、すなわち「濡れてぐっしょりとなる」「しめる」意である。

7　この世にいらっしゃる人のつれないお心がこの私の袖の雫になったのでしょうか。

8　まったくもって、深い関係になるのが難しい女であったよ。語り手のことば。「世に」は「ほんとうに」「まったく」の意の副詞。

1　東宮の母である御息所。二条の后の産んだ陽成天皇が皇太子であったの

昔《むかし》、二条の后のまだ[1]春宮《（とうぐう）》の御息所《みやすん》と申しける時、[2]氏神にまうで給ひけるに、[3]近衛府《このゑづかさ》にさぶらひける翁《おきな》、人々の禄《ろく》賜《たま》はるついでに、[4]御車《くるま》より賜《たま》はりて、よみてたてまつりける。

[5]大原や小塩《をしほ》の山も[6]今日《けふ》こそは
[7]神世のことも思ひ出《い》づらめ　（一三九）

とて、[8]心にもかなしとや思ひけん、いかが思ひけん、知《し》らずかし。

第七十七段

昔《むかし》、[1]田邑《たむら》のみかどと申すみかどおはしましけり。その時の女[2]御多賀幾子《たかきこ》と申すみまそかりけり。それ失《う》せたまひて、[3]安祥寺にて[4]みわざしけり。人々[5]捧《さゝ》げ物《もの》奉《たてまつ》りけり。奉《たてまつ》り集《あつ》めたる物、千捧《ちさゝ》げばかり《許》ありけり。そこばくの捧《さゝ》げ物《もの》を、木の枝《えだ》につけて、堂《だう》

は貞観十一年（八六九）から同十八年（八七六）までの間の八年間である。

2　藤原氏の氏神。京都市西京区の大原野神社。奈良の春日大社を勧請した。

3　近衛府にお仕えしていた、今は翁となった男。今の翁の翁語り。元慶元年（八七七）に右近衛権中将になった業平を意識した書き方。

4　車の中の二条の后から直接、禄を賜わり、献歌したという設定である。

5　＊古今集雑上・八七一・業平。古今六帖第二・九一七・業平。在中将集一。素寂本業平集三五。大和物語百六十一段。古今集の歌を利用して、「大原の小塩山も今日はまさに神代のことを思い出していることでしょう。私もはるか昔のことを思い出しております」と、后との秘め事を詠んだものとして、この章段が生成されている。

6　藤原氏出身の東宮の御息所が参詣した今日はまさに。

7　皇孫瓊瓊杵尊が降臨した時、藤原氏の先祖天児屋根命が従駕したこと。

8　主人公の男の心中でも、昔のことを思い出して悲しいと思っただろうか、どう思っただろうか、語り手の私は知らないよ…と韜晦している。

1　文徳天皇。山城国葛野郡田邑郷真原岡に御陵があったのでこう呼ばれた。

2　藤原多賀幾子。右大臣良相の娘。文徳天皇女御。天安二年（八五八）卒去。

の前《まへ》に立《た》てたれば、山もさらに堂《だう》の前《まへ》に動《うご》き出《い》でたるやうになん見えける。それを、6右大将にいまそかりける藤原常行《ふぢはらのつねゆき》と申すいまそかりて、7講《かう》の終《をは》るほどに、歌《うた》よむ人々《く》を召《め》し集《あつ》めて、今日《けふ》の御《み》わざを題にて、8春の心ばへ《え》ある歌《うた》、奉《ゝてまつ》らせたまふ。9右の馬頭《むまのかみ》なりける翁《おきな》、10目《め》は違《たが》ひながら、よみける。

11山のみなうつりて今日《けふ》にあふ事は
春《はる》の別《わか》れをとふとなるべし　（一四〇）

とよみたりけるを、今《いま》見れば、よくもあらざりけり。そのかみは、これやまさりけむ、あはれがりけり。

第七十八段

昔《むかし》、1多賀幾子《たかきこ》と申す女御おはしましけり。うせ給ひて、×2七七《なゝ（なぬ》日《か）》のみわざ、3安祥寺にてしけり。4右大将藤原常行《ふぢはらのつねゆき》といふ人

3　京都市山科区JR山科駅の北にごく一部だけが今も残る真言宗の寺。嘉祥元年（八四八）に仁明天皇の后藤原順子の発願によって創建された。
4　法要。次の段に「七七日のみわざ」とあり、四十九日の法要のこと。
5　「捧（ささ）げ物」は「さしあげ物」の約。神仏や貴人に献上する物。木の枝につけて奉ることが多く、ここもその例。
6　右大臣藤原良相の長男。多賀幾子の兄。貞観八年（八六六）右大将。
7　「講」は漢音では「こう」と書くべきであるが、仮名で書く場合は「かう」と表記されていたようである。法事に際して学僧が参会者にする講釈。
8　「春の心」が表に表れてくるような歌という意。「心ばへ」は、隠されている心（意味）が表に表れること。
9　当時右馬頭であったこの翁。業平が右馬頭であったのは、貞観七年（八六五）から元慶元年（八七七）の十二年間で、この法要の六年後以降のこと。
10　たくさんの捧げ物を山が堂の前に動いて来たかと見誤ったままで。
11　*続後撰集雑下・一三六二・業平。古今六帖第四・二四八三・業平。在中将集四四。第五句「とふとなりけり」。山がすべて移動して来て、今日のこの法要に参会するのは、春を惜しむのと同じく女御様との別れを惜しんでやって来たのでしょう。

いまそかりけり。そのみわざにまうでたまひて帰《かへ》さに、[5]山科《しな》の禅師《ぜんじ》の親王《みこ》おはします、その山科《しな》の宮に、滝落《たきお》とし、水走《はし》らせなどして、おもしろくつくられたるに、まうでたまうて、「年《とし》ごろ、[6]よそにはつかうまつれど、近《ちか》くはいまだ仕《つか》うまつらず。今宵《こよひ》は、ここに候《さぶら》はむ」と申したまふ。親王《みこ》、よろこびたまう《ふ》て、[7]夜《よる》のおましのまうけせさせ給ふ。さるに、かの大将、出《い》でて、[8]たばかりたまふやう、「宮仕《みやづか》への始《はじ》めに、[9]ただなほやはあるべき。[10]三条の大御幸《おほみゆき》せし時、[11]紀《き》の国《くに》の千里《(ちさと)》の浜《はま》にありける、いとおもしろき石《いし》[12]奉《たてまつ》れりき。大御幸《おほみゆき》の後《のち》、奉《たてまつ》れりしかば、ある人の御曹司《みざうし》の前《まへ》の溝《みぞ》に据《す》ゑ《へ》たりしを、[13]島好《しまこの》み給ふ君《きみ》也。この石《いし》を奉《たてまつ》らん」とのたまひて、[14]御随身《みずいじん》・舎人《とねり》して、取《と》りにつかはす。いくばくもなくて、持《も》て来《き》ぬ。この石《いし》、聞《き》きしよりは、見るはまされり。「これをただに奉《たてまつ》らば、[15]すずろなるべし」と

1　前段（第七十七段）2参照。
2　四十九日の法要。
3　前段（第七十七段）3参照。
4　前段（第七十七段）6参照。
5　仁明天皇第四皇子人康（さねやす）親王とするのが通説。系図一参照。
6　よそながらお仕えしておりましたが。抽象的、あるいは精神的なものではなく、なにがしかの経済的な奉仕を蔭ながらしていたということであろう。
7　夜の御座所の準備をさせなさる。
8　「たばかる」は「相談する」意。
9　ただ何の催しもなくてよいだろうか。ありきたりではいけない。
10　貞観八年（八六六）三月二十三日に、常行・多賀幾子の父、西三条右大臣藤原良相の西京第に清和天皇の行幸があった。ただし、多賀幾子が没してから八年も後である。
11　和歌山県日高郡みなべ町の海岸。
12　その土地の人が良相に献上した。
13　庭園の池に石を置いて「島」の形を表すのが一般的であったから、庭園のことを「島」と言った。
14　「随身」は近衛府の舎人の中から選ばれた衛護の士。ここの「舎人」は「随身」の下の衛護と雑役を兼ねた下官。
15　「すずろ」は意図せぬこと、予想できぬ事態が現出すること。この場合は、期待と違っておもしろくないだろう。予想外のつまらなさだろうという意。

て、人々《〱》に歌《うた》よませたまふ。[16]右《みぎ》の馬頭《むまのかみ》なりける人のをなむ、青《あお》き苔《こけ》をきざみて、[17]蒔絵《まきゑ》の形《かた》に、この歌《うた》をつけて奉《たてまつ》りける。

[18]あかねども[19]岩《いは》にぞかふる[20]色見えぬ
心を見せむよしのなければ

となむよめりける。（一四二）

第七十九段

昔《むかし》、[1]氏《うぢ》の中《なか》に、親王《みこ》生《う》まれ給へりけり。[2]御うぶやに、人《ひと》々《〱》歌よみけり。[3]御祖父方《おほぢがた》なりける翁《おきな》のよめる。

[4]わが門《かど》に[5]千尋《ちひろ》ある影を植《う》ゑ《へ》つれば
[6]夏冬誰《たれ》か隠《かく》れざるべき（一四三）

これは貞数《さだかず》の親王《みこ》。時の人、[7]中将の子となんいひける。兄《あに》の中納言行平《ゆきひら》のむすめの腹《はら》なり。

16　前段（第七十七段）9参照。
17　蒔絵と同じような形状にして、石の表面にこの歌を付着させて。
18　＊在中将集四〇。素寂本業平集九八。
19　自分の堅い心を岩で代用させて表すと言っているのである。
20　色彩の比喩というよりも、「目で見て確かめられない心」の意。

1　氏族の中に親王が生まれた。在原行平の娘文子は清和天皇皇子貞数親王を産んでいる。系図一参照。
2　ここは「うぶやのやしなひ」すなわち「うぶやしなひ（産養）」のこと。
3　貞数親王の外祖父にあたる在原行平がたに属す業平のこと。
4　＊在中将集一三。素寂本業平集八七。第二句「ちひろのたけを」。
5　底本始め定家本の多くは「千尋ある影を」とするが、別本の時頼本、真名本、広本系の阿波国文庫本や歴博本などは「ちひろあるたけを」とする。
6　夏の暑い日差しからも冬の寒い雪からも誰が隠れることができないだろうか、いや、身を隠すことができる。つまり貞数親王の庇護により、在原氏はいつも安泰だと言っているのである。
7　業平が群を抜いた色好みであったというイメージが定着してから書かれた追記であろう。

第八十段

昔、おとろへ[1]たる家に、藤《ふぢ》の花植《う》ゑ《へ》たる人ありけり。やよひ[2]のつごもりに、その日、雨《あめ》[3]そほ降《ふ》るに、人のもとへ、折《お》[4]りて奉《たてまつ》らすとて、よめる。

濡《ぬ》[5]れつゝぞしひ《ゐ》て折《お》りつる年の内に
春《はる》は幾日《いくか》もあらじと思《おも》へば

（一四三）

1　前段に続いて、在原氏を思わせる書き方。
2　三月の最後の日。
3　「そをふる」と書く古写本も多いので、「ほ」は清音。「そぼふる」ではない。現代語の「しょぼしょぼ降る」にあたり、「しとしと降る」意。
4　藤の花を折って、献上するということで、詠んだ歌。藤の花に添えて歌を贈った。「奉らす」とあるので、相手は高貴な人。貴顕の人物と見てよい。
5　濡れながら、無理をして藤の花を折ったのですよ。今年の内に春は幾日も残っていないと思うので。＊古今集春下・一三三・業平。在中将集五。素寂本業平集六五。第三句「さくらばな」。古今集の三月尽日のテーマで詠まれた「惜春」の歌を利用して、「おとろへたる家」から高貴な人に藤の花を献上した章段を作り上げたのである。

第八十一段

昔《むかし》、左[1]のおほいまうちきみいまそかりけり。鴨《かも》河のほとりに、六条わたりに、家[2]をいとおもしろくつくりて、住《す》みたまひけり。神無《な》月のつごもりがた、菊《きく》[3]の花、うつろひさかりなるに、もみ[4]ぢの千種《ちくさ》に見ゆる折《おり》、親王《みこ》たちおはしまさせて、夜一《ひと》夜《よ》、酒《さけ》飲

1　「左のおほいまうちきみ」は左大臣。この左大臣は河原左大臣源融のこと。勘物（118頁）参照。
2　融の邸、東六条第。賀茂川の西にあった、いわゆる河原院。
3　当時は、白菊が寒さにあって変色するのが見所とされていた。
4　もみじが一色ではなく、濃く淡く、紅や黄色に、さまざまな色に見える折。

みし、あそびて、[5]夜明《よあ》けもてゆくほどに、この殿《との》のおもしろきをほむる歌《うた》よむ。そこにありけるかたゐ[6]翁《をきな》、[7]板敷《たいしき》の下《した》に這《は》ひありきて、人にみなよませ果《は》ててよめる。

[8]塩竈《しほがま》にいつか来《き》にけむ[9]朝凪《あさなぎ》に
釣《つり》する舟《ふね》はここに寄《よ》らなん　（一四）

[10]となむよみけるは。

[11]陸奥国《みちのくに》に行《い》きたりけるに、あやしくおもしろき所々《ゞ》多《おほ》かりけり。[12]わが朝《みかど》六十余国《よこく》の中に、塩竈《しほがま》といふ所に似《に》たる所《ところ》なかりけり。[13]さればなむ、かの翁《おきな》、さらにここをめでて、「塩竈《しほがま》にいつか来《き》にけむ」とよめりける。

第八十二段

昔《むかし》、[1]惟喬親王《これたかのみこ》と申す皇子《みこ》おはしましけり。[2]山崎《ざき》のあなたに

5　「もてゆく」は「しだいに〜してゆく」意。

6　「かたゐ」は、本来は道の片側に座って物貰いをする乞食。ここは、蔑視表現を自卑に転用したもの。「役に立たない爺（じじい）」とでも訳すべきであろう。解題（141頁）参照。

7　底本の天福本には「たいしき」とあるが、「台敷」という語例は見出せず、非定家本系はもとより定家本系の諸本でも「いたしき」とあるので校訂した。客人が皆歌を詠み終わってから、板敷の下を這うようにへりくだって詠んだ。

8　＊続後拾遺集雑上・九七五・業平。在中将集四一。素寂本業平集六六。塩竈にいつ来てしまったのだろうか、と言って、ここがまるで塩竈の浦（現在の宮城県）のようだと賞賛して詠んだ。

9　「夜明けもてゆくほどに」という時刻に合わせて「朝凪に」と詠み、「このすばらしい御殿の主である融公のもとに、人々が集まってほしい」と言っているのである。

10　「となむよみけるは」を後文に続ける読みもあり得るが、以下は語り手の追加的コメントと見るべきで、この係助詞「は」は感動・詠嘆の意を表す終助詞的用法で、ここで切れる。

11　「この翁が陸奥国に行きたりけるに」の意。第十四段・第十五段・第百十五段・第百十六段などの主人公の陸奥流浪譚を前提としたコメント。

水無瀬《みなせ》といふ所に、宮ありけり。年ごとの桜《さくら》の花盛《ざか》りには、その宮へなむおはしましける。その時、右の[3]馬頭《むまのかみ》なりける人を常《つね》に率《ゐ》ておはしましけり。時世へて、久《ひさ》しくなりにければ、その[4]人の名、忘《わす》れにけり。[5]狩《かり》はねむごろにもせで、酒《さけ》をのみ飲《の》みつつ、[6]倭歌《やまとうた》にかかれりけり。いま狩《かり》する[7]交野《かたの》の渚《なぎさ》の家、その院《ゐん》の桜《さくら》、ことにおもしろし。その木のもとに下《お》りゐて、枝を折りて、かざしに挿《さ》して、上《かみ》、中《なか》、下《しも》、みな歌よみけり。馬頭《うまのかみ》なりける人のよめる。

[8]世の中に絶《た》えて桜《さくら》のなかりせば
　春《はる》の心はのどけからまし　（一四五）

となむよみたりける。

又、人の歌《うた》、

[9]散《ち》ればこそいとど桜《さくら》はめでたけれ

12　日本は六十余国としてとらえられていた。
13　「さればなむ」は「陸奥流浪の経験があるからこそ」の意。「さらに」は「一般の人以上に」の意。

1　文徳天皇第一皇子。母は紀名虎の娘静子で、有常と同胞。系図二参照。
2　「山崎」は山城の国（京都府）の先（先端）の意。「水無瀬」はその南、摂津の国、現在の大阪府三島郡島本町。
3　第七十七段9参照。
4　語り手が韜晦した書き方。
5　鷹狩は熱心にしないで。
6　和歌に専念していた。
7　「交野」は現在の大阪府交野市だけでなく、枚方市を含む河内国交野郡全般を言った。「渚の家」は「淀川の渚にある家」という意。現在、渚本町、渚元町など、渚の地名が残る。「院」は皇族や貴顕の別邸のことを言う。
8　もしこの世の中にまったく桜というものがなかったならば、いつ散るだろうかと心配することもないゆえに、春の心はどんなにかのどかだろうに。
＊古今集春上・五三・業平。新撰和歌第一・六九。古今六帖第六・四二三・業平。第三句「さかざらば」。在中将集四。素寂本業平集四六。「さかざらば」。
9　散るからこそ桜はいっそうすばらしいのです。この憂き世に何がいつまでもあるでしょうか、ありませんよ。

うき世になにか久《ひさ》しかるべき　（一四六）

とて、その木のもとは立《た》ちて帰《かへ》るに、日暮《ぐ》れになりぬ。[10]御ともなる人、酒《さけ》を持《も》たせて、野より出《い》で来《き》たり。「この酒《さけ》を飲《の》みてむ」とて、よき所を求《もと》めゆくに、[11]天《あま》の河といふ所《ところ》にいたりぬ。親王《みこ》に、馬頭《むまのかみ》、大御酒《おほみき》参《まい》る。親王《みこ》ののたまひける、「[12]『交野《かた》を狩《か》りて[5]天《あま》の河のほとりにいたる』を題にて、歌《うた》よみてさかづき《月》はさせ」とのたまうければ、かの馬頭《むまのかみ》、よみて奉《たてまつ》りける。

[13]狩《か》り暮《く》らしたなばたつめに宿借《やどか》らむ
天《あま》の河原《かはら》に我は来《き》にけり　（一四七）

[14]親王《みこ》、歌《うた》をか《返》へす《×》が、へ《×》す誦《ず》ん《×》じ給《たま》うて、返しえしたまはず。[15]紀《きの》有常《ありつね》、御供《とも》につかうまつれり。それが返し、

[16]一年《ひとゝせ》に一度《ひとたび》来《き》ます君待《ま》てば

10 御供である物語の主人公が従者に酒を持たせて、野を通って現れた。
11 交野郡を流れる天野川。
12 「交野を狩りて天の河のほとりにいたる」は歌題。現実の川の名である「天野川」を牽牛織女で有名な天の河に見立てて、「交野で狩をして、なんと天の河原にやって来たよ」と喜ぶ心を主題として、当意即妙の和歌を詠む小歌会を催したのである。
13 暮れるまで一日中、狩をしたので、今夜は棚機つ妻(たなばたつめ)に宿りを借りましょう。天の河ならぬ天野川の河原に私どもは来たのですから。＊古今集羇旅・四一八・業平。新撰和歌第三・一九〇。古今六帖第一・一二七・業平。在中将集四五。素寂本業平集四七。
14 惟喬親王は業平の歌に感じ入って、返歌が詠めなくなった。
15 第十六段1参照。
16 「たなばたつめ」は一年に一度、七月七日にいらっしゃる夫(せ)の君を待っているので、それ以外に宿を貸すお方など考えられないでしょう。と、冗談ぽく答えて、暗に「もう帰りましょう」と、言ったのである。＊古今集羇旅・四一九・有常。古今六帖第一・一九八・作者名無。在中将集四六。素寂本業平集四八。

宿貸《やどか》す人もあらじとぞ思ふ×　（一四八）

帰《かへ》りて、宮[17]に入《い》らせ給ひぬ×。夜ふくるまで、酒《さけ》飲《の》み、物語《がたり》[18]して、主《あるじ》の親王《みこ》、酔《ゑ》ひて、入《い》りたまひなむとす。十一日の月も隠《かく》れなむとすれば、かの馬頭《むまのかみ》のよめる。

[19]あかなくにまだきも月の隠《かく》るるか
山の端《は》逃《に》げて入《い》れずもあらなん　（一四九）

[20]親王《みこ》に代《かは》り奉《たてまつ》りて、紀有常《きのありつね》、

[21]お《を》しなべて峯も平《たひ》らになりななむ
山の端《は》なくは月もいらじを　（一五〇）

第八十三段

昔《むかし》、[1]水無瀬《みなせ》にかよひ給ひし×惟喬親王《これたかのみこ》、例《れい》の狩《かり》しにおはします。供《とも》に、[2]馬頭《うまのかみ》なる翁《おきな》仕《つか》うまつれり。日頃《ごろ》経《へ》て、宮[3]に帰《かへ》り給《たま》

17　「宮」は水無瀬の離宮のこと。淀川東岸の交野から、西岸の水無瀬へ船で渡って帰って来たのである。
18　「物語して」は「あれこれと世間話をして」の意。
19　まだ十分に語り合っていないのに、こんなに早く月が隠れるのか。山の端よ、逃げて行って月を入れないでいてほしい。親王が寝所に入られるのを惜しむ心を、山の端に入る月を惜しむ心と重ね合わせて表現した。＊古今集雑上・八八四・業平。新撰和歌第四・二六七。古今六帖第一・三三七・業平。在中将集五六。素寂本業平集四九。
20　惟喬親王の立場に立って紀有常が詠んだのである。
21　高い峯も低い峯も一様に平らになってほしい。山の稜線がなければ、月は隠れないだろうから。＊後撰集雑三・一二四九・かむつけのみねを。第五句「月もかくれじ」。古今六帖第一・三三四・かんつけのみわけ或本いまを。第四・五句「山のあればぞ月もかくるる」。
1　前段（第八十二段）を承ける。
2　前段（第八十二段）を承ける。第七十七段9参照。
3　「宮」は京都にあった小野宮。

うけり。御送《をく》りして、「とくいなん」と思《おも》ふに、「[4]大神酒《おほみき》賜《たま》ひ、禄賜《ろくたま》はむ」とて、つかはさざりけり。この馬頭《むまのかみ》、[5]心もとながりて、

[6]枕《まくら》とて草引《ひ》き結《むす》ぶこともせじ
秋の夜とだにたのまれなくに　（一五二）

とよみける。時はやよひのつごもりなりけり。[7]親王《みこ》、おほとのごもらで、明《あ》かし給うてけり。

[8]かくしつつ、まうで仕《つか》うまつりけるを、思《おも》ひのほかに、[9]御ぐしおろしたまうてけり。[10]睦月《むつき》に、「拝《おが》みたてまつらむ」とて、[11]小野にまうでたるに、比叡《ひえ》の山の麓《ふもと》なれば、雪いと高《たか》し。強《しゐ》ひて御室《みむろ》に詣《まう》でて拝《おが》みたてまつるに、[12]つれづれと、いと物がなしくておはしましければ、ややひさしくさぶらひて、いにしへのことなど、思ひ出《い》で聞《き》こえけり。「さてもさぶらひてしかな」

4　親王が「大神酒賜ひ、禄賜はむ」と言って帰らせてくださらなかった。前段（第八十二段）に描かれている親王の日常と異なるご様子である。

5　前段と対照的な親王のご様子を拝見して、気がかりで。

6　＊新勅撰集羇旅・五三八・業平。古今六帖第四・二四四・作者名無。第二・三句「くさむすびてしこともをし」。古今六帖第五・三四二・作者名無。在中将集三。素寂本業平集五六。旅寝の枕にするために草を引き抜いて丸めるようなことはしないつもりです。長いはずの秋の夜でさえ安心できず、ゆっくり話し合うほどの時間はありません。春の夜は短く、すぐ明けてしまうので、寝ないで語り明かしましょう。

7　馬の頭の歌に応えて、親王は寝所にお入りにならないで、そのまま夜を明かしなさった。

8　このようなことを繰り返しながら親しく近侍していたのに。

9　惟喬親王の出家剃髪は、貞観十四年（八七二）、親王二十九歳の時のこと（三代実録）。その時、業平は四十八歳。

10　正月に「拝顔しよう」と思って。年賀のために参上したのである。

11　修学院・高野から八瀬・大原にかけての地を広く「小野」と言った（『大日本地名辞書』）。

12　「つれづれと」は「さびしく閑散なさま」をいう。

と思《おも》へど、13おほやけごとどもありければ、えさぶらはで、夕暮《ゆふぐれ》に帰《かへ》るとて、

14忘《わす》れては夢かとぞ思ふ思《おも》ひきや
雪踏《ゆきふ》み分《わ》けて君を見むとは　（一五二）

とてなむ、泣《な》く泣く来《き》にける。

第八十四段

昔《むかし》、男《おとこ》有りけり。1身はいやしながら、2母《は》なん宮なりける。その母《は》、3長岡《ながをか》といふ所に住《す》み給ひけり。子《こ》は京に宮仕《づか》へしければ、詣《まう》づとしけれど、しばしばえ詣《ま》うでず。5一《ひと》つ子《ご》にさへありければ、いとかなしうし給ひけり。

さるに、師走《しはす》ばかりに、6「とみのこと」とて、御文《ふみ》あり。おどろきて見れば、歌《うた》あり。

13　宮中の行事。公務。
14　今の実情を忘れて、これは夢かと思ってしまいます。このような所に雪踏み分けてやって来て、あなた様にお会いしようと思いましたでしょうか、思いはしませんでした。＊古今集雑下・九七〇・業平。古今六帖第一・七二五・作者名無。在中将集六〇。素寂本業平集五〇。

1　「身はいやしながら」は「官位は低いものの」という謙退の辞である。当事者もしくはそのゆかりの者が語っているポーズをとっているのである。
2　業平の母は桓武天皇第八皇女伊都内親王。系図一参照。
3　第五十八段2参照。
4　前段の「おほやけごと」と同様に、『伊勢物語』において「宮仕へ」は、人間の人間らしい愛情を阻害するものとして語られている。
5　兄行平は弘仁九年（八一八）の生まれで、父の阿保親王の九州退去中に生まれた子なので、伊都内親王の息ではあり得ないが、業平は天長二年（八二五）の生まれで、その前年に許されて帰京した親王が伊都内親王と結婚して業平が生まれたのであろう。したがって、実際に業平は一人子であったと見られる。
6　「とみのこと」は「にわかのこと」「急なこと」の意。

[7]老《お》いぬればさらぬ別《わか》れのありといへば
いよ〳〵見まくほしき君《み》かな

かの子《こ》、いたううち泣《な》きてよめる。（一五三）

[8]世の中にさらぬ別《わか》れのなくもがな《哉》
千代《よ》もといのる人の子《こ》のため
（一五四）

第八十五段

昔、男《おとこ》有りけり。[1]童《わらは》より仕《つか》うまつりける君《きみ》、[2]御ぐしおろし給《たま》うてけり。[3]睦《む》月にはかならずまうでけり。[4]おほやけの宮仕《みやづか》へしければ、つねにはえまうでず。されど、[5]もとの心失《うしな》はでまうでけるになん有りける。

[6]昔《むかし》、仕《つか》うまつりし人、[7]俗《ぞく》なる、禅師《ぜんじ》なる、あまた参《まい》り集《あつ》まりて、「[8]睦《む》月なれば、言《事》立《た》つ」とて、おほみき給《たま》ひけり。[9]雪《ゆき》こぼ

7　＊古今集雑上・九〇〇・業平の母のみこ。在中将集五七。素寂本業平集五二。「さらぬ別れ」は「避けることのできない別れ」「死別」のこと。

8　＊古今集雑上・九〇一・業平。第四句「ちよもとなげく」。ただし元永本は「いのる」。在中将集五八。素寂本業平集五三。「千代」は人の一生を千重ねるのだから、永遠にということ。「人の子」は一語で「子供」のこと。

1　この段は第八十三段の延展で、「君」は惟喬親王だが、実際には、業平の方が親王より二十歳近く年長である。

2　剃髪してしまった。仏門に入るため、髪を剃ったことをいう。

3　正月には必ず参上していた。年賀のためであろう。

4　『伊勢物語』における「おほやけ」は、第六十五段や第百十四段のように、天皇その人をいう場合がある。ここも親王に対する宮仕えと区別している。

5　親王出家以前に仕えていた時と同じ心で仕えていることをいう。「変わらない心」が『伊勢物語』を貫くテーマである。

6　出家剃髪する前に仕えていた人。

7　「俗なる」は物語の主人公のように官人生活を続けている人。「禅師」は出家して仏門に入った人のこと。

8　正月なので、寿言(よごと)を言おう。

すがごと降《ふ》りて、ひねもすにやまず。みな人「酔《ゑ》ひて、雪に降《ふ》り籠《こ》められたり」といふを題《だい》にて、歌《うた》ありけり。

　[10]思《おも》へども身をし分《わ》けねば[11]目離《めか》れせぬ
　雪《ゆき》の積《つ》もるぞわが心なる　（一五五）

とよめりければ、皇子《みこ》、いといたうあはれがり給《たま》うて、[12]御衣《ぞ》脱《ぬ》ぎて、賜《たま》へりけり。

第八十六段

昔、いと若《わか》き男《おとこ》、若《わか》き女をあひ言《い》へりけり[1]。[2]お《を》の〱親《おや》ありければ、[3]つつみて、言《い》ひさして止《や》みにけり。[4]年ごろへて、女のもとに、なほ《猶》心ざし果《は》たさむとや思ひけむ、男《おとこ》、歌《うた》をよみてやれりけり[5]。

　[5]今までに忘《わす》れぬ人は世にもあらじ

9　『名義抄』が「覆」「溢」を「こぼす」と訓んでおり、「あふれ出る」こと。
10　古今集離別・三七三・いかごのあつゆきの歌「思へども身をしわけねば目に見えぬ心を君にたぐへてぞやる」を利用した歌。＊古今六帖第一・七三三・作者名無。第四句「雪のとむるぞ」。在中将集六八。素寂本業平集一〇五。「ゆきのとむるぞ」。なお、素寂本業平集五一には和歌が欠落して詞書のみある。
11　目の前から離れない雪が積もるのは、離れずにいたいという私の心の表れです。
12　自分が着ている衣を脱いで直接下賜するというのは、最高の待遇。ただし、出家した親王がそのようなことをするのかどうか疑問ではある。

1　互いに思いを述べ合った。
2　おのおの監督する親があったので。
3　思いを抑えて、言うのを途中で中断して、途絶えてしまった。
4　続く歌は「なほ心ざし果たさむと」と思って、男が詠んだ歌としてはふさわしくなく、「年ごろへて」、「なほ心ざし果たさむとや思」って歌を贈って来た男に対する女の歌と見るべきで、歌の直前は「歌をよみてやれりければ、」とか「歌をよみてやれりけり。女、」とあるべきであろう。
5　＊古今六帖第五・二九一七・作者名無。在中将集七六。素寂本業平集五四。

お《を》のがさまざ《〱》ま年のへぬれば　（一五六）

とて、止《や》みにけり。

男《おとこ》も女も、[6]あひ離《はな》れぬ宮仕《づか》へになん出《い》でにける。

第八十七段

昔《むかし》、男《おとこ》、[1]津の国《くに》、菟原《むばら》の郡《こほり》、芦屋《あしや》の里《さと》に、[2]しるよしして、行《い》きて住《す》みけり。昔《むかし》の歌《うた》に、

[3]芦《あし》の屋《や》の灘《なだ》の[4]塩焼《しほや》きいとまなみ
黄楊《つげ》の小櫛《をぐし》も挿《さ》さず来《き》にけり　（一五七）

とよみけるぞ、この里《さと》をよみける。ここをなむ、芦屋《あしや》の灘《なだ》とは言《い》ひける。

この男《おとこ》、[5]なま宮仕《みやづか》へしければ、それを[6]たよりにて、[7]衛府《ゑう》の佐《すけ》ども、集《あつ》まり来《き》にけり。[8]この男《おとこ》のこのかみも、衛府《ゑふ》の督《かみ》なりけ

6「あひ離れぬ宮仕へ」は「互いに離れない宮仕え」の意。

1 第三十三段1参照。

2「しる」は「領有する」意。「よし」は「ゆかり」「縁故」。

3 萬葉集巻三・二七八・石川少郎の歌「しかのあまはめかり塩焼きいとまなみくしげの小櫛取りもみなくに」の改作であろう。＊新古今集雑中・一五九〇・業平。古今六帖第五・三八〇・作者名無。素寂本業平集二七。

4「塩焼き」は「塩を焼く海人（あま）」「製塩に従事する人」。「いとまなみ」は「暇がないので」の意。海人の仕事が忙しいので、黄楊の小櫛で髪を整えることもしないと言っている。

5 中途半端な宮仕え。宮仕えともいえないような宮仕え。

6「たより」は「手がかり」「手づる」。

7 底本の天福本には「ゑう」とあるが、「衛府（ゑふ）」のこと。宮中の護衛などを司る近衛府・衛門府・兵衛府。それぞれ左右があったので「六衛府」と言った。「佐」は次官。

8「このかみ」は「子の上」の意で、兄のこと。「衛府の督」は衛府の長官。業平の兄の行平は実際に左兵衛の督を務めており、「この男（主人公の男）のこのかみ」は行平を暗示している。

り。

その家の前《まへ》の海のほとりにあそびありきて、「いざ、この山の上《かみ》にありといふ9布引《ぬのびき》の滝《たき》見に登《のぼ》らん」と言《い》ひて、登《のぼ》りて見るに、その滝《たき》、物よりことなり《也》。10長《なが》さ二十丈、広《ひろ》さ五丈ばかり《許》なる石《いし》の面《おもて》、白絹《しらぎぬ》に岩《いは》を包《つゝ》めらんやうになむありける。さる滝《たき》の上《かみ》に、11わらうだの大《おほ》きさして、さしいでたる石《いし》あり。その石《いし》の上《うへ》に走《はし》りかかる水は、12小柑子《せうかうじ》・栗《くり》の大《おほ》きさにてこぼれ落《お》つ。そこなる人に、みな滝《たき》の歌よます。かの衛府《ゑふ》の督《かみ》、まづよむ。

13わが世をば今日《けふ》か明日《あす》かと待《ま》つかひの
なみだの滝《たき》といづれ高《たか》けん
（一五八）

14あるじ、次《つぎ》によむ。

15ぬき乱《みだ》る人こそあるらし白玉の
間《ま》なくも散《ち》るか袖《そで》のせばきに
（一五九）

9　古来、摂津の国の歌枕であり、景勝地として名高い。現在の神戸市中央区葺合町、新神戸駅のすぐ北の生田川中流域にある。

10　「丈」は約三メートルなので、二十丈は約六〇メートル。五丈は一五メートル。なお、現在の布引の滝の雄滝は、高さ四五メートルとされている。

11　「わらうだ」は「円座」。藁や菅などを渦巻き状にまるく編んだ座布団。

12　「柑子」は蜜柑の古種で、蜜柑よりも小さい。それに「小」をつけているのだから、「栗」とあまり変わらない大きさであろう。

13　自分が時めく世を今日か明日かと待っている甲斐がないので流している私の涙の滝とこの山峡の布引の滝とどちらが高いだろうか。「かひ」は「甲斐」と「峡（かひ）」、「なみ」は「無み」と「涙」の掛詞。＊新古今集雑中・一六五一・行平。素寂本業平集二八。

14　「あるじ」は芦屋の別荘の主人である物語の主人公の男。

15　緒を引き抜いて散乱させる人がいるらしい。白玉が絶えまなく散ることよ。それを受ける私の袖は狭いのに。＊古今集雑上・九二三・業平。古今六帖第三・一七二二・作者名無。在中将集五九。素寂本業平集二九。

とよめりければ、かたへの[16]人笑《わら》ふことにや有りけん、この歌にめでて、やみにけり。

帰《かへ》り来《く》る道遠《みちとを》くて、失《う》せにし宮内卿[17]もちよしが家の前来《まへく》るに、日暮《く》れぬ。宿《やど》りの方《（かた）》を見やれば、海人《あま》の漁火《いざりび》、多《おほ》く見ゆるに、かのあるじの男《おとこ》よむ。

[18]晴《は》るる夜の星《ほし》か河辺の蛍かも
わが住《す》む方《かた》の海人《あま》のたく火か　（一六〇）

とよみて、家[19]に帰《かへ》り来《き》ぬ。

その夜、南の風吹《ふ》きて、浪いと高《たか》し。つとめて、その家のめ[20]のこども、出《い》でて、[21]浮海松《うきみる》の浪《なみ》に寄《よ》せられたる、拾《ひろ》ひて、家《いゑ》の内に持《も》て来《き》ぬ。女方《がた》[22]より、その海松《みる》を高坏《たかつき》[23]に盛《も》りて、[24]柏《かしは》をおほひて出《い》だしたる、柏《かしは》に書《か》けり。


渡[25]つ海《（み）》のかざしにさすといはふ藻《も》も

16 傍らにいる人が笑うほどにおかしな歌だったのだろうか、いやそうではなく、他の人にはこれ以上の歌が詠めないので、この小歌会はお開きになったのである。この場での「めで」は「賞賛する」「感じ入る」意の動詞「めづ（賞づ）」の連用形。
17 「宮内卿」は宮内省の長官。伊勢物語で名が書かれている登場人物は、これ以外はすべて実在人物であるが、「もちよし」については不明。
18 ＊新古今集雑中・一五九一・業平。在中将集七二。素寂本業平集三〇。
19 布引の滝から芦屋の別荘に帰って来たのである。
20 「めのこ」は「をのこ」に対する語。やや卑しめて言う語。「めのこども」は「女たち」。
21 水に浮いている海松が浪によって浜辺に寄せられているのを拾って。
22 この屋敷の女主人の方から。
23 食物を盛る脚付きの台。
24 柏の葉は、上代に祭祀の折、酒や食べ物を盛るのに用いた。供え物に用いる柏の葉に歌を書いたのである。
25 底本に「渡つ海」とあるが、他の諸本のように「わたつみ」と読んでよい。「わたつみ」はここでは「海神」のこと。＊古今六帖第四・二三三・作者名無。海神がかんざしに挿して大切にしてきた海藻をあなたのためには惜しみませんでしたよ。どうぞ召し上がれ。

君《きみ》がためには惜《お》しまざりけり

[26]田舎《ゐなか》人の歌《うた》にては、あまれりや、たらずや。（一六一）

第八十八段

昔《むかし》、いと若《わか》きにはあらぬ、[1]これかれ、友《とも》だちども集《あつ》まりて、月を見て、[2]それが中《なか》に、一人《ひとり》、

[3]おほかたは月をもめでじこれぞこの

つもれば人の老《お》いとなるもの《物》　（一六二）

第八十九段

昔《むかし》、いやしからぬ男《おとこ》、我よりはまさりたる人を思ひかけて、[1]年経《へ》ける。

[2]人知《ひとし》れず我恋《こ》ひ死《し》なばあぢきなく

26　語り手が現地の妾の詠んだ歌について、田舎の人の歌としては水準を越えているだろうか、未熟だろうかと言って、主人公の男の立場に立って謙辞を述べている。

1　この人あの人。

2　「それが中に、一人」は、「それを見て、かのゆく人の中に、ただ一人よみける」（第六十七段）と同じく、物語の主人公を特定する表現。

3　特別の思い入れもなく、平々凡々には月を賞美しないでおこう。これがまあ、積み重なってゆくと、人の老いとなるのだから。太陰暦では空の月と年月の月が直結していたので、このような言い方が成り立ったのである。＊古今集雑上・八七九・業平。古今六帖第一・三九・作者名無。在中将集五五。素寂本業平集三六。

1　自分より身分の高い相手だったので、受け入れてもらうのに、一年以上かかったのであろう。

2　あなたに知られないまま私が恋死にしたなら、やるせないことに「祈っても甲斐のない神様だ」と、どこの神様に無実の汚名を負わせることになるのだろうか。本当はあなたのせいなのに。＊新続古今集恋二・一二五七・業平。

いづれの神に無《な》き名《な》[3]おほせん　（一六三）

第九十段

昔《むかし》、[1]つれなき人を、「[2]いかで」と思ひわたりければ、[3]あはれとや思ひけん、「[4]さらば、明日《あす》、[5]物越《ものご》しにても」と言《い》へりけるを、[6]限《かぎ》りなくうれしく、また《又》疑《うたが》はしかりければ、[7]おもしろかりける桜《さくら》につけて、

[8]桜《さくら》花今日《けふ》こそかくも[9]にほふとも
あなたのみがた明日《あす》の夜《よ》のこと　（一六四）

[10]といふ。[11]心ばへもあるべし。

第九十一段

昔《むかし》、月日のゆくをさへなげく男《おとこ》、三月《（やよひ）》つごもりがたに、

3　「おほす」は「背追わせる」「罪をきせる」意。

1　冷淡な女。主人公の男が思っても、つれない態度をとっていた女。

2　何とかして結ばれたい。

3　「つれなき人」が男のことを気の毒だと思ったのだろうか。

4　「さあらば」の約。「それなら」

5　「物越し」は「簾」などを隔てて言葉を交わすこと。

6　限りなく嬉しく思ったが、その後、また疑わしくなったので。

7　すばらしく咲いている桜の枝に自分の思いを託して詠んだのである。

8　桜花は、今日はこのように美しく照り輝いても、ああ頼み難いよ。明日の夜のことは。それと同じで、今日はそうおっしゃっても、明日、本当に会ってくださるのかどうか、期待し難いことです。

9　「にほふ」は嗅覚の「匂う」ではなく、「美しさが溢れ出る」「照り輝く」意。

10　諸注、「といふ心ばへ」と続けるが、「といふ」で切るべき。

11　語り手のコメント。「（歌の）心延ばへもあるべし」は「（歌の）表に出ない意もあるのだろう」の意。男が「あなたはあてにならない、すぐ心変わりするのではないか」という別の意を込めていることを語り手が指摘している。

惜《お》[1]しめども春の限《かぎ》りの今日《けふ》の日の
夕暮《ゆふぐれ》にさへなりにけるかな《哉》　（一六五）

1 ＊後撰集春下・一四一・読人不知。第三句「けふの又」。この後撰集の三月尽日の歌を利用して作られた章段と見られる。

第九十二段

昔《むかし》、恋《こひ》[1]しさに来《き》つゝ帰《かへ》れど、女に消息《せうそこ》[2]をだにえせでよめる。

[3]葦《あし》辺漕《こ》ぐ[4]棚《たな》無し小《を》舟いくそたび
ゆきかへるらん[5]知《し》る人も無《な》み　（一六六）

1 女恋しさに何度も訪ねて来ては帰るけれど。
2 来意を告げることもできなくて。この「消息」は「来意を告げる」意。
3 古今集恋四・七三二・読人不知の歌「堀江漕ぐ棚無し小舟漕ぎかへり同じ人にや恋ひわたりなむ」を改作したか異伝を利用したのであろう。＊玉葉集恋一・一三七二・業平。
4 「棚無し小舟」は、舟棚（舟の舷側の横板）のない貧弱な小舟。
5 葦に隠れて人に知られないので。この場合の「人」は相手の女。

第九十三段

昔《むかし》、男《おとこ》、身はいやしくて、いと[1]になき人を思ひかけたりけり。[2]すこしたのみぬべきさまにやありけん、臥《ふ》して思ひ、起《お》きて思《おも》ひ、[3]思ひわびてよめる。

[4]あふなあふな思ひはすべし[5]なぞへなく

1 「になき」は「二つとない」「最高の」という意。
2 身分差は大きいが、少しは期待できそうな様子だったのだろうか。
3 思い悩む。苦しく思う。
4 ＊古今六帖第五・三二四・作者名無。素寂本業平集六三。在中将集一六。第三句「なのめなく」。「あふなあふな」は下句の「高きいやしき」の反対で、「身分の合う人と合う人で」「身分が釣り合う人同士で」の意であろう。
5 「なぞへなく」は「比べようもなく」の意。

6 語り手の草子地。昔もこのような身分違いの恋愛に苦しむことは世間一般の道理であったのだろうか。

1 その男は女のもとに居つかなくなってしまった。「住む」は「ずっと通って来る」場合を含めて、夫婦生活が続くこと。
2 愛情こまやかにというわけではないけれど。
3 「女方」は女主人公とその従者を一括した表現。この女は一人で絵を描く仕事をしていたのではなく、工房の中心人物のような存在であったのだろう。なお、「女方に」は「かきにやれりけるを」に続く。
4 絵を描くように、使いを遣わしていたが。
5 ここの「物す」は「来る」と解するのが通説であるが、「今の男の物をす」と解する可能性がある。
6 「いとつらく」以下を男の消息文とすべきであろう。「つらく」は「相手が自分につれない」という意。
7 今までくださらないので。
8 道理だと思うけれども。あなたの立場から考えれば理にかなっていると思うけれども。
9 からかって。冗談めかして。

高《たか》きいやしき苦《くる》しかりけり　（一六七）

6昔《むかし》も、かかることは、世のことわ《は》りにやありけん。

第九十四段

昔《むかし》、男《おとこ》有りけり。いかがありけむ、1その男《おとこ》住《す》まずなりにけり。後《のち》に男《をとこ》ありけれど、子《こ》ある仲《なか》なりければ、2こまかにこそあらねど、時々物言《ものい》ひおこ《を》せけり。3女方《がた》に、絵《ゑ》かく人なりければ、4かきにやれりけるを、5今《いま》の男《おとこ》の物すとて、一日《ひと》二日《ふつか》おこ《を》せざりけり。

かの男《おとこ》、「6いとつらく、おの《を》が聞《き》こゆる事をば、7今《いま》まで給《たま》はねば、8ことわ《は》りと思《おも》へど、なほ《猶》人をば、うらみつべきもの《物》になんありける」とて、9ろうじてよみてやれりける。時は秋になんありける。

10 秋の夜は春日《ひ》忘《わす》るるも《物》のなれや
霞《かすみ》に霧《きり》や千重《ちへ》まさるらん　（一六八）

となんよめりける。女返し、

11 千《(ち)》々《ゞ》の秋ひとつの春にむかはめや
紅葉《もみぢ》も花もともにこそ散《ち》れ　（一六九）

第九十五段

昔《むかし》、1 二条の后に仕《つか》うまつる男《おとこ》有りけり。女の仕《つか》うまつるを、常《つね》に見交《かは》して、よばひわたりけり。「いかで2 物越《ごし》しに対面《たいめん》して、3 おぼつかなく思ひつめたること、すこし晴《は》るかさん」と言《い》ひければ、女、いとしのびて、物《もの》越《ご》しにあひにけり。4 物語《がたり》などして、男《おとこ》、

5 彦星《ひこぼし》に恋《こひ》はまさりぬ天《あま》の河

10 秋の夜には、春の昼間のことなど忘れるものだなあ。霞より霧が幾重にもまさっているのでしょうか。私より新しい男の方を思っているのでしょうね。新しい男を「秋の夜」「霧」に喩え、元の男は自らを「春の日」「霞」に喩えている。＊古今六帖第五・二六七五・作者名無。在中将集三三。素寂本業平集三七。

11 幾千もの秋でも、一つの春に対抗できるでしょうか、できません。と言っても、紅葉も花も、結局は散ってしまいます。男なんて所詮は長続きせずに散ってゆくもの…と軽くいなした。

1 「昔、男、宮仕へしける女の方に、ごたちなりける人をあひ知りたりける」とある第十九段の前提の物語として作られたのであろう。

2 几帳や簾などを隔てて会うこと。

3 悶々と思い詰めている気持ちを少し晴らそう。

4 雑談などをして。

5 年に一度、七月七日の夜に会う彦星よりも、私の恋い慕う思いはまさっております。天の河ではないが、二人の間を隔てる関所を今すぐ取り払ってください。離れている相手を恋い慕う意を表す「恋」の語が用いられているのは、まだ物越しにしか会っていないからである。

へだつる関《せき》を今《いま》はやめてよ　（一七〇）
[6]この歌《うた》にめでて、あひにけり。

第九十六段

昔《むかし》、男《おとこ》有りけり。[1]女をとかく言《い》ふこと月日経《へ》にけり。[2]岩《いは》木にしあらねば、「[3]心苦《くる》し」とや思ひけん、[4]やうやうあはれと思ひけり。その頃《ころ》、六月《みな》の望《もち》ばかりなりければ、女、身に瘡《かさ》一《ひと》つ二《ふた》つ出《い》で来《き》にけり。女、言《い》ひおこせたる、「[5]今は何《なに》の心もなし。身に[6]瘡疹《かさも》、一《ひと》つ二《ふた》つ出《い》でたり。時もいと暑《あつ》し。少《すこ》し秋風吹《ふ》き立《た》ちなん時、かならず会《あ》はむ」と言《い》へりけり。[7]秋まつ頃《ころ》ほ《を》ひに、ここかしこより、「[8]その人のもとへいなむずなり」とて、[9]口舌《くぜち》出《い》で来《き》にけり。さりければ、女の[10]兄人《せうと》、にはかに迎《むか》へに来《き》たり。されば、この女、楓《かへで》の初紅葉《はつもみぢ》を拾《ひろ》はせ

6　女はこの歌に感じ入って、男と会って、夫婦になったのである。

1　「女に」ではなく、「女を」とあることに論議がある。女を目指してあれこれと口説いて月日が経ったのである。
2　女も木石ではないので。「木石」の表現は『白氏文集』巻四・諷諭四・新楽府の「李夫人」に「人非木石皆有情」とある。これが出典であろう。
3　「気の毒に思う」という意。
4　次第に心が動かされて、男をいとおしく思うようになった。
5　あなたのおっしゃることに何の異存もない。
6　「瘡（かさ）」は「できもの」。「疹（も）」は「汗疹（あせも）」のような形で用い、皮膚病であることを示す。なお、ここの「も」は助詞とも解せる。
7　底本にした学習院大学所蔵天福本の傍記によると、「秋たつ頃ほひに」という本文もあり、これだと立秋の頃ということになる。
8　女がその人のもとへ行こうとしているようだ。「むず」は推量、「なり」は伝聞推定の助動詞。「その人」は主人公の男のこと。
9　「口舌」は「激しい非難」の意。
10　「兄人たち」が二条の后を守らせた話（第五段）や二条の后を取り返した話（第六段）の異伝であることを思わせる。

て、歌《うた》[11]をよみて、書《か》きつけて、お《を》こせたり。

秋[12]かけて言《い》ひしながらもあらなくに

木《こ》の葉降《ふ》りしくえにこそありけれ　（一七一）

と[13]書《か》き置《を》きて、「かしこより人お《を》こせば、これをやれ」とていぬ。

さて、やがて、のち、遂《つゐ》に今日《けふ》まで知《し》らず。よく[14]てやあらむ、あしくてやあらん、いにし所も知《し》らず。

かの男《おとこ》は、あまの逆手《さかて》[15]を打《う》ちてなむ呪《のろ》[16]ひをるなる。むく[17]つけきこと。人の呪《ゝろ》ひ言《ごと》は、負《お》ふ物にやあらむ、負《お》はぬ物にやあらん、[18]「今《いま》こそは見め」とぞ言《い》ふなる。

第九十七段

昔《むかし》、[1]堀河《ほり》のおほいまうちきみと申すいまそかりけり。四[2]十の

11　「紅葉の葉」に歌を書いたとするのが一般的だが、紅葉した葉を箱に入れ、歌を書いた紙を添えたのであろう。

12　「秋を期待していてください」と言ったのに、そうはならず、木の葉が降りしきるような、はかない縁だったのですね。＊新勅撰集恋二・七三四・読人不知。素寂本業平集七一。

13　歌の後に「と書き置きて、『かしこより人おこせば、これをやれ』とていぬ」とあるのは、歌の前に「歌をよみて、書きつけて、おこせたり」としていることと矛盾する。この段の本来の形は、「秋かけて…」の歌で終わっていたのであろう。

14　女はよい状態でいるのだろうか。悪い状態でいるのだろうか。行ってしまった所もわからない。

15　「あまの逆手」については、諸注、『古事記』上巻に「天の逆手を青柴垣に打ち成して、隠りき」とあるのを引くが、実体はわからない。

16　「呪ひをるなる」と章段末尾の「とぞ言ふなる」の「なる」は伝聞の助動詞。「…ということだ」「…だそうだ」という意。

17　「むくつけし」は「気味が悪い」こと。

18　「今度こそはっきりと確認できるだろう」と解する説と「今度こそ女に会えるだろう」と解する説がある。

1　藤原基経。第六段15参照。

賀、[3]九条の家にてせられける日、[4]中将なりける翁《おきな》、

[5]桜《さくら》花散《ち》り交《か》ひ曇《くも》れ[6]老《お》いらくの
来《こ》むといふなる道《みち》まがふがに　（一七二）

第九十八段

昔、[1]おほきおほいまうちきみと聞《き》こゆる、おはしけり。仕《つか》うまつる男《おとこ》、長《なが》月ばかり《許》に、[2]梅《むめ》の造《つく》り枝《えだ》に、雉《きじ》をつけて、奉《たてまつ》るとて、

[3]わが頼《たの》む君がためにと折《お》る花は
ときしもわかぬ物にぞ有りける　（一七三）

とよみて、奉《たてまつ》りたりければ、いとかしこくを《お》かしがり給ひて、使に禄《ろく》賜《たま》へりけり。

2 天福本の行間勘物に「貞観十七年」とあり、右に掲げた年齢とも合致する。

3 「九条の家」は基経の孫にあたる師輔が伝領した九条殿のことであろう。師輔の日記『九暦』に基経のことを「九条大臣」と記している。

4 業平が中将になったのは二年後のこと。勘物（115頁）参照。

5 ＊古今集賀・三四九・業平。ただし、元永本・筋切・清輔永治本など多くの本は行平の作とする。素寂本業平集三。

6 「老いらく」は「老ゆ」を名詞化して擬人化表現したもの。「がに」は文末にあって「…することができるように」という意を添える。

1 藤原良房。天安元年（八五七）、太政大臣。系図三参照。

2 九月に梅があるはずはないので、造り枝を用い、自分の心はいつでも変わらないと強調したのである。

3 「ときしも」に「きじ（雉）」を詠み込んだ隠し題の歌。雉を取る狩は冬に行う大鷹狩で、まだ梅の花は咲いていないし、秋の終わりの九月ともまったく異なる季節なので、「ときしもわかぬ」（季節とかかわりなく）と言ったのである。＊古今集雑上・八六六・読人不知。初句「限りなき」。古今六帖第五・三三三八・作者名無。第一・二句「かぎりなき君がかたみと」。

第九十九段

昔《むかし》、[1]右近の馬場の日折《ひをり》の日、むかひに立《た》てたりける車《くるま》に、女の顔《かほ》の[2]下簾《したすだれ》より、ほのかに見えければ、[3]中将なりける男《おとこ》の、よみてやりける。

[4]見ずもあらず見もせぬ人の恋《こひ》しくは
[5]あやなく今日《けふ》やながめ暮《く》らさん　（一七四）

返し、

[6]知《し》る知《し》らぬ何《なに》かあやなくわきて言《い》はん
思《おも》ひのみこそしるべなりけれ　（一七五）

[7]後《のち》は、誰《たれ》と知《し》りにけり。

1　右近衛府の馬場の騎射の日。右近の馬場は一条大宮の西北にあったという。五月五日が左近、六日が右近の真手結（まてつがひ、騎射の本番）。顕昭の『袖中抄』によれば、騎手が褐衣（かちえ）の尾を前へ引き出して折って挟んだ姿だったために「ひをりの日」と言ったとするが、決し難い。

2　牛車の簾の内側に掛けた長い布。余りを簾の下から車外に垂らす。

3　近衛中将であった男。在五中将業平を意識させる書き方。

4　見ていないわけでもなく、はっきり見たわけでもないあなたが恋しくて、わけもわからず、今日一日、ぼんやり物思いに耽って暮らすのでしょうか。＊古今集恋一・四七六・業平。古今六帖第五・二五四一・作者名無。在中将集三。素寂本業平集七三。

5　「あやなし」は「説明がつかない」意。大和物語百六十六段。

6　知っているとか知らないとか、どうしてわけがわからない状況で区別しておっしゃるのでしょうか。私に対する「思ひ（熱情）」だけが会いに来るための道しるべになるのですよ。「思ひ」の「ひ」に「灯（ひ）」を掛ける。＊古今集恋一・四七七・読人不知。古今六帖第五・二五四一・作者名無。在中将集二四。素寂本業平集七三。

7　その後、逢う関係になったことを示している。

第百段

昔《むかし》、男《おとこ》、[1]後涼殿のはさまを渡《わた》りければ、[2]あるやむごとなき人の御局《つぼね》より、[3]忘《わす》れ草《ぐさ》を、「しのぶ草《ぐさ》とや言《い》ふ」とて、出《い》ださせたまへりければ、賜《たま》はりて、

[4]忘れ草生《お》ふる野辺《のべ》とは見るらめど
こは偲《しの》ぶなり後《のち》もたのまん　（一七六）

1　「後涼殿」は清涼殿の西、陰明門の東に位置する殿舎。「はさま」は後涼殿を東西に貫く馬道（めどう）のこと。
2　後涼殿の母屋は南北ともに納殿（おさめどの）だったので、「御局」は東廂か西廂にあったのであろう。
3　「やむごとなき人」が忘れ草を女房に差し出させて、「あなたは、これを、しのぶ草と言うのですか」と言った。つまり、「私を忘れているのではなく、偲んでいるとおっしゃるのですか」と言ったのである。
4　私を、忘れ草が生えている野辺のようなものと見ていらっしゃるようですが、これは忘れ草ではなく、しのぶ草です。今はあなたを偲ぶだけにして、後にお逢いすることを期待しましょう。「忘れ草」は本来「萱草」のことで、憂いを忘れさせてくれる草だが、ここでは「人を忘れる草」。＊続古今集恋四・三六三・業平。在中将集三七。素寂本業平集九三。大和物語百六十二段。

第百一段

昔《むかし》、[1]左兵衛督なりける在原の行平《ゆきひら》といふありけり。その人の家によき酒《さけ》ありと聞《き》きて、[2]上《うへ》にありける[3]左中弁藤原良近《ふぢはらのまさちか》といふをなむ、[4]まらうどざねにて、その日はあるじまうけしたりける。[5]情《なさけ》ある人にて、瓶《かめ》に花を挿《さ》せり。その花の中《なか》に、[6]あやし

1　行平が左兵衛督であったのは貞観六年（八六四）三月から十四年（八七二）八月まで。勘物（116頁）、年表参照。
2　殿上の間にいた。
3　底本の行間勘物に「藤原良近、貞観十二年正月右中弁、十六年転左中弁」とあり、行平が左兵衛督の時は良近はまだ左中弁に至っていない。

き藤《ふぢ》の花ありけり。花のしなひ三尺六寸ばかりなむありける。それを題《だい》にてよむ。よみはてがたに、[7]あるじのはらからなる、あるじしたまふと聞《き》きて来《き》たりければ、とらへてよませける。もとより、[8]歌《うた》のことは知《し》らざりければ、[9]すまひけれど、しひ《ゐ》てよませければ、かくなん、

[10]咲《さ》く花の下《した》に隠《かく》るる[11]人をおほみ
ありしにまさる藤《ふぢ》の蔭《かげ》かも　（一七）

「などかくしもよむ」と言《い》ひければ、「[12]おほきおとどの栄《えい》花のさかりにみまそかりて、藤氏のことに栄《さか》ゆるを思《おも》ひてよめる」となん言《い》ひける。[13]皆人《みなひと》そしらずなりにけり。

第百二段

昔《むかし》、男《おとこ》有りけり。[1]歌《うた》はよまざりけれど、世の中を思ひ知《し》り

4　「まらうどざね」は正客。
5　客を迎えるために瓶に花を挿すのを「情ある人（風情を解する人）」の行為としていることに注意。
6　しなやかに垂れ下がっている藤の花房が三尺六寸（一メートル余）もあったのを異様なことと言っている。
7　「あるじのはらから」と言って、意識的に業平の名を用いていない。
8　業平が六歌仙の一人で『古今集』を代表する歌人であることを表に出さない書き方。業平自身の語りらしく見せるために、韜晦し、卑下している。
9　「すまふ」は「ことわる」意。
10　今咲いている大きな花の下に隠れる人が多いので、以前にまさる藤の蔭の大きさであるよ。咲き誇る藤の花に太政大臣藤原良房の栄華を喩え、その下に隠れているが、良近のように縁の下の力持ちが多いから栄えている、と詠んで、正客の良近を賛美している。
＊玉葉集賀・一〇六五・業平。在中将集三。素寂本業平集六四。
11　底本には「人をほみ」とあるが、書陵部蔵冷泉為和筆本によって「人をおほみ」と校訂した。
12　「おほきおとど」は藤原良房。良房が薨じたのは貞観十四年（八七二）。実際には良近が左中弁になる前に良房は薨じていた。年表参照。
13　普通と違う藤花の詠み方に納得して、疑義を唱えなくなった。

たりけり。[2]あてなる女の尼《あま》になりて、世の中を[3]思ひうんじて、京にもあらず、はるかなる山里《ざと》に住《す》みけり。もと[4]親族《しぞく》なりければ、よみてやりける。

[5]そむくとて雲には乗《の》らぬ物なれど
世のうきことぞよそになるてふ　（一七八）

となん言《い》ひやりける。[6]斎宮の宮なり《也》。

第百三段

昔《むかし》、男《おとこ》有りけり。いとまめに[1]じちようにて、[2]あだなる心なかりけり。[3]深草《ふか》のみかどになむ仕《つか》うまつりける。[4]心あやまりやしたりけむ、親王《みこ》たちの[5]使《つか》ひたまひける人をあひ言《い》へりけり。さて、

[6]寝《ね》ぬる夜の夢をはかなみまどろめば

1　実際は歌を詠んで贈ったのだから、前段と同じく、一種の謙辞。
2　「あてなる」は氏素姓のよいこと。
3　「嫌になる」「いとわしく思う」意。
4　底本をはじめとして諸本に「しぞく」とあるが、「しンぞく」の「ン」の撥音無表記。「親族」の意。
5　俗世に背を向けると言っても、仙人になって雲に乗ることはないですが、(山里に住むと)この世の嫌なことが遠く離れた存在になって、無縁になるということですよ。「雲に乗る」は仙人になって、雲に乗り、自在に遊ぶこと。『荘子』「逍遥遊第一」によるという。＊新後拾遺集雑上・一三〇二・業平。古今六帖第二・一四九・作者名無。在中将集七二。素寂本業平集一四。
6　この人は伊勢の斎宮にいた宮様であるよ。第六十九段の「狩の使」の段の後日譚であるという書きぶり。

1　「まめ」は「まじめ」。「じちよう」は「実直」という意であろう。
2　「あだなる」は「変わりやすい」「移り気だ」の意。「まめ」の反対語。
3　深草に御陵がある仁明天皇のこと。
4　心得違いをしたのであろうか。
5　高貴な人の召使いでありながら、直接の関係を持つ使人(つかいびと)。
6　共寝した夜の夢がはかないので、もう一度見たいと思って、帰宅した後、まどろむと、ますますはかないものに

いやはかなにもなりまさるかな《哉》

（一七九）

となんよみてやりける。さる歌《うた》の[7]きたなげさよ。

第百四段

昔《むかし》、[1]異《こと》なることなくて、尼《あま》になれる人有りけり。[2]かたちをやつしたれど、[3]物やゆかしかりけむ、[4]賀茂《かも》の祭《まつり》見に出《い》でたりけるを、男《おとこ》、歌《うた》よみてやる。

[5]世をうみのあまとし人を見るからに
めくはせよともたのまるるかな《哉》

（一八〇）

[6]これは、斎宮の物見たまひける車《くるま》に、かく聞《き》こえたりければ、[7]見さして、帰《かへ》り給ひにけりとなん。

思われるよ。夢のような逢瀬から帰って、夢心地のまま贈った後朝の歌。＊古今集恋三・六四四・業平。古今六帖第四・二〇三〇・業平。在中将集五〇。素寂本業平集一六。

7　「きたなげさ」は「みすぼらしさ」「ぱっとしないこと」。語り手が登場人物と一体化して卑下謙退した書き方。

1　格別な事情もなくて。

2　「かたちをやつす」は華やかな姿から目立たない姿に変わること。ここは、尼姿になって派手さを捨てていることを言っている。

3　物を見たかったのであろうか。物見に関心があったのだろうか。

4　「賀茂の祭」は上賀茂神社・下鴨神社の祭。いわゆる葵祭。陰暦四月の第二の酉の日に行われた。

5　「海」と「倦(う)み」、「海人」と「尼」、「海松」と「見る」、「海布(め)食わせよ」と「目配せよ」を掛ける。表には「海の海人とお見受けするので、海藻を食べさせてほしいと期待されるよ」と言い、その実、「俗世を厭って尼になられたお方だとお見受けしても、目配せしてくださいと期待されることよ」と言って、物見高さを捨てきれない尼に恋歌を贈ったのである。

6　語り手の注釈。この章段は第百二段を延展したものであろう。

7　見物を途中でやめて。

第百五段

昔《むかし》、男《おとこ》、「かくては[1]死《し》ぬべし」と言《い》ひやりたりければ、女、

白露[2]は消《け》なば消《け》ななん消《き》えずとて
玉《たま》に抜《ぬ》くべき人もあらじを　（一八一）

と言《い》へりければ、いとなめし[3]と思ひけれど、心ざし[4]は、いやまさりけり。

第百六段

昔、男《おとこ》、親王《みこ》たちの逍遥《せうえう》[1]し給ふ所にまうでて、龍田《たつた》河[2]のほとりにて、

ちはやぶる[3]神世も聞《き》かず龍田《たつた》河
からくれなゐ[4]に水くくるとは　（一八二）

1　こんな状態では死んでしまうだろう。「かくては」は、男の求愛を受け入れてくれない女の態度が変わらないままならばということであろう。
2　男が自分の命を「白露」に喩えて「白露が消えるように自分も死にそうだ」という歌を贈っていたのであろう。それに対して、女が「白露は消えるのなら消えてしまってほしい。たとえ消えないとしても、それを玉と見なして緒に通す人もないでしょうから（あなたと一緒になる人なんていないでしょうよ）」と詠んだ。＊新千載秋上・三七・家持。家持集三三。家持集は平安時代初期の伝承歌の集成で、この段はそのような歌を利用した章段。
3　「失礼だ」「無礼だ」の意。
4　「心ざし」は「心が向かってゆくこと」。「愛情」と訳してよい。

1　「逍遥」は山野に心遊ばせること。
2　「龍田河」は「立田川」とも書く。奈良県生駒郡の生駒谷から発し、斑鳩町の西を通って南下し、大和川に注ぐ。
3　「ちはやぶる」は「神」の枕詞。この場合は「神世（神代）」に掛かる。＊古今集秋下・二九四・業平。在中将集一八。素寂本業平集一。
4　「からくれなゐ」は中国渡来の染料で染めたような鮮やかな紅色。「水くくる」は、川の水が絞り染め（纐纈）したように見えることをいう。

第百七段

昔《むかし》、[1]あてなる男《おとこ》ありけり。その男《おとこ》のもとなりける人を、[2]内記に有りける藤原敏行《ふぢはらのとしゆき》といふ人よばひけり。されど、まだ若《わか》ければ、[3]文《ふみ》もをさを《お》さしからず、ことばも言《い》ひ知《し》らず。いはむや、歌《うた》はよまざりければ、[4]かのあるじなる人、[5]案《あん》を書《か》きて、書《か》かせてやりけり。[6]めでまどひにけり。

さて、[7]男《おとこ》のよめる。

[8]つれづれのながめにまさる涙河
袖《そで》のみひちて会《あ》ふよしもなし　（一八三）

返し、例《れい》の男《おとこ》、女に代《か》はりて、

[9]浅《あさ》みこそ袖《ゝで》はひつらめ涙河
身さへ流《なが》ると聞《き》かばたのまむ　（一八四）

1　身分や家柄が高貴な男。

2　「藤原敏行」は藤原南家の富士麻呂の長男。貞観八年（八六六）、内舎人から少内記になり、大内記、六位蔵人を経て、寛平七年（八九五）には蔵人頭、従四位上右兵衛督になった。系図三、年表参照。

3　手紙も整って書けないし、言葉遣いも十分に知らない。

4　「かの」は既に紹介した人を指す。「あるじ」は「あてなる男」のこと。

5　主人公の男が文案を書いて、女に文を書かせて送ったのである。

6　敏行はたいそう賞賛した。ひどく感じ入った。「まどふ」は動詞の連用形に付いて、「ひどく…する」意となる。

7　相手の男、敏行が詠んだ歌。

8　何も手につかず物思いに耽ってぼんやり眺めている長雨にまさるほど水量の多い私の涙の川ですが、袖だけが濡れて、渡ってお逢いする方法もありません。「ながめ」は、物思いに沈んでじっと外を眺める「眺め」と「長雨」を掛ける。＊古今集恋三・六一七・敏行。古今六帖第一・四五八・敏行。同第四・二〇七八・敏行。在中将集二五。素寂本業平集四三。

9　愛情が浅いから袖は濡れるのでしょう。涙河の水が深いので、身までも流れてしまうとお聞きしたら信頼申しあげるでしょうに。＊古今集恋三・六一八・業平。古今六帖第四・二〇七九・業平。在中将集二六。素寂本業平集四四。

と言《い》へりければ、男《おとこ》いといたうめでて、[10]今《いま》まで巻《ま》きて文箱《ふばこ》に入《い》れてありとなんいふなる。

男《おとこ》、文《ふみ》おこせたり。[11]得《え》て後《のち》の事なりけり。[12]「雨《あめ》の降《ふ》りぬべきになん、見わづらひ侍る。[13]身《み》、幸《さいは》ひあらば、この雨《あめ》は降《ふ》らじ」と言《い》へりければ、[14]例《れい》の男《おとこ》、女に代《かは》りて、よみてやらす。

[15]かずかずに思《おも》ひ思はず問《と》ひがたみ
身を知《し》る雨は降《ふ》りぞまされる　（一八五）

とよみてやれりければ、[16]蓑《みの》も笠《かさ》もとりあへで、しとどに濡《ぬ》れて、まどひ来《き》にけり。

第百八段

昔《むかし》、女、[1]人《ひと》の心を怨《うら》みて、

[2]風吹《ふ》けばとはに浪越《こ》すい《は》そなれや

10 その手紙を巻物にして、文箱に入れて今でも大切にしているそうだ。「なる」は伝聞の助動詞「なり」の連体形。
11 女を自分のものにしてから後のことであると説明している。
12 雨が降りそうなのを見て、伺うかどうか思い悩んでいます。
13 我が身に幸いがあるなら、この雨は降らないだろう。
14 前述の男。つまり主人公の男。
15 私のことをあれこれと思っていらっしゃるのか、思っていらっしゃらないのか、お尋ねするのも難しいので、それほどにしか思われていない私の身の程を知っている雨はますますひどく降っています。＊古今集恋四・七〇五・業平。古今六帖第一・四七四・業平。在中将集六二。素寂本業平集四五。
16 女の痛烈な歌（実は、主人公の男の歌）に敏行が驚き、雨の降るなか、蓑も笠も手に持つ余裕なく、ぐっしょりと濡れて慌ててやって来た。

1 相手の男の心を恨んで。
2 ＊新古今集恋一・一〇四〇・貫之。貫之集五六一。第二・三句「たえず浪こす磯なれや」。底本はもとより、伊勢物語諸本では第三句「いはなれや」とあるが、貫之歌を利用したものと見られるので、「いそ」の誤写として改めた。風が吹くと、ずっと浪が越す磯だからか。私の袖は乾く時がありません。

わが衣手の乾《かは》く時なき　（一八六）

と、常《つね》のことぐさ[3]に言《い》ひけるを、[4]聞《き》き負《お》ひける男《おとこ》、

よ《夜》ひ《ゐ》ごと[5]にかはづのあまた鳴《な》く田《た》には

水こそまされ雨は降《ふ》らねど　（一八七）

第百九段

昔《むかし》、男《おとこ》、友達《ともだち》[1]の、人を失《うしな》へるがもとにやりける。

花[2]よりも人こそあだになりにけれ

いづれをさきに恋《こ》ひんとか見し　（一八八）

第百十段

昔《むかし》、男《おとこ》、みそかに通《かよ》ふ女ありけり。それ[1]がもとより、「今宵《こよひ》、夢《ゆめ》になん見えたまひつる」と言《い》へりければ、男《おとこ》、

3　「ことぐさ」は口癖。

4　自分の責任だと思って聞いた男。

5　宵ごとに蛙がたくさん鳴く田ではないが、多くの男がやって来るあなたのところには、雨は降らないけれど、大勢の男の涙によって、水かさが増しているのですね。贈歌の表現を踏まえていないが、女が自分の涙で袖が濡れていると詠んだのに対して、濡れているのは男たちの涙によるのだろうと切り返している。

1　友達で、愛する人を失った友達のもとに。「の…連体形」の形で、いわゆる同格を表す。

2　桜の花よりも、愛する人が先に空しくなってしまわれましたね。かつては、花と人とどちらが先に姿を消して恋しくなるだろうと見ていたでしょうか。当然花の方が先だと思っていらっしゃったでしょうに。＊古今集哀傷・八五〇・紀茂行。新撰和歌第三・一七三。古今六帖第四・二四八八・作者名無。

1　ひそかに通う女のもとから、「今宵、あなたが夢に現れなさった」と言って、その夢が現実であってほしい。すぐにお会いしたいという意を込めて、便りが届いたのである。

[2]思《おも》ひあまり出《い》でにし魂《たま》のあるならん
夜深《ふか》く見えば魂結《たまむす》びせよ　（一八九）

第百十一段

昔、男《おとこ》、[1]やむごとなき女のもとに、[2]なくなりにけるを弔《とぶら》ふやうにて言《い》ひやりける。

[3]いにしへはありもやしけん今ぞ知《し》る
[4]まだ見ぬ人を恋《こ》ふるものとは　（一九〇）

返し、

[5]下紐《したひも》のしるしとするも解《と》けなくに
語《かた》るがごとは恋《こ》ひずぞあるべき　（一九一）

又、返し、

[6]恋《こひ》しとはさらにも言《い》はじ下紐《したひも》の

2　あなたを恋しく思う気持ちが余り余って出て行ってしまった魂があるのでしょう。深夜になって再び夢に現れたら、魂結びのまじないをして、あなたのところで捕らえておいてください。

1　「尊い」「高貴な」という意。
2　この「なくなりにける」人は「やむごとなき女」の縁者であろうが、その女房だとする説が有力である。
3　さまざまな不思議があった昔にも、このような不思議なことはあったでしょうか。まだ会ったことのない人を恋い慕うということがあるとは今初めて知りました。＊新勅撰集恋一・六二九・読人不知。
4　「まだ見ぬ人」は「やむごとなき女」のこと。男と関係のあった女が亡くなり、男は今度はその女が仕えていた高貴な女性に懸想したのである。
5　私の下紐が解けないので、「まだ見ぬ人を恋い慕っている」とあなたがお話になるほどには思っていらっしゃらないようですね。当時は、相手が恋すると、自分の下紐が解けると考えられていた。＊後撰集恋三・七〇二・読人不知。古今六帖第五・三二四九・作者名無。
6　恋しいということをあなたに言おうとはまったく思いません。下紐が解けることで、私が恋しく思っていることを知っていただきたいのです。＊後撰集恋三・七〇一・在原元方。古今六帖

解《と》けむを人はそれと知《し》らなん　（一九二）

第百十二段

昔《むかし》[1]、男《おとこ》、ねむごろに言《い》ひ契《ちぎ》りける女の、ことざまになりに[2]ければ、

須磨《すま》[3]の海人《あま》の塩焼《しほや》く煙風をいたみ[4]
思《おも》[5]はぬ方にたなびきにけり　（一九三）

第百十三段

昔、男《おとこ》、やもめ[1]にてゐて、

長《なが》[2]からぬ命《いのち》のほどに忘《わす》るるは
いかに短《みじか》き心なるらん　（一九四）

第五・三四八・作者名無。後撰集と伊勢物語では（一九一）と（一九二）の歌の順が逆。

1　底本は物語文のすべて「むかし…なりにければ」を書き落として細字で書き入れている。

2　「ことざまになる」は常と違った様子になること、他の男に心を移してしまうことをいう。

3　＊古今集恋四・七〇八・読人不知。古今六帖第一・七八九・作者名無。同第三・一七八三・作者名無。古今六帖はいずれも初句「伊勢のあまの」。「須磨」は摂津の国の西端。現在の神戸市須磨区の海岸に近い所。

4　「いたみ」は形容詞「いたし」の語幹に接尾語「み」がついた形。「風がきついので」「風が激しいので」。

5　塩焼きの煙が予想もしない方へたなびいたと詠んで、女の心変わりを嘆く歌となっている。

1　独身者。妻のない男。「やもめ」の「め」は本来「女」のことで、「男」であるこの例は珍しい。

2　長くもない人生の間に、私を忘れるというのは、なんと短いお心なのでしょうか。「短き心」は「短気な心」「こらえ性のない心」「すぐ忘れてしまう心」をいう。＊新勅撰集恋五・九五一・読人不知。

第百十四段

昔《むかし》、[1]仁和のみかど、[2]芹河《せり》に行幸したまひける時、[3]今《いま》はさること似《に》げなく思ひけれど、もと就《つ》きにける事なれば、[4]大鷹《おほたか》の鷹飼《たかゞ》ひにてさぶらはせたまひける。[5]摺《す》り狩衣《かりぎぬ》のたもとに、書《か》きつけける。

[6]翁《おきな》さび人なとがめそ狩衣《かり》
今日《けふ》はかりとぞたづも鳴《な》くなる
（一九五）

[7]おほやけの御けしきあしかりけり。おのが齢《よはひ》を思ひけれど、[8]若《わか》からぬ人は、聞《き》き負《お》ひけりとや。

第百十五段

昔《むかし》、[1]陸奥国《みちのくに》にて、男《おとこ》、女住《す》みけり。[2]男《おとこ》、「みや《宮》こへいなん」

1　光孝天皇。元慶八年（八八四）、五十五歳で即位。翌年閏三月に改元して仁和元年となったので「仁和のみかど」と呼ばれた。五十五歳で帝位につき、三年後の仁和三年（八八七）に崩御。
2　「芹河（芹川）」は京都市伏見区下鳥羽の鳥羽離宮の南を流れていた川であるが、今は絶えている。光孝天皇の芹川行幸は仁和二年（八八六）十二月十四日。業平卒去から七年後のこと。
3　今はそのようなこと（鷹飼ひ）をするのは似つかわしくないと思うけれど、以前に従事していたことなので。
4　「大鷹」は「大鷹狩」。秋に行われる「小鷹狩」に対し、「大鷹狩」は冬に、雉、鶴、雁、鴨などを獲る。「鷹飼ひ」は「狩」を管轄する役人。
5　「摺り狩衣」は草木の葉の汁でプリントした狩衣。その袂に歌を書きつけたのである。
6　翁がまさしく翁らしく狩衣を着ることを、皆さん、咎めなさるな。この袂には、今日は狩の日だと鶴も鳴いているようです。記念すべき御狩の日の今日だけのことです。＊後撰集雑一・一〇七六・行平。古今六帖第二・一三九六・業平。同第五・三三〇七・作者名無。初句「おいさみを」。素寂本業平集一〇九。
7　天皇のご機嫌が悪かった。
8　主人公は自分の年齢を思って詠んだが、若くない天皇はご自分のこととして聞いたとかいうことである。

と言《い》ふ。この女、いとかなしうて、「3馬《うま》のはなむけをだにせむ」とて、4おきのゐで、みやこ島《じま》といふ所にて、酒飲《さけの》ませて、よめる。

5お《を》きのゐて身を焼《や》くよりもかなしきは
みや《宮》こ島《しま》べのわかれなりけり
（一九六）

第百十六段

昔《むかし》、男《おとこ》、1すず《ゞ》ろに、陸奥国《みちのくに》までまどひいにけり。2京に思《おも》ふ人に言《い》ひやる。

3浪間《ま》より見ゆる小島《こじま》の浜《はま》ひさし
ひさしくなりぬ君《きみ》にあひ見で
（一九七）

「何事《なにごと》もみな、4か《よ》くなりにけり」となん言《い》ひやりける。

1　第十四段・第十五段の陸奥章段から派生したものの、第十五段の後には入れ難く、ここに置かれたのであろう。
2　男が「自分は都へ行こうと思う」と言ったのである。
3　せめて餞別の宴だけでもいたしましょう。
4　「おきのゐで」「みやこ島」ともに地名であろうが、どこかわからない。「みやこ島」は今の岩手県宮古市の宮古湾につき出た半島のことか。
5　「おき」は「燠」。赤くおこった炭火。燠火が身にくっついて身を焼くよりも悲しいのは都と島辺の別れ、つまり、都へ帰るあなたとこの島辺に残る私との別れですよ。＊古今集物名・墨消歌・一一〇四・小町。小町集三〇。詞書に「おきのゐ、みやこじま」。小町集三〇。第三句「わびしきは」。小大君集一四三。

1　目的もなしに。あてもなく。
2　京にいる恋しく思う人に。
3　＊拾遺集恋四・八五六・読人不知。萬葉集巻十一・二七五三。古今六帖第六・四三三・作者名無。いずれも第三句「浜ひさぎ」。伊勢物語では「はまひさし」とする本が圧倒的に多いが、本来は「はまひさぎ」であろう。
4　「よ（与）」は「か（可）」の単純な誤写と見て校訂した。「何事も、このようにひさしく時がたって、遠い存在になってしまったよ」と言っている。

第百十七段

昔《むかし》、帝《みかど》、住吉に行幸[1]したまひけり。

我見てもひさしくなりぬ住吉の[2]
岸《きし》の姫松《ひめ》[3]幾代《いくよ》経《へ》ぬらん　（一九八）

御神《おほん》、現形《げぎやう》[4]し給ひて、

むつましと君は白浪みづかきの[5]
ひさしき世よりいはひそめてき　（一九九）

第百十八段

昔、男《おとこ》、ひさしくお《を》[1]ともせで、「忘《わす》るゝ心もなし。参《まい》[2]り来《こ》む」と言《い》へりければ、

玉葛《かづら》[3]這《は》ふ木あまたになりぬれば

1　住吉神社に行幸なさった。住吉神社は住吉大神を祀り、現在の大阪市住吉区にある。当時は海に面していた。
2　＊古今集雑上・九〇五・読人不知。第三句「住の江の」。ただし、定家書写本以外はおおむね「すみよしの」。新撰和歌第四・二三三。古今六帖第二・一〇六七・作者名無。
3　「姫松」は若い松ということではなく、松の種類（小さな松）をいう。
4　底本には「げぎやう」とあるが、「げんぎやう」の「ん」の無表記。「形を現す」意。住吉の神が松を依り代として姿を現しなさったのである。
5　睦まじい関係だとご存じなかったのでしょうか。私はずいぶん久しい昔からあなたのことをお守りするようになっていたのですよ。「白浪」は「知らなみ」を掛ける。「みづかき（瑞垣）の」は「久し」を導く枕詞。「いはふ」は吉事を願って身を慎むことであるが、ここは「神秘的な力で守護する」ことをいう。
＊新古今集神祇・一八五七。

1　便りもしないで。
2　女の側に立って「参り来む」と書く。
3　蔓草が這いかかる木がたくさんあるように、あなたは通われる所が多くなったので、私に対する絶えない御心も嬉しくありません。＊古今集恋四・七〇九・読人不知。古今六帖第五・二六三八・作者名無。第三句「ありといへば」。

絶《た》えぬ心のうれしげもなし　（二〇〇）

第百十九段

昔《むかし》、女の[1]あだなる、男《おとこ》の、[2]形見《かたみ》とて置《を》きたる物どもを見て、

[3]形見《かたみ》こそ今はあたなれこれなくは
忘《わす》るる時もあらましものを　（二〇一）

第百二十段

昔、男《おとこ》、[1]女のまだ世へずとおぼえたるが、[2]人の御もとに忍《しの》びて物聞《ものき》こえてのち、程経《ほどへ》て、

[3]近江なるつくまの祭《まつり》とくせなん
つれなき人の鍋《なべ》の数《かず》見む　（二〇二）

1　「女が、浮気な男が形見だと言って残して置いた物どもを見て」と解するのが通説であるが、「女の…連体形」の形で、「女の移り気なのが」と解すべきであろう。

2　「かたみ」は、死んだ人、別れた人を思い起こさせる記念の物。

3　「あた」は「敵(かたき)」「恨み」の意で、江戸時代初期まで清音。あの人の形見が今となってはかえって敵であるよ。これがなければ、あの人のことを忘れる時もあろうものを。＊古今集恋四・七四六・読人不知。小町集二四。

1　前段同様、「女の…連体形」の形。「女の、まだ男女間のことを十分に経験していないと思われるのが」「まだ男ずれしていないと思われた女が」の意。

2　わかり難い文脈であるが、「まだ世へずとおぼえたる」女が意外にも「ある御方のもとにこっそりとお便り申し上げて後、しばらく経ってから」、それを知った男が女に歌を贈ったのである。

3　「つくまの祭」は滋賀県米原市の筑摩神社の祭で、土地の女は関係した男の数だけ鍋をかぶって参詣した。自分に冷淡な女がどれだけの男と関係しているかを示す鍋の数を確かめたいので、早く筑摩祭をしてほしいと言っているのである。＊拾遺集雑恋・一二一九・読人不知。第三句「はやせなん」。

第百二十一段

昔《むかし》、男《おとこ》、[1]梅壺より雨に濡《ぬ》れて人の[2]まかり出《い》づるを見て、

[3]うぐひすの花を縫《ぬ》ふてふ笠《かさ》もがな《哉》
濡《ぬ》るめる人に着《き》せて帰《かへ》さん　（二〇三）

返し、

[4]うぐひすの花を縫《ぬ》ふてふ笠《かさ》はいな
思《おも》ひをつけよほして帰《かへ》さん　（二〇四）

1　「梅壺」は凝華舎のこと。庭に梅が植えてあったので梅壺とも呼ばれた。
2　「まかり出づ」は謙譲語で、「退出する」意。ある女房が里下がりか何かで、雨に濡れつつ梅壺から退出するのを主人公が見て、詠みかけたのである。
3　鶯が青柳を片糸にして撚って縫うという梅の花笠がほしいよ。濡れて帰るあなたに着せて帰らせよう。古今集春上・三六・東三条左大臣の歌「うぐひすの笠に縫ふといふ梅の花折りてかざさむ老い隠るやと」を利用して作られた歌。
4　「思ひ」の「ひ」に「火」を掛ける。鶯が梅の花を縫うという笠は要りません。それよりも、あなたの「思ひ」の「火」を私につけてください。その火でこの濡れた着物を乾かして、私を帰らせることができるでしょうから、と色めいた返歌をしているのである。

第百二十二段

昔《むかし》、男《おとこ》、[1]契《ちぎ》れることあやまれる人に、

[2]山城《しろ》の井手《ゐで》の玉《たま》水手《て》に結《むす》び
たのみしかひもなき世《よ》なりけり　（二〇五）

1　約束していたことを違（たが）えている女に。「あやまる（誤る）」は他動詞で「違背する」意。
2　「山城の井手」は現在の京都府南部の綴喜郡井手町。「手（た）飲みし匙（かひ）」と「頼みし甲斐」を掛ける。＊新古今集恋五・一三六八・読人不知。古今六帖第五・三二二五・作者名無。いずれも第三句「手にくみて」。

と言《い》ひやれど、いらへ[3]もせず。

第百二十三段

昔《むかし》、男《おとこ》ありけり。深草[1]に住《す》みける女を、やうやう[2]飽《あ》きがたにや思ひけん、かかる歌《うた》をよみけり。

年[3]を経《へ》て住《す》み来《こ》し里《さと》を出《い》でていなば
いとど深草野とやなりなん　（二〇六）

女、返し、

野[4]とならばうづらとなりて鳴《な》きをらん
かりにだにやは君は来《こ》ざらむ　（二〇七）

とよめりけるに、めでて[5]、「ゆかむ」と思ふ心なくなりにけり。

3　女は返答もしない。

1　「深草」は京都市伏見区深草。稲荷山の南西の地。

2　次第に厭わしい気持ちになってきたのだろうか。

3　何年もの間、共に住んで来た里を私が出て行ったならば。この里は、深草という名以上に、いっそう草深い野となってしまうだろうか。＊古今集雑下・九七一・業平。在中将集六二。素寂本業平集七七。

4　あなたのおっしゃるように、この里が草深い野となったら、私は鶉になって鳴いていましょう。そうしていると、かりそめにでも、狩をすると言って、あなたがいらっしゃらないことがありましょうか。いやきっといらっしゃるでしょう。「かり」に「仮」と「狩」を掛ける。＊古今集雑下・九七二・読人不知。古今六帖第二・一一九一・作者名無。在中将集六三。素寂本業平集七八。

5　「めで」は動詞「めづ」の連用形。「賞賛する」「感じ入る」意。男は女に対して飽きを感じ始めていたが、女の歌に感じ入って、深草の里を出て行こうと思う気持ちがなくなった。つまり、夫婦として住み続けようと思ったのである。

第百二十四段

昔《むかし》、男《おとこ》、いかなりける事を思ひけるを《お》りにか、よめる。

[1]思《おも》ふこと言《い》はでぞただ《ゞ》に止《や》みぬべき
我とひとしき人しなければ　（二〇八）

第百二十五段

昔《むかし》、男《おとこ》、[1]わづらひて、心地死《し》ぬべくおぼえければ、

[2]つひ《ゐ》にゆく道《みち》とはかねて聞《き》きしかど
[3]昨日今日《きのふけふ》とは思《おも》はざりしを　（二〇九）

1　自分が思っていることを言わないで、ただそのまま終わってしまうべきであろうよ。口に出したところで、私とまったく等しい人なんていないのだから。「ただに」は「何もしないで」「むなしく」という意。＊新勅撰集雑二・一一三四・業平。

1　「わづらふ」には「心を悩ます」「苦しむ」「難渋する」などの意もあるが、ここは「病気になって苦しむ」意。

2　人生の最後に行く道だとは以前から聞いてはいたが、昨日から続く今日この日だとは思わなかったのだが…。＊古今集哀傷・八六一・業平。在中将集八二。素寂本業平集六六。大和物語百六十五段。

3　「昨日今日」の表現は「昨日に連続している今日」という意。「明日」に連続している「今日明日」ではなく、生き続けて来た「昨日」に連続している「今日」であることを強調しているのである。

（天福本 巻末の勘物）

業平朝臣
三品弾正尹阿保親王（平城天皇ゝ子）五男。
母伊登内親王、桓武第八皇女、母藤南子（従三位乙叡女）。

年 月 日、任左近将監。承和十四年正月、補蔵人。嘉祥二年正月七日、従五位下。貞観四年正月七日、従五位上。五年二月十日、左兵衛権佐。六年三月八日、右近少将。七年三月九日、右馬権頭。十一年正月七日、正五位下。十五年正月七日、従四位下。元慶元年正月十五日、左近権中将。十一月廿一日、従四位上。二年正月十一日、相模権守。三年十月、蔵人頭。四年正月十一日、美濃権守。同廿八日卒。

親王
平城第三、母正五位下蕃良藤継女。
承和九年十月薨。贈一品。

行平卿 阿保親王一男
天長三年、仲平・行平・守平・業平賜姓在原朝臣。承和七年正月、蔵人。十二月、辞退。廿日、従五下廿四。十年二月、侍従。十三年正月、従五上、任左兵衛佐。五月、右近少将。仁寿三年、正五下。斉衡二年正月、四位、因幡守。四年、兵部大甫。天安二年二月、中務大甫。四月、左馬頭。三年正月、播磨守。貞観二年六月、内匠頭。八月廿六日、左京大夫。四年正月、信乃守。同月、従四上。五年二月、大蔵大甫。六年正月十六日、備前権守。三月八日、兼左兵衛督。八年正月、正四位下。十年五月、兼備中守。貞観十二年二月十三日、参議五十三。廿六日、左兵衛督。十四年八月廿一日、蔵人頭、左衛門督。十月十四日、別当。十五年、従三位、大宰帥。元慶元年、治部卿。六年正月、中納言六十五。八年、正三位、民部卿。仁和元年、按察。仁和三年四月十三日、致仕。寛平五年薨。

紀有常

承和十一年正月十一日、右兵衛大尉。嘉祥三年四月二日、左近将監。四月〈日歟私〉、蔵人。五月十七日、兼近江権大掾。仁寿元年七月廿六日、兼左馬助。十一月甲子、従五位下。二年二月廿八日、兼但馬介。三年正月十六日、右兵衛佐。四年正月十六日、兼讃岐介。転左兵衛。斉衡二年正月、従五位上。同十五日、左近少将。天安元年九月廿七日、兼少納言。二年二月五日、兼肥後権守。貞観七年三月九日、任刑部権大輔。九年二月十一日、任下野権守。十五年正月七日、正五下。十七年二月十七日、任雅楽頭。十八年正月七日、従四位下。十九年正月廿三日卒。年六十三。

二条后　中納言左衛門督贈太政大臣長良女母紀伊守総継女
貞観元年十一月廿日、従五位下五節舞妓。貞観八年十二月、女御宣旨。九年正月八日、正五位下。貞観十年十二月廿六日、生第一皇子廿七。帝御年十九。十一年二月、立為皇太子。十三年正月八日、従三位。元慶元年正月三日、即位日、立為中宮卅六。六年正月七日、為皇太后宮。寛平八年九月廿一日、停后位。延喜十年十二月薨六十九。天慶六年五月、退復后位。

河原左大臣融　嵯峨第十二。源氏。

承和五年十一月廿七日、正四位下元服日。六年壬正月乙酉、侍従。八年正月、相模守。九年九月己亥、近江守。十五年二月、右近中将兼美作守。嘉祥三年正月七日、従三位。五月、右衛門督。仁寿四年八月、兼伊勢守。斉衡三年九月、任参議、右衛門督、伊勢守如元。

なぞへなく

万葉集第十八
ほとゝぎすこよ《今夜》なきわたれ燈を
つくよ《月夜也》になぞへ《なすらへ也》そのかげを見む

六帖哥
いへばえにふかくかなしきふえ竹の
よごゑやたれとゝふ人もなし

宋玉神女賦
素質《モトヨリ》幹之醲実ナル号志解参ニシテ而体《テイ》　閑《ミヤビカナリ》

曹子建洛神賦
瓌《クワイ》姿《シ》艶逸ニシテ　儀静体閑《ヨソホヒシヅカニテイミヤビカナリ》

みやび　みやびか也といふ詞、其心、みやびをかはすなどいふは、なさけといふ同心事歟。

（天福本　奥書）

天福二年正月廿日己未申刻、凌桑門之盲目、連日風雪之中。遂此書写、為授鍾愛之孫女也。

同廿二日、校了。

補充章段　一（A）

[1]雨《あめ》のいみじう降《ふ》り暮《く》らして、つとめてもなほ《を》いみじう降《ふ》るに、ある人《ひと》のがりやりし、

[2]降《ふ》り暮《く》らし降《ふ》り暮《く》らしつる雨《あめ》の音《をと》を
つれなき人《ひと》の心《こころ》ともがな　（三〇）

返《かへ》し、

[3]ややもせば風にしたがふ雨《あめ》の音《をと》を
絶《た》えぬ心《こころ》にかけずもあらなん　（三一）

（阿波国文庫本）

補充章段　二（B）

[1]昔《むかし》、[2]女《をんな》をぬすみてゆく道《みち》に、[3]水《みづ》のあるところにて、「[4]飲《の》まん

1 「昔、男…」という形で始まっていないので、判然としないが、歌の内容から考えて、主語は女と見られる。（女が）雨のひどく降り続く中、日の暮れるまでを過ごして、翌朝も依然として雨がひどく降る時に。
2 降り続く雨の中、一日を過ごして、また次の日も降り続く雨の音を、つれないあなたのお心としたいものですね。この雨のようにもっと絶えず来てほしいと詠んだ女の歌。「雨の音をつれなき人」に「おとづれなき人」を響かせていると考えることもできる。
3 どうかすると、風によって変わる雨の音を、あなたに対して絶えることのない私の心に擬するようなことはしないでほしいものです。「ややもせば」は「どうかすると」「ひょっとすると」。和歌には珍しい用語。

1 「昔、男ありけり。その男…」が省略されていると見るべきであろう。
2 第六段の「女のえ得まじかりけるを、年を経てよばひわたりけるを、からうして盗み出でて…」という状況を参考にしているのであろう。
3 歌に「大原やせかゐの水」とあるので、流れている川よりも、せきとめられている水を想定すべきであろう。
4 男が女に「飲むか」と尋ねると。
5 「手にむすぶ」は掌（たなごころ）を丸くして水をすくうこと。

や」と問ふに、うなづきければ、坏《つき》なども具《ぐ》せざりければ、5手《て》にむすびてくはす。

さて、上《のぼ》りにければ、6元《もと》のところに帰《かへ》りゆくに、かの水《みづ》飲《の》みしところにて、

7大原《おほはら》やせかゐ《ひ》の水《みづ》をむすびつつ
8あくやと問ひし人はいづらは

と言《い》ひて、9消《き》え《へ》にけり。10あはれ、あはれ。

（三二）

（阿波国文庫本）

補充章段　三（C）

昔《むかし》、男《をとこ》、女《をんな》、1お《を》きふしもの《のの》をいひて、いかがおぼ《ぼ》えけん、男《をとこ》、

2心《こゝろ》をぞわりなきものと思《おも》ひぬる

6 誰が何故「元のところに帰りゆく」のかはっきりしない。伝民部卿局筆本には「をむな、はかなくなりにければ」とあって、女が死んだので、男が元の所に帰っていったとするが、歌の内容からすると、逆のはずである。

7 「大原や」の「や」は語調を整えるための間投助詞。「大原」は山城国乙訓郡、今の京都市西京区大原野とする説と、同愛宕郡、今の京都市左京区大原とする説が、古くから両立している。「せかゐの水」については不明。

8 「あく（飽く）や」は「もう十分か」の意。水を飲ませて、こう聞いた人は、当然、男であるから、この歌は女の歌ということになる。

9 女は死んだ男を追想しつつ、みずからも絶命したのである。

10 かわいそう、かわいそう。語り手の同情の気持ちを強調している。

1 寝ても覚めても言葉を交わして。底本には「もののを」とあるが、小式部内侍本の「ものを」に改めた。

2 心というものを説明のつかないものだと今は思っているよ。今まさに目の前にしている人のことが、一方でどうしてこんなに恋しく思われるのだろうか。＊古今集恋四・六八五・深養父。深養父集三七。いずれも第四句「見るものからや」。古今六帖第五・二七三五・深養父。第四句「見るものかくや」。

かつ見《み》る人《ひと》やこひしかるべき

（二二三）

（阿波国文庫本）

補充章段　四（〇）

昔《むかし》、[1]色好《いろこの》む人《ひと》ありけり。男《おとこ》もさま変《かは》らず、[2]同《おな》じ心《こ、ろ》にて、色好《いろこの》む女《をんな》を、「彼《かれ》をいかで得《え》てしかな」と思《おも》ひたるを、[3]女《、むな》も念《ねん》じわたるを、いかなる折《おり》にかありけん、会《あ》ひにけり。男《おとこ》も女《をんな》も[4]かたみにおぼえければ、「我《われ》もいかで棄《す》てられじ」と心のいとまなく思《おも》ふになんありける。

[5]なほ女《を、むな》、出《い》でていなんと思《おも》ふ心《こ、ろ》ありて、

[6]いざ桜《、くら》散《ち》らば散《ち》りなんひと[7]盛《さか》り
ありへば[8]人《ひと》にうきめ見《み》えなん

（二二四）

と書《か》きてなんいにける。

1　次に「男もさま変らず、同じ心にて」とあるので、「色好む人」が「女」であることがわかる。
2　男も女と同様に「色好み」であったと言っているのである。
3　「念ず」は「こらえる」「外に表れることを抑える」こと。この場合の「わたる」は時間の経過を表し、男に対して、色好みな行動に出ることをずっと抑えていたということである。
4　「かたみに」は「お互いに」。「おぼえければ」の「おぼゆ」は「似る」。
5　唐突な書き方で説明不足だが、女が出て行ってしまう話の第二十一段が意識されているのではないだろうか。
6　散りゆく桜に向かって詠んだ形をとっている。＊古今集春下・七七・承均法師。古今六帖第六・四九六・素性。いずれも第二句「我もちりなむ」、第四句「ありなば人に」。素性集四〇。第二句「我もちりなむ」、第四・五句「有りなばうきめ人にみえなむ」。
7　もう一盛り生き永らえて咲き続けたら。
8　「人」は具体的には相手の男を指す。「見え」は「見られる」意。私の情けない状況を見られてしまうだろうから、早く散ってしまいたいと言っている。

9男《おとこ》来《き》て、見《み》れば、なし。10いとねたくてをりけり。

11いささめに散《ち》りくる桜《さくら》なかならなん
のどけき春《はる》の名《な》をも立《た》つめり

（阿波国文庫本）（二五）

補充章段　五（R）

昔《むかし》、1色好《いろこの》み、2絶《た》えにし人のもとより、

3思《おも》ひつつ寝《ぬ》ればや人《ひと》の見《み》えつらん
夢《ゆめ》と知《し》りせばさめざらましを

（阿波国文庫本）（二六）

補充章段　六（S）

昔《むかし》、1男《おとこ》、来《き》て、帰《かへ》るに、2秋《あき》の夜《よ》もむなしくおぼえければ、

9　男が女の家にやって来て、見てみると、女はいない。
10　「ねたし」は「しまった」と思う気持ち。悔やまれる気持ち。
11　軽々しく散って来る桜なんてない方がよい。散ることがなければ、のどかな春だという評判も立つでしょう。

1　伊勢物語の通行本で「色好み」と呼ばれるのは女の方が多い（第二十五段、第二十八段、第三十七段、第四十二段）が、ここは素直に「男」を「色好み」と言っている。
2　今は関係がなくなっている人。
3　あなたのことを何度も思って寝たから、あなたと夢でお会いできたのでしょうか。初めから夢だとわかっていたら覚めないようにしましたのに。＊古今集恋二・五五二・小町。新撰和歌第四・三〇〇。古今六帖第四・二〇二九・小町。小町集一六。

1　物語の主人公の男が女のもとにやって来て、帰る時に。
2　女にとっては、長いはずの秋の夜の逢瀬も実体がなく、はかないものに思われたので。

秋《あき》の夜《よ》も名《な》のみなりけりあふとあへば
ことぞともなく明《あ》けぬるものを　（二七）

（阿波国文庫本）

補充章段　七（Q）

昔《むかし》、男《おとこ》、遥《はる》かなるほどにゆきたりけるに、筑紫《つくし》[1]のつと、[2]人の乞《こ》ひたりけるに、色革《いろかは》[3]やるとて、

筑紫《つくし》[4]よりここまで来《く》れどつともなし
たちのをがはのはしのみぞある[5]　（二八）
所《ところ》[6]の名《な》なるべし。

（阿波国文庫本）

補充章段　八（N）

3　男の歌とする説があるが、さっさと帰って行く男を見て、女が詠んだ歌と見るべきであろう。長いという定評のある「秋の夜」も名ばかりだったのですね。会うということになって会ってみると、問題なくあっさりと明けてしまうのですから。＊古今集恋三・六三五・小町。第三句「あふといへば」。元永本・筋切は「あひしあへば」。古今六帖第五・二七五・小町。「あひしあへば」。小町集三。「あひとあへば」。

1　「筑紫」は筑前・筑後の両国。今の福岡県に相当する。第六十段・第六十一段の西下り章段を増補した章段であろう。
2　「つと」は土地の産物。土産。
3　「色革」は色や模様を染めつけた革で、多くは武具や馬具に用いた。
4　筑紫を通ってここまで来たが。格助詞「より」は、空間的には動作の経由点を表す。「…を通って」の意。＊拾遺集物名・三八一・業平。
5　「太刀の緒革（をがは）の端」（太刀をぶらさげている革の端）に地名の「小川の橋」を掛ける。
6　「小川の橋」という地名を読み込んだ物名の歌なのだろうと解説しているのである。

1　「物思ふ男」は恋に思いわずらう男。「物思ふ」は恋に苦しむこと。

昔《むかし》、1物思《ものおも》ふ男《おとこ》、目《め》を醒《さ》まし《しし》て、2外《と》の方《かた》を見出《いだ》して臥《ふ》したるに、前栽《ざい》の中《なか》に、虫《むし》の声々《こゑ〴〵》鳴《な》きければ、

3かしかまし4野《の》もせにすだく虫《むし》の音《ね》や
5我《われ》だに物《もの》は言《い》はでこそ思《おも》へ

（三二九）

（阿波国文庫本）

補充章段　九（Ｉ）

昔《むかし》、男《おとこ》、1え得《う》まじかりける人を恋《こ》ひわびて、

2わがやどに蒔《ま》きしなでしこ3いつしかも
4はな《る》に咲《さ》かなん5よそへつつ《ゝ》見《み》ん

（三三〇）

（阿波国文庫本）

2　外の方を眺めながら横になっていると。

3　＊うつほ物語・藤原の君の巻。第二・三句「草葉にかかる虫の音よ」。既に有名になっていたこの歌を用いて作られた章段であろう。「かしかまし」はやかましい。うるさい。「かしがまし」と濁るようになったのは江戸時代以降。

4　「野もせに」は「野も狭いと思われるほど一面に」「野原いっぱいに」。「すだく」は「集まる」意。

5　私でさえ恋に悩むことを口に出さないで、心の中で思っているのに。

1　妻にすることができそうにない女を恋い慕って。

2　＊萬葉集巻八・一四四八・家持。第四・五句「花にさきなむなそへつつ見む」。古今六帖第六・三六一八・家持。第二句「さきしなでしこ」。これらの歌を用いて作られた章段であろう。「やど」は萬葉集に「屋外」の字が用いられているように「庭」のこと。

3　「いつしか」は、願望（～してほしい）の表現を伴って「早く」の意となる。

4　底本の阿波国文庫本には第四句「はるにさかなん」とあるが、古今六帖では「はなにさかなん」になっているので、歴博本巻末付載の小式部内侍本により、「はな」と校訂した。

5　あなたになぞらえて花を見ようと言っているのである。

補充章段　十（M）

昔《むかし》、男《おとこ》ありけり。[1]わりなきことを思ひて、[2]ある所《ところ》に言《い》ひやりける。

[3]ゆふつくよあかつきがたのあさかげに[4]
わが身はなりぬ恋《こひ》[5]のしげきに

（三二）

（阿波国文庫本）

1　どうしようもない、説明のつきにくいことを思って。
2　「ある所」と実名や説明を省いて記すのは、非常に身分の高い女を暗示している。
3　「ゆふつくよ」は本来「夕方に空に出ている月」を言ったが、「月が出ている夕方」をいう場合もあった。ここは「あかつき」の枕詞。＊萬葉集巻十一・二六六四。第二句「あかときやみの」、第五句「なを思ひかねて」。猿丸集四四。第二句「あか月かげの」。
4　「あさかげ」は、朝の薄明るい光の中にぼうっと見えるシルエットをいう。「朝影になる」という場合の「かげ」は目には映るが不確かなおぼろげのものという意である。
5　あなたを恋い慕う気持ちがしきりであるゆえに。

補充章段　十一（D）

昔《むかし》、[1]西院といふ所に住《す》む人ありけり。その人、[2]市《いち》になんいでたりけるに、女車《くるま》ありけるを、[3]言《い》ひもて行《い》きて、「御すみかはいづこぞ」といひければ、かくなん言《い》ひおこせたりける。

[4]わがやどは雲井の峯《みね》に高《たか》ければ

1　第三十九段に「淳和天皇」のことを「西院のみかど」と呼んでいるように、淳和天皇の後院を「西院」と呼び、それが地名になった。現在の阪急電鉄京都線西院駅の西側一帯。
2　延喜式によれば、当時、官設の「東の市」と「西の市」が置かれ、定期的に物品が交易されていた。
3　「言ひもて行く」は「言葉をかけ続ける」意。「もて行く」は動詞の連用形に接続して「～し続ける」意となる。
4　私の家は雲のかかっている峰で高

教《をし》ふとも来《こ》んものならなくに　（三三二）

と言《い》へりければ、男《をとこ》、

[5]かりそめにそふる心しふかければ
などか雲井もたづねざるべき　（三三三）

と言《い》ひて、これもかれも、別《わか》れにけり。

（天理図書館蔵伝為家筆本巻末部分）

補充章段　十二（E）

昔《むかし》、男《おとこ》、[1]ある人にしのびてあひかよひければ、かの男《をとこ》に、ある人《ひと》、

[2]中空《なかぞら》に立《た》ちゐる雲のあともなく
身のはかなくもなりぬべきかな　（三三四）

（歴博本巻末付載皇太后宮越後本）

い所にありますから。自らが宮中に身を置くことを表現している。

5　ほんの一時的に見染めた心でも、こんなに深く思っているので、どうして雲のかかっているような高い所でも訪ねて行かないことがありましょうか。必ずお訪ねします。

1　女の身分・立場などを具体的に書かないのは高貴な女性を思わせる。

2　第二十一段にも、補充章段十六にも同じ歌があり、別の物語として用いられている。雲は山にかかり、山に帰ることが多いが、「中空に立ちゐる雲」は、そうではなく、ずっと中空に浮かんでいてそのまま消える雲。男がこっそり来て、こっそり帰るので、我が身も拠り所がなく、消えてしまいそうだと言っているのである。第二十一段17参照。

補充章段　十三（F）

1昔《むかし》ありける色好《いろこの》み女、飽《あ》き方《がた》になりにける男《をとこ》のもとに、

2今《いま》はとてわが身時雨《しぐれ》にふりゆけば
言《こと》の葉《は》さへぞうつろひにける　（三三五）

かへし、3きのさねふん、

4人を思ふ心《こゝろ》この葉《は》にあらばこそ
風のまにまに《〳〵》散《ち》りも乱《みだ》れめ　（三三六）

（歴博本巻末付載小式部内侍本）

1　昔いた色好みであった女が、自分を飽きて来た男のもとに、歌を贈った。
2　＊古今集恋五・七八二・小町。小町集三。第三句「ふりぬれば」。「ふりゆけば」は時雨が「降りゆけば」と自分が「古りゆけば」の意を掛ける。
3　「きのさねふん」は実在せず、歴博本巻末付載の皇太后宮越後本にある「紀定文」も実在しない人物。
4　あなたを思う私の心が木の葉のように一時的なものなら、風のまにまに散り乱れてしまうこともあるでしょうが、私の心は木の葉ではないので、散り乱れることなどありませんよ。＊古今集恋五・七八三・小野貞樹。小町集三。第五句「ちりもまがはめ」。

補充章段　十四（G）

昔《むかし》、男《おとこ》、1奈良《なら》の京に、2あひ知《し》りたる人とぶらひに行《い》きたるに、
3ともだちのもとに、消息《せうそこ》をして、うらみて文《ふみ》お《を》こせたりける人《ひと》

1　平安時代には、既に都ではない奈良を「奈良の京」とは言わない。これは第一段の「昔、男、初冠して、奈良の京、春日の里に、しるよしして、狩にいにけり」を意識した書き方であろう。
2　知り合いだった人。かねてよく知っていた女ということであろう。
3　「ともだちのもとに、消息をし」たる「ともだち」が「男」なのか「女」なのか判然としないが、男が「あひ知りたりける人（女）」の友達のもとには消息をして、当の女にはしなかったので、それ

に、

[4]春の日のいたりいたらぬ里《さと》はあらじ
咲《さ》ける咲《さ》かざる花のみゆらん

（歴博本巻末付載小式部内侍本）　（三二七）

補充章段　十五（H）

[1]お《を》なじ男《をとこ》、女の[2]初裳《うゐも》着《き》けるに、[3]釵子《さし》を[4]心《こころ》ざして、よみてやれる。

[5]あまたあらばさしはせずともたまくしげ
あけんをりをり思ひでにせよ

（歴博本巻末付載小式部内侍本）　（三二八）

を恨んで恨みの手紙を送って来た、その女に、ということであろう。
4　春の陽ざしが射す里、射さない里という差別はないでしょう。それなのに、どうして咲いている花と咲かない花が見えるのでしょうか。私は誰に対しても一様に応対しているのに、どうしてにこやかに迎えてくれる人と怨む人がいるのでしょうか、と言って、自分を怨む女を皮肉ったのである。「らん」は原因推量の助動詞。＊古今集春下・九三・読人不知。第一句「春の色の」。

1　天理図書館蔵伝為家筆本巻末付載の小式部内侍本には「むかし、おとこ」とあり、「をなじおとこ」は誤写と見るのが妥当だが、意味が通じないわけではないので、そのままにした。
2　「初裳（うひも）」は初めて裳を着けること。裳を着けて、髪上げするのが女性の成人儀礼であった。
3　「釵子」は中国から入って来た儀式用のかんざし。「釵」は漢語では「サイ」とも「サ」とも訓む。
4　「心ざす」は気持ちのしるしとして物を贈ること。
5　釵子をたくさんお持ちなら、これをお挿しにならなくても、櫛箱をお開きになるその時々に見て、私のことを思い出してください。「たま（玉）」は美称の接頭語。「くしげ」は櫛笥。櫛箱。

補充章段　十六（J）

[1]昔《むかし》、男《おとこ》、[2]すずろなる道《みち》をたどりゆくに、駿河《するが》の国《くに》、[3]宇津《うつ》の山《やま》口《ぐち》にいたりて、わが入《い》らんとする道《みち》に、いと暗《くら》う細《ほそ》きに、蔦《つた》・かへでは茂《しげ》り、物心《こゝろ》ぼそく思《おも》ほえ《へ》て、すずろなる目《め》を見《み》る事と思ふに、[4]修行者《すぎゆく》にさしあひたり。「かかる道《みち》にはいかでかいまする」と言《い》ふを見《み》れば、見《み》し人なりけり。「[5]京にその人のもとに」とて、文《ふみ》書《か》きてつく。

[6]中空《なかぞら》に立《た》ちゐる雲のあともなく
身のいたづらになりぬべきかな　（三二九）

[7]とてなんつけける。

[8]かくて思《おも》ひゆくに、

[9]駿河《するが》なる[10]宇津《うつ》のみ《みの》山のうつつにも

1　この段は、第九段「宇津の山」の部分の異文。以下、第九段12～17参照。
2　あらかじめ予定しない行程。
3　第九段13参照。「宇津の山口」は宇津の谷峠へ上る所。静岡市へ至る東海道の山道の入口。藤枝市岡部町あたり。
4　底本には「すきゆくに」とあるが、「す行者に」または「すぎやう者に」の誤写と見て、本文を改めた。
5　第九段には「京にその人の御もとに」とあって、「御」が付いており、明らかに京の女が高貴な方であることを示していたが、ここには「御」はない。
6　この歌は第九段にはないが、第二十一段と補充章段十二にある。第二十一段17・補充章段十二2参照。
7　というように詠んで、修行者に託したのである。
8　このようにして、都のことを思いながら道中を行くと。
9　第九段17参照。
10　底本には「うつみの山」とあるが、「うつのみ山」の誤写と見て改めた。なお、第九段には「うつの山べの」とある。
11　第九段の場合と違って、この章段では、「駿河なる」の歌は、京にいる女に贈った歌ではなく、旅の途次、男が独白して詠んだ歌として置かれている。

夢《ゆめ》にも人にあはぬなりけり　（二三〇）

と[11]思《おも》ひゆきけり。

（歴博本巻末付載小式部内侍本）

補充章段　十七（K）

昔《むかし》、男《おとこ》、[1]すずろなる所《ところ》にゆきて、[2]夜明《あ》けて帰《かへ》るに、[3]人々《く》言《い》ひさわぎければ、

[4]月《つき》しあればあく《ら》ら《は》んことも知《し》らずして
[5]寝《ね》てくる我《われ》を人や見《み》つらん　（二三一）

（歴博本巻末付載小式部内侍本）

補充章段　十八（L）

昔《むかし》、[1]在原《ありはらの》行平といふ人みまそかりけり[2]。女のもとに、

1　心のおもむくままに行った所。正妻の所ではなく何となく軽い気持ちで行った別の女の所。

2　女のもとに通うのは、夕闇迫る頃に行き、夜が明け切らぬ頃に帰るのが一般的であったのに、この場合、夜が明けてから帰るのである。

3　人々が噂をして騒いだので。夜が明けて既に明るくなりかけていたので、周囲の人が察知したのである。宮中でのことであったのかもしれない。

4　「月しあれば」の「し」は強意の助詞。＊萬葉集巻十一・二六六五。第二句「明くらむわきも」、第四・五句「寝てわが来しを人見けむかも」。古今六帖第五・二七三六・作者名無。第二句「明くらんわきも」、第四・五句「ねてにし我を人見けむかも」。

5　女のもとで寝て帰る自分を他人が見てしまったのだろうか。

1　行平は第七十九段・第八十七段・第百一段に登場するが、いずれも敬語は用いられていない。

2　この物語で「みまそかりけり」「いまそかりけり」が用いられているのは、右大将藤原常行（第七十七段・第七十八段）、左大臣源融（第八十一段）、堀河太政大臣藤原基経（第九十七段）、崇子内親王（第三十九段）だけで、いずれも、尊敬すべき官職や地位などが明記されている。

[3]思《おも》ひつつをればすべなし[4]むばたまの
夜《よる》になりなば我《われ》こそゆかめ　（二三二）

女《をんな》

[5]来《こ》ぬ人を今《いま》もや来《く》ると待《ま》ちし夜《さ》の
なごりに[6]今日《けふ》も寝《ね》られざりけり　（二三三）

（歴博本巻末付載小式部内侍本）

補充章段　十九（P）

昔《むかし》、[1]すき者《物》ども集《あつ》まりて、[2]物《もの》の名《な》をよみけるに、[3]かは竹《たけ》、ある男《おとこ》、

[4]さよふけてなかばたけゆくひさかたの
月吹《ふ》きかへせ秋の山風　（二三四）

（歴博本巻末付載小式部内侍本）

3　あなたのことを思いつつも、じっと抑えていましたので、どうしようもなく切ない気持ちです。夜になったら、私の方から出かけようと思っているのですが…。「をれば」の「をり」は「じっと控えている」意。＊萬葉集巻十一・二九三一。第二〜四句「をれば苦しもぬばたまの夜に至らば」。

4　「むばたまの」は「夜」の枕詞。

5　待っても来ないあなたを、ひょっとしたら今来るかもしれないと思って待ち続けていた昨夜のなごりで。「もや」は「ひょっとしたら〜だろうか」の意。

6　今日も眠れずに、一日中、ぼんやりとしてあなたをお待ちしています。

1　ここの「すき者」は「風流者」の意。

2　物名歌（隠し題）を詠んだ時に。

3　「皮茸」説と「河竹」説があるが、後撰集の歌「うつろはぬなにながれたるかは竹のいづれの世にか秋をしるべき」（雑四・二七二・読人不知）は詞書に「…竹のはにかきつけてつかはしける」とあり、「茸」ではなく、「竹」の例が見られる。

4　「なかばたけゆく」に「かはたけ」が隠されている。「たけゆく」は盛りを過ぎて衰えることを言う。ここは（月が）「西へ傾く」意。＊古今集物名・四五二・景式王。

解　題

一　書名とその由来

『伊勢物語』は平安時代の物語である。成立してから千年以上になるが、これほど永きにわたって多くの読者を持った日本の文学作品は他に存在しないであろう。また、後世の文学に対する影響という点においても、『古今和歌集』『源氏物語』とともに、もっとも甚だしいものがあり、日本の古典の中の古典といえるものである。

このように日本の古典の代表作と称するにふさわしい『伊勢物語』ではあるが、成立年代・作者など、明らかでない点が多い。と言うよりも、「何故《なにゆえ》に伊勢と呼ばれるのか」という書名の由来も実はさだかではなかったのである。

『源氏物語』総角《あげまき》の巻や『狭衣《さごろも》物語』巻一の記述によって、この物語が『在五が物語』とか『在五中将の日記』とも呼ばれていたことは知られるが、同じ『源氏物語』でも絵合《えあわせ》の巻には「伊勢物語に正三位（物語）をあはせて」とあり、『枕草子』にも「あやしう伊勢の物語なるや」とあるのを思えば、『在五が物語』とか『在五中将の日記』という呼称は、この物語が在五中将と呼ばれた在原業平の歌を中核として、あたかもその自記であるかのごとくに作られているところから生じた通称であり、本来は、やはり『伊勢物語』と呼ばれていたと考えるべきだろうと私は思う。『伊勢物語』と呼ばれている作品に、その主人公在五中将在原業平の自伝としての把握から『在五が物語』という別称を与えることは自然であるが、その反対に『在五が物語』という、いわば即物的な名があるのに、『伊勢物語』という別称が生まれ、しかもそれが『在五が物語』という呼称を圧倒してしまうというのは、どう考えても不自然だからである。ちなみに、現在に伝わっている幾百もの『伊勢物語』の伝写本は、後述するように、幾つかの系統に分かれ、章段数や歌数が異なることすらあるが、その書名のすべては『伊勢物語』であって、『在五が物語』などというような書名を持つものは、まったくないのである。

ところで、『伊勢物語』が、このように『伊勢物語』と呼ばれるようになったのは何故か。古来、ずいぶん様々《さまざま》な説があるが、その中で最も重要なものは、第六十九段の伊勢斎宮密通の段が巻頭にあるのがこの物語の本来の形であるゆえに『伊勢物語』と呼ばれたという説、あるいは、その第六十九段が、巻頭になくても、物語の中で特に重要秀逸な章段であるゆえに物語全体を『伊勢物語』というようになったとする説が最も説得力があろう。伊勢斎宮と在原業平のこの密通によって生まれた子が高階茂範の養子となり高階師尚と名のったと、ある程度信じられていた（「江家次第」、『尊卑分脈』所収「大江氏系図」）ことを考えれば、冒頭に位置していなくても、この段が『伊勢物語』全体の中で特に重要な役割を担っていたことは疑いないからである。

二　作品成立の過程

書名について論じた次には、作者について説くのが、このような解説の常であるが、これもまた不明というほかはないのである。

一体に、平安時代の物語の作者は不明なものなのである。『源氏物語』の場合でも、もし『紫式部日記』がなかったならば、誰が作ったかわからなかったかも知れない。作品に作者の署名があるわけでもなく、著作権を主張できる根拠があるわけでもない。言うなれば、作者が不明であるところに、古くから語られて伝えられて来たという当時の物語の本性があったと言えるのである。

このように、作者の名が作品に刻せられる形で伝えられることがなかったということは、作者以外の他の人が作品に手を加えて拡大することが大いにあったということである。事実、『伊勢物語』も、一人の作者が作りあげたものではなく、少なくとも何回もの増補を加え、また少なくとも五〇年以上にわたって、増補されつつ成長増益を続けてきたことは、後述するように明らかなのである。つまり、現存の『伊勢物語』の中にも、古い部分、新しい部分、そしてその中間に位置するというような幾つかの部分があるというわけである。

そして、そのもっとも古い部分が、延喜五年（九〇五）成立と言われる『古今集』に先行することは疑いない。たとえば、

古今集（恋三・六三二）

ひんがしの五条わたりに、人を知り置きてまかり通ひけり。忍びなる所なりければ、門《かど》よりもえ入らで、垣のくづれより通ひけるを、たび重なりければ、主《あるじ》聞きつけて、かの道に夜毎《よごと》に人を臥《ふ》せて護《まも》らすれば、行きけれど、え会はでのみ帰りて、よみてやりける。

業平の朝臣

人知れぬわが通ひぢの関守は
よひよひごとにうちもねななむ

伊勢物語（第五段）

昔、男有りけり。東の五条わたりに、いと忍びて行きけり。みそかなる所なれば、門《かど》よりもえ入らで、わらはべのふみあけたるついひぢの崩れよりかよひけり。人しげくもあらねど、度《たび》かさなりければ、あるじ、聞きつけて、その通《かよ》ひ路《ぢ》に、夜ごとに人を据ゑて守らせければ、行けども、えあはで帰りけり。さて、よめる。

人知れぬわが通ひ路の関守は
よひよひごとにうちもねななん

とよめりければ、いといたう心やみけり。あるじゆるしてけり。

二条の后に忍びて参りけるを、世の聞こえありければ、兄人《せうと》たちの守らせたまひけるとぞ。

この両者について見ると、共通性の顕著なことはおおうべくもない。いずれかがいずれかの材料になったと素直に認めるべきであろう。具体的に言えば、傍線を付した両者の共通部分だけで文脈は十二分にたどり得る。異なる所と言えば、『伊勢物語』で「いと忍びて行きけり。みそかなる所なれば」と意味的に重複し繰り返している部分が、『古今集』で「忍びなる所なりければ」と一つにまとめられているほかは、「わらはべのふみあけたる」「人しげくもあらねど」など、いわば挿入句的に注釈を加えている部分である。一方が一方を簡単にしたか、いずれかがいずれかに敷衍的説明を加えたかであろうが、率直に言って、私は前者、つまり『古今集』が『伊勢物語』の本文によりつつ、やや簡略にしたと考えたいのである。何故なら、上段の『古今集』の本文が普通の『古今集』の詞書一般とあまりにも異なっているからである。第一に長大に過ぎ、第二に説明的に過ぎるが、加えて「ひんがしの五条わたり」という場所の設定が、この歌の鑑賞に何の関係があろうかなどと言い出せば疑問は限りない。また、何としてもその内容が説話的に過ぎる。貴公子が垣の崩れから忍び入ることはともかく、主《あるじ》が聞きつけてその通路に人を臥せて守らせたというような内容は、本来やはりこれが物語であったがゆえの叙述だと考えねばふさわしくない。崩れた垣を修理した方がずっと有効だからである。

古今集（羇旅・四一一）

武蔵の国と下総の国との中にあるすみだ川のほとりに到りて、都のいと恋しうおぼえければ、しばし河のほとりにおりゐて、思ひやれば、限りなく遠くも来にけるかなと思ひわびてながめをるに、渡守《わたしもり》「はや舟に乗れ。日暮れぬ」と言ひければ、舟に乗りて渡らんとするに、皆人ものわびしくて、京に思ふ人なくしもあ

伊勢物語（第九段）

猶ゆきゆきて、武蔵の国と下総《しもつふさ》の国との中に、いと大きなる河あり。それを隅田河と言ふ。その河のほとりに群れゐて、思ひやれば、「限りなく遠くも来にけるかな」とわびあへるに、渡守《わたしもり》、「はや舟に乗れ。日も暮れぬ」と言ふに、乗りて、渡らんとするに、みな人、物わびしくて、京に思ふ人なきにしもあらず。

らず。さる折に、白き鳥のはしとあしと赤き、河のほとりに遊びけり。京には見えぬ鳥なりければ、皆人見知らず。渡守に「これは何鳥ぞ」と問ひければ「これなん都鳥」と言ふを聞きてよめる。

　　名にしおはばいざ言《こと》問《と》はむ都鳥
　　　わが思ふ人はありやなしやと

さる折しも、白き鳥の嘴《はし》と脚《あし》と赤き、鴫の大きさなる、水の上に遊びつつ、魚《いを》を喰ふ。京には見えぬ鳥なれば、みな人見知らず。渡守に問ひければ、「これなん都鳥」と言ふを聞きて、

　　名にしおはばいざ言《こと》とはむみやこ鳥
　　　わが思ふ人はありやなしやと

とよめりければ、舟こぞりて泣きにけり。

この両者の関係も否定する人はあるまい。渡守の二つの言葉「はや舟に乗れ。日暮れぬ」「これなん都鳥」だけについて見ても、それは明らかであろう。そして、『古今集』の詞書が異常に長く、その間、「恋しうおぼえければ」「思ひわびてながめをるに」「ものわびしくて、京に思ふ人なくしもあらず」と感情の在り方を示す表現が多いこと。「皆人ものわびしくて」「皆人見知らず」と歌の読み手の感慨だけではなく同行の人々のものとして記されていること。また話体を詞書の中に含んでいること。そしてまた、始めは鳥の名を隠して、「これなん都鳥」という、それを初めて明らかにした渡守のことばによって望郷の情が爆発するというその構成の妙。これらは通常の『古今集』の詞書とはあまりにも異なっている。『古今集』の普通の詞書であれば、「あづまの方《かた》にまかりける時、隅田川といふ所にて都鳥を見てよめる」と記すだけでよいはずである。それをあえてかような形にしたのは、『古今集』が当時既に存在していた『伊勢物語』の本文を甚だしく尊重して、ほとんどそのままに詞書化したせいとすべきであろう。そう考えねば説明がつかないと思うのである。

　このように、『古今集』が当時既に存在していた『伊勢物語』を資料にしたと確言できるケースは甚だ多いのであるが、その反対、つまり『伊勢物語』の方が『古今集』を材料にして物語化したと考えられる例もないわけでは

ない。たとえば、『古今集』秋下・二九四の、

二条の后の春宮の御息所と申しける時に、御屛風に、龍田河に紅葉流れたる形《かた》をかけりけるを題にてよめる

業平朝臣

ちはやぶる神代も聞かず龍田河からくれなゐに水くくるとは

が『伊勢物語』第百六段では、

昔、男、親王《みこ》たちの逍遥し給ふ所にまうでて、龍田河のほとりにて、

となっているケース、また『古今集』では「題しらず」になっている「秋の野に笹わけし朝の袖よりもあはで来《こ》し夜ぞひちまさりける」（恋三・六二二）の歌が、『伊勢物語』第二十五段では、

昔、男ありけり。「あはじ」とも言はざりける女の、さすがなりけるがもとに言ひやりける。

という本文を伴っている例なども、おそらくはそれに加えて然るべきものであろう。だから、『古今集』にある業平の歌のすべてが、既に存在していた『伊勢物語』から採録されたと私は言っているわけではないが、少なくともその一部、と言うよりも主要肝心な部分が、『古今集』以前、すなわち十世紀のごく初めより前に、物語的な形を持って存在していたことだけは否定できないと思うのである。

ところで、『古今集』の業平の歌を材料にして物語化した章段が一方では存することを既に提示したが、実際、『古今集』成立の延喜五年（九〇五）よりも、はるか後になって加えられた章段が『伊勢物語』に存することも明白なのである。

たとえば、『伊勢物語』第十一段を見よう。

昔、男、東《あづま》へゆきけるに、友だちどもに、道より言ひおこせける。

忘るなよほどは雲ゐになりぬとも空ゆく月のめぐりあふまで

この歌は『拾遺抄』（雑下・五二八）、『拾遺集』（雑上・四七〇）に存する橘忠基の作である。これを用いたわけであるから、この段は、『拾遺抄』や『拾遺集』が成立した西暦一〇〇〇年頃を下ってからの付加とまでは言わなくとも、少なくとも橘忠基が活躍した天暦の頃（九五〇年代）よりも後に『伊勢物語』に加えられたものとしなければなるまい。

かように見てくるならば、『伊勢物語』の原型は西暦九〇〇年頃に既に存したが、現在のような形になるまでには、さらに五〇年以上を要したということになるが、実は、この間にも何回かの増補がなされていたことが、群書類従本系統の『業平集』（西本願寺本三十六人集の『業平集』もこの系統）、そしてすぐその後にできたらしい尊経閣文庫所蔵の『在中将集』や、冷泉家所蔵の『素寂本業平集』の中核をなす『雅平本業平集』によってわかるのである。これらは、『古今集』『後撰集』『伊勢物語』から業平関係の歌を選び出したものであるから、逆に、これらができる時に資料に用いられた『伊勢物語』の形態を推定する貴重な材料になるというわけである。

なお、本書では、『古今集』『後撰集』にも存する歌を頭注に明示したほか、『在中将集』と『素寂本業平集』に存する歌をも頭注に掲示した。読者はこれによって、㈠『古今集』以前の『原型伊勢物語』の段階から存在していた章段、㈡『後撰集』（九五六年成立）以降しばらくの間にできた『在中将集』、『雅平本業平集』（『素寂本業平集』のうち六六まで）の頃の『伊勢物語』の段階で増補せられた章段、さらにそれ以後、『源氏物語』ができる頃までに増補せられた章段というように、三段階に分けて伊勢物語の成長過程をとらえることができるというわけである。

三　『伊勢物語』の構造と作者

『西本願寺本系統業平集』『在中将集』『雅平本業平集』を比較すると、収載歌の本文に少異がある。したがって、これらの撰集資料になった『伊勢物語』も互いに少異があったはずである。換言すれば、『伊勢物語』の成立も右のような三段階説ではなく、不断の成長増益という形でとらえるべきだと考えられるのだが、便宜的には、右の三段階に分けて考えることがやはり便利である。と言うのは、その三段階に分けることによって、それぞれの成立段階における『伊勢物語』の特性が明確に把握できるからである。

まず、『古今集』成立以前に形をなしていた『第一次伊勢物語』は、在原業平自作の歌によって物語が構成されているのが、その最大の特徴である。しかし、それにもかかわらず、物語文に業平の実名を出すことはまったくない。すべて「昔」の「男」の話として語られる。「奈良の京は離れ、この京は人の家まだ定まらざりける時」（第二段）、つまり、実在の業平が活躍した時代（「年表」参照）よりも五〇年以上も前の平安遷都（七九四年）から遠からざる頃の「昔物語」という形をとっているのである。業平の歌を用いながら業平の事蹟にあらず、もっと昔の話だとするところに『第一次伊勢』の特質があると私は考えるのである。

ところが、『第二次伊勢物語』になるべく付加せられた二十数章段（『古今集』にはないが、前述の三系統の『業平集』にある歌を持つ段）になると、少し変わってくる。これらは、『在中将集』が採歌している第四十三段の「ほととぎす汝《な》が鳴く里の」という『古今集』夏・一四七のよみ人しらず歌一首を例外として除けば、業平の歌であるとも否とも断じかねる歌ばかりである。たとえば、第一段の「春日野の若紫」の歌は、本書の頭注10・11にも記したように、左大臣源融の「みちのくのしのぶもぢずり……」という歌を本歌にしたものである。「年表」にも示したように、業平と融は三歳しか年齢の差がなく、業平元服の際に、融のこの歌が本歌取りされるほどに有名であったとは思えない。業平の作でないと断言することはできぬが、少なくとも業平元服当時の作ではなく、したがって第一段全体が、フィクションとして後に作られたものであることは疑いないと思われるのである。

ところで、この『第二次伊勢物語』に付加すべく作られた二十数段でも、『第一次伊勢物語』の場合と同じく業

平の名を表面に出さないばかりか、

昔、紀有常といふ人有りけり。（第十六段）

昔、西院のみかどと申すみかどおはしましけり。（第三十九段）

昔、賀陽《かや》の親王《みこ》と申す親王おはしましけり。（第四十三段）

昔、田邑のみかどと申すみかどおはしましけり。その時の女御多賀幾子と申すみまそかりけり。（第七十七段）

昔、多賀幾子と申す女御おはしましけり。（第七十八段）

昔、氏の中に、親王うまれ給へりけり。（第七十九段）

昔、左のおほいまうちきみいまそかりけり。（第八十一段）

昔、左兵衛督なりける在原の行平といふありけり。（第百一段）

などのごとく、「昔、男」以外の他の人物の紹介から書き出される章段が多く、しかも冒頭に紹介された人物だけではなく、「崇子《たかい》」「源　至《みなもとのいたる》」（第三十九段）「藤原常行」（第七十七・七十八段）「藤原良近《まさちか》」（第百一段）などの実在人物を提示しつつ、物語の主人公の方は「ねむごろにあひ語らひけるともだち」（第十六段）「その宮の隣なりける男」（第三十九段）「人」（第四十三段）「右《みぎ》の馬頭《うまのかみ》なりける翁」（第七十七段）「右の馬頭なりける人」（第七十八段）「御祖父方《おほぢかた》なりける翁」（第七十九段）「かたゐ翁」（第八十一段）「あるじのはらから」（第百一段）というように、むしろ副次的人物の形で登場させることによって、物語の時代背景を（実在の業平の時代に）措定し、しかし、実在の業平としてではなく物語の業平としてのリアリティを増強しようという書き方に変わっているのである。つまり、『第一次伊勢物語』よりも時代が降っての作であり、業平の歌によっておのずからに生ずるリアリティがないゆえに、時代設定に心を用いなければならなくなったのである。

ところで、先に掲げたように、第八十一段で、主人公を「かたゐ翁（乞食翁）」と呼んでいるのは何故か。そう言えば、「かたゐ（乞食）」とまでは言わなくとも「翁」と呼んでいる段が右に掲げた章段に多い（第七十七・七十九段）。能楽の『翁』によってもわかるように、翁の体《てい》をとってみずからを卑しめ、相手方の栄華・長寿を寿ぐ。第八十一段において左大臣源融の河原の院の「おもしろきをほむる歌」を「翁」がよむのも、第七十九段で貞数親王の誕生を祝って「翁」が歌をよむのも、そのゆえである。また「翁」という語を使っていなくても、第百一段においての「もとより、歌のことは知ら」ない主人公が「咲く花の下に隠るる人をおほみありしにまさる藤の蔭かも」と太政大臣藤原良房とその一族である藤原良近の栄華を寿ぐのが、この『第二次伊勢物語』として付加せられた章段であるのも決して偶然ではあるまい。『第二次伊勢物語』には、このように、主人公が「翁」の体をとって、わが身を卑しめた形で、権門貴紳を寿ぐ形の章段が多いのである。

ところで、この「翁」は、右のような寿ぎの場以外にも出てくることがある。第四十段がそれである。昔、若い男が恋死にするまでに女を愛したという物語の後で、「昔の若人は、さるすける物思ひをなんしける。今の翁、まさにしなむや」と記されているのである。

「今の翁」から見て、「今の若人」はだらしがないと言ったりするのは現在でもよくある老人通有の言い草であるが、右の場合はそれと異なって、「今の翁」のだらしなさを批難しているのである。「今の翁」に恋死になどできようはずがないと言っているのである。「今」であろうと「昔」であろうと、老人は本来的に熱烈な恋とは縁遠いもので、そのような情熱がなくても、特にとがめる必要はない。それでは何故わざわざ断わったのか。その答えは、ただ一つ、「今の翁」がすなわち「昔の若人」と同一人であると考える以外にはないと私は思う。「若人」すなわち「翁」という共通性があるからこそ、一見成り立ち得べくもない比較が成り立ったのだと思う。別の言い方をすれば、「今の翁」がみずからが「若人」であった時の振舞を回想しつつ老を嘆くという形でこの物語が作られていたからこそ、このような表現がなされ得たのだと思う。その意味において、『伊勢物語』の本質を、若年の成年式に臨んでみずからの経験を語り聞かせる翁の回想述懐の態度と成年成女を前にしての翁の対立意識の融合としてとらえようとした折口信夫博士のすぐれた直観（『古代研究・民俗学篇』その他）に深い敬意を表わさざるを得ないのである。

かように考えるならば、我々は、ここに少なくとも二つの新しい把握をなし得る。その一つは、この『第二次伊勢物語』の作者に関することであり、他の一つはこの『第二次伊勢物語』の本質に関することである。

『第二次伊勢物語』にしばしば登場する「翁」は、『第一次伊勢物語』において記されていた若い日のみずからの姿……すなわち、時には恋してはならぬ人までも、その恋の烈しさのゆえに恋してしまうが（第四・五・六十九段）、それは人間世界の世俗的な秩序の中から逸脱した行動というほかはなかったから、始めから挫折する恋であった。そして、そのゆえに、京洛の人から見れば、まさに「地のはて」とも言うべき東国への流浪が始まるのである（第七・八・九段）。このような若き日の苦しい恋の記録、あるいは惟喬親王を囲んでの風雅の集《つど》い（第八十二・八十三段）に代表される反俗的な「みやび」の世界も、親王の出家によって今は空しく過去の思い出となってしまった。これらの事件を中核において、今や、文字通り挫折した主人公は、「翁」、さらには「かたい翁」とみずからを称して、権門貴族に奉仕し、それを寿ぐような姿勢で昔語りをするというわけである。みずからを「おとろへたる家」（第八十段）と規定する裏には、「世かはり、時うつり」ても、なお「昔よかりし時」（第十六段）をなつかしむ懐古の念が物語全体を支えて存在していることを知らなければならない。『第一次伊勢物語』を中核に据え、『第二次伊勢物語』に成長させた作者は、かように考えてくれば、業平身辺の後人、おそらくは在原氏の一族に属する誰かであったとすべきであろうし、伊勢物語の本質は、過ぎ去った愛の世界・みやびの世界への、懐古と憧憬にあると思われてくるのである。

四　増益と享受

後述する鎌倉時代の『伊勢物語』の注釈書に共通した説に、「業平不東下説」すなわち業平の東下りは事実としてはなかったとするものがある。今、その代表として、当時、もっとも普及していた『冷泉家流伊勢物語抄』などの類で言えば、業平が東下りをしたと記されているのは、物語としての記述、いわば仮の姿において表わしたものであって、実際は二条の后との密通が露見したので、東山に蟄居させられていたのだというのである。

ところで、鎌倉時代の古注釈の実態を紹介しようとして、かようなことを書き出したのではない。東山に蟄居したのが「実相」であって、それを東へ下った、武蔵・陸奥へ下ったとするのは、いわば物語独自の「仮相」の表現であるという鎌倉時代古注の物語の把握が、鎌倉時代のみならず、平安時代の『伊勢物語』の、享受、ないしは増益にまで及んでいることを以下に明らかにするために書き出したのである。

早速ながら、『大鏡』の陽成天皇紀には次のような文章が見られる。

この后宮（二条の后高子《たかいこ》）の宮づかへしそめ給ひけむやうこそおぼつかなけれ。まだよごもりておはしける時、在中将しのびてゐてかくしたてまつりたりけるを、御兄《せうと》の君達、基経の大臣《おとど》・国経の大納言などの若くおはしけん程の事なりけむかし。取り返しにおはしたりける折、「つまもこもれり我もこもれり」とよみたまひたるは、この御事なれば、すゑの世に「神代の事も」とは申しいでたまひけるぞかし。（中略）いかなる人かは、この頃、古今・伊勢語《ものがたり》などおぼえさせたまはぬはあらんずる。「見もせぬ人の恋しきは」など申すことも、この御なからひの程とこそは承れ。（後略）

この文章は、二条の后に対する業平の行動を『伊勢物語』によって語っているのであるが、「御兄《せうと》の君達、基経の大臣《おとど》・国経の大納言などの、若くおはしけん程」に二条の后を業平から取り返したとあるのは、言うまでもなく、

『伊勢物語』第六段の、

昔、男ありけり。女のえ得《う》まじかりけるを、年を経《へ》てよばひわたりけるを、からうして盗み出でて、いとくらきに来けり。芥川といふ河を率《ゐ》て行きければ、（中略）

これは、二条の后の、いとこの女御の御もとに、仕うまつるやうにてゐたまへりけるを、かたちのいとめでたくおはしければ、盗みて負ひて出でたりけるを、御兄人《せうと》堀河の大臣《おとゞ》・太郎国経の大納言、まだ下﨟にて、内へ参りたまふに、いみじう泣く人あるを聞きつけて、とどめて取り返したまうてけり。それを、かく鬼とはいふなりけり。まだいと若うて、后のたゞにおはしける時とや。

とあるのに依拠しているのだが、『大鏡』では、その後に「取り返しにおはしたりける折、『つまもこもれり我もこもれり』」とよんだのもこの同じ時のことだとしていることに注意したい。こちらの方は、第十二段の、

昔、男有りけり。人のむすめを盗みて、武蔵野へ率《ゐ》てゆくほどに、盗人《ぬすびと》なりければ、国の守《かみ》にからめられにけり。女をばくさむらの中に置きて、逃げにけり。道来る人、「この野は、盗人あなり」とて、火つけむとす。女わびて、

武蔵野は今日はな焼きそ若草のつまもこもれり我もこもれり

とよみけるを聞きて、女をばとりて、ともに率《ゐ》て往《い》にけり。

とあるのによったことは疑いない。されば、『大鏡』の作者は「摂津国芥川」も「武蔵国武蔵野」も実は同じことだとしていたことになる。換言すれば、業平が二条の后を連れ出して逃げたが、基経・国経に取り返されたということだけが「実相」であり、それを物語として表現する時は、芥川であれ、武蔵野であれ、どうでもよい。いずれも「仮相」として表わされているのであって、歴史物語の対象にはならぬというのが『大鏡』のとらえ方なのである。

歴史的事実としての「実相」を、物語では「仮相」の形で表現するというこのような『伊勢物語』の方法は、『大鏡』の作者だけの新見解・新解釈ではない。ほかならぬ『伊勢物語』第六段自体がこのような書き方になっていると私は思う。すなわち、闇にまぎれて苦労して連れ出した女を「鬼一口」に喰われてしまったと記し、それを愁嘆する男の歌を中心として一段を構成しながら、すぐそれに続けて、実は鬼に喰われたのではない。二人の兄が参内の途中で妹を見つけ取り返したのが「実相」なのだが、物語としては、それを右のような、「仮相」の形で表現したのだと断わっているのである。こうなれば、「芥川」も仮相の地名である。京に住む基経・国経の兄弟が「摂津国芥川」を経由して参内するはずがないからである。

もっとも、第六段の末尾「これは、二条の后の……」以下は後人の注が本文化したものであって、平安時代の『伊勢物語』享受の実態を示しはしても、創作にまでかかわることはないという考え方もあり得るが、私はこの点をもっと拡大して、『第三次伊勢物語』の形態をとるべく増補された章段、つまり現在の『伊勢物語』の半数以上の章段が、このような立場から、このような方法によって作られ、付加せられたと考えているのである。

たとえば、第六十五段を見よう。この段は、『第一次伊勢物語』に属する第四段・五段・九段で語られている事件を、異なった角度から、異なった「仮相」において語っていると言ってよいのではないか。また第九十六段も第五段・六段の内容を別の「仮相」によって表わしていると言ってもよいのではないか。

つまり「実相」は一つしかないはずであるが、「仮相」は種々様々の形をとって表わすことができるというわけである。

そう思って見れば、このような例はほかにも多い。前述した第六段と第十二段のほかにも、第六十九段と第七十段〜七十二段・七十四段・七十五段の関係、第八十三段と第八十五段の関係など、いずれも一つの「実相」を二つ以上の「仮相」に表わした例に加えられようが、ここでは視点を変えて第二十三段の場合について考えてみよう。

「昔、ゐなかわたらひしける人の子ども、井のもとに出でて、あそびけるを」で始まるこの有名な段の冒頭の「ゐなかわたらひ」なる語は、この考察の一つの鍵《キイ》になる。「ゐなかわたらひ」は、本来「田舎で生計を立てている人」の意であろうが、王孫たる業平を「田舎で生計を立てている人の子供」とするのはおかしい、「『地方官の子供』とすべきで、これは特に業平よりも相手の女子のことを言っているのである」、などと苦しい説明を試みたり、あるいはまた、『伊勢物語』は業平の話だけを集めたのではなく、種々の「男」の話を集めたのだから、実際に「田舎で生計を立てている人の子」の話として読めばよい、などと説明したりする。しかし、前掲の『大鏡』の場合を始めとして、平安朝時代から中世に至るまで、『伊勢物語』は業平の事蹟としてのみ享受されてきたのである。それを考えれば、この場合も、王孫貴族たる業平の「実相」を、「ゐなかわたらひ」の子供という「仮相」において表わしたものとすべきではないかと、私は思うのである。

このように見てきただけでも、『第三次伊勢物語』とすべく付加せられた章段が、第一次・第二次のそれとかなり異なっていることに気づくであろう。第一次・第二次の『伊勢物語』においては、韜晦した姿勢をとることはあっても、やはり当事者的表現になっていたが、第三次の『伊勢物語』になると、享受者の立場と同じ次元において創作活動に参画しているというわけである。そして、このような姿勢は、主人公業平のとらえ方においても、まことに顕著にあらわれているのである。

『第一次伊勢物語』で描かれている主人公は、一途な恋、ひたむきな愛に生きる、まことに純粋な男であった。恋しようとして恋したわけではなく、まったく「本意にはあらで、心ざし」（第四段）の深くなってしまった女《ひと》を求めて一夜泣き明かす男であった。しかし、相手の女《ひと》は、今やこの上なく高貴な身となって、近づくよしもない。男は「身をえうなきものに思ひなして」（第九段）東国に流浪するが、見るもの聞くものにつけて、京のこと、特にかの女のことを想い起こすのである。このあたりは、言うまでもなく二条の后と業平との恋愛を頭において物語化したのであろうが、二条の后は『古今集』撰進の命が下った延喜五年（九〇五）より五年も後の延喜十年三月二十四日まで生存していたのであるから（「年表」参照）、『第一次伊勢物語』においては、その実名を持ち出せようはずがない。必然的に、物語は「昔、男」と主人公の名を隠し、「奈良の京は離れ、この京は人の家まだ定まらざりける」（第二段）平安遷都の頃、すなわち業平が活躍した頃よりも五〇年も前に「仮相」の時代を設定して、話を進めるという書き方にならざるを得なかったのである（同じく『第一次伊勢』に属する第五段にある「二条の后に忍びて参りけるを……」という後書きが後人の付加したものであることは、このことによっても明らかであろう）。このような物語化の方法は、『第一次伊勢物語』におけるもう一つの大恋愛、伊勢斎宮との事件においても変わりがない。実名を用いない書き方も同じなら、主人公が熱烈に思いながらも、その愛は挫折してしまうという書き方も同じである。『第一次伊勢物語』の恋愛は、結局、主人公の熱情と愛の挫折から生じた悲嘆という形で描かれている。まことに純粋な男の、純粋な愛の物語なのである。

『第二次伊勢物語』も、前述のように在原氏の翁が語るという物語的姿勢が強く打ち出されているほかは、おおむね『第一次伊勢』の世界と方法の忠実な延展がはかられている。初段の「いちはやきみやび」もそうであるし、第十六段の友人とその妻に対するやさしいはからいも、恋愛ではないが、まさしく人間的愛情の発露である。これに対して、今、問題にしている『第三次伊勢物語』の場合は、主人公は「色好みの英雄＝業平」に変貌してしまう。文章の中に「殿上にさぶらひける在原なりける男」（第六十五段）とか、「在五中将」（第六十三段）というように明記され、始めから、女性よりも遥か上に位置するすばらしい理想的男性という書き方である。「世の中の例として、思ふをば思ひ、思はぬをば思はぬものを、この人は、思ふをも、思はぬをも、けぢめ見せぬ心なんありける」という人物設定であるから「百年《もゝとせ》に一年《ひとゝせ》足らぬつくも髪」の老女のもとへもおもむき（第六十三段）、陸奥の「歌さへぞひなびた」女の所へも「さすがにあはれ」と思って「行きて寝にけり」（第十四段）という書き方である。さらにまた、自分が「年ごろおとづれざりける」ゆえに去っていった女と再会して、「いにしへのにほひはいづら桜花こけるからともなりにけるかな」とよみ、「これやこの我にあふ身を逃《のが》れつつ年月ふれどまさり顔なき」（第六十二段）と追い討ちをかけるのである。「さすがにあはれ」と思って「行きて寝」ても、それは恩寵をかけ給うの類《たぐい》であり、さればこそ夜深いうちに出て行き、別れにあたっても「栗原のあねはの松の人ならば」（第十四段）と、通り一遍の挨拶か愚弄の言葉としか思えぬ歌をよむのである。また、自分の通うことが少ないゆえに離れていった女に、「こけるから」「年月ふれどまさり顔なき」（第六十二段）とは、あまりにも残酷な言葉である。これは、主人公を限りなくすばらしい男性（在原業平）とする後代の享受者的発想が創作の前提になっていることを示しているのである。つまり、固有名詞としての「業平」が、美男子の代表・色好みの英雄としての普通名詞的な「業平」に変わってゆく姿を、『第三次伊勢物語』として加えられた章段は、すでにはっきりと示しているのである。

五　伝本と底本

『伊勢物語』は一人の作者が作ったものではない、かなりの年月にわたって、かなりの数の人が加わって次第にでき上がっていったのだということを明らかにしてきたのであるが、現在伝わっている伝本の中に、この『第一次伊勢』『第二次伊勢』の形態をそのままに伝えるものは、まったくない。前述のように『第一次伊勢』は九世紀末に、『第二次伊勢』・『第三次伊勢』にしても十世紀末にはすでにでき上がって、今に近い形の『伊勢物語』になっていたことがうかがわれるのに対して、現在伝わっている写本でもっとも古いものは鎌倉時代初期十三世紀に入ってからのものであるから、当然と言えば当然、まことに仕方のないことなのである。

しかしながら、いわゆる『第三次伊勢』の成立後も『伊勢物語』の本文はきわめて流動的であり、かなりの出入りがあったということ、換言すれば、本文の伝流が享受や研究と結びついてなされていたということは否定し得べくもない。

たとえば、定家本第百十四段の場合を見よう。この段は業平没後六年の仁和二年（八八六年）光孝天皇芹川行幸を物語化したものであるから（「年表」参照）、『伊勢物語』を業平の伝と考える平安時代から中世にかけての人々にとっては不審の章段とされてきた。現に定家も勘物に「或本不可有之云々。多本皆載之。不可止」（或本は、この段は本来有るべき段ではないと言う。しかし、多くの伝本は皆、この段をも載せている。やはり省略してしまうべきではなかろう）と注記しているのである。現に広本系では本文部にはなく巻末の増補部分に付加されているのに対して、略本系では定家本第八十二段の惟喬親王の交野《かたの》の狩の段の前に同じく狩の話であるゆえか、一つにまとめ、しかも「仁和の帝」（光孝天皇）という本文を「深草の帝」（仁明天皇）と改竄してしまっているのである。いずれにしても、享受・鑑賞の態度がそのまま本文の省略や配列の異同にまで及んでいる例とすべきであろう。

一方、本書に補充章段として掲載した章段は普通本にない章段とはいえ、ある時期の『伊勢物語』に現に存在していたもので、いずれも『在中将集』や『雅平本業平集』の撰集資料になっていないことから、いわゆる『第三次伊勢物語』である。しかし、『萬葉集』や『古今集』の他人歌を利用していたり、文章が拙劣であったりするためか、何らかの理由で、定家本などの普通本の『伊勢物語』に定着しえなかった章段といえるのである。

順序が逆になったが、このあたりで、現存する『伊勢物語』の伝本を概観しておこう。

前にも触れたように、平安時代末期には、現存諸本のように「昔、男、初冠《うひかうぶり》して」で始まる「初冠本系《うひかうぶりほんけい》」のほかに、男が伊勢へ狩の使いに行って斎宮と密通するという段（定家本第六十九段）を冒頭におく「狩《かり》の使本系《つかいほんけい》」と呼ばれる系統の本が存したという伝え、そして和泉式部の娘小式部内侍が書写した本がこの系統であったという伝えもあったが、現在に残る種々の資料をフルに活用して推定した私の結論を言えば（詳細は『伊勢物語の研究（研究篇）』参照）、平安末期にかような本が存在していたことは確かであるが、それが『伊勢物語』の原初形態を伝えているとはとても思えない。前述したように、後人が『伊勢物語』という書名の由来を合理的に説明するために作りあげたと考えるべきだと思うのである。

それはともかく、現在伝わっている『伊勢物語』の写本はすべて初冠本系である。今、それを系統に分けて見ると、次のようになる。

(A)　普通本系統（百二十五段前後の章段を持つ）

(1)　定家本（藤原定家が書写した本の系統）

(2)　別　本（右以外のもの。ただし実は定家本である場合が多い）

(3)　真名《まな》本（真名で書かれたもの）

(B)　広本系統（増補した結果、普通本より段数が多くなったもの）

(1)　国立歴史民俗博物館本（大島家旧蔵）

(2)　阿波国文庫旧蔵本・神宮文庫本・谷森本

(3)　泉州本（現存しないが、武田祐吉博士旧蔵）

(C)　略本系統（普通本より章段の少ないもの）

(1)　伝民部卿局筆本（山形県酒田市の本間美術館所蔵。いわゆる塗籠本《ぬりごめほん》）

(2)　その他（右の末流）

『伊勢物語』は、平安時代以来、和歌を学ぶ人の必読の書として扱われてきたし、また量的にも手ごろであったので数多く書写され、日本の古典の中でももっとも伝写本が多い。しかし、その九九％以上が定家書写本の系統なのである。けだし、中世における異常なまでの定家崇拝のせいと言うべきであろう。

藤原定家は、われわれが知っているだけでも、建仁二年六月、承久三年六月、貞応二年十月、嘉禄三年八月、寛喜三年八月、天福二年正月の計六回、それに書写年号を記さぬ武田本・流布本などの無年号本を加えれば、まことに数多くの伊勢物語を書写校訂しているのであるが、現存する本の大半は天福本・武田本・流布本の三種であって、他は伝存せぬか、また伝存しても極度に稀というのが実状である。

ところで、天福本・武田本・流布本のうち、室町時代から江戸時代にかけては、かの細川幽斎が「世間流布の本」（『闕疑抄』）と称した流布本が写本・版本の大半を占めていたのであるが、昭和に入って、定家自筆の天福本を三条西実隆が臨写した本（学習院大学現蔵）が紹介されて定家自筆本の姿が復原できるようになってからは活字本の大半が天福本を用いるようになった（本書の底本もこれである）。もっとも、天福本よりも武田本（若狭の武田家にあったためにかく呼ばれた）を善しとする学者もいるが、意味の通りやすいものが必ずしもよいとは限らない。たとえば、天福本の「あれはの松」（第十四段）、「たいしき」（第八十一段）、「おきのゐてみやこじま」（第百十五段）などは、武田本の「あねはの松」「いたじき」「おきのゐみやこじま」の方がおそらくは正しいのであろうが、それをあえて疑問の多い本文のままにしているところに意味があると思うのである。何らかの必要あって一般の人のために本を書写する場合は別として、みずから証本とすべき本の書写については、疑問があっても本文を改めることをしない定家の本文校訂の態度がそのままに表われていると私は思うのである（念のために言えば、上述のような本文を持つ定家本は天福本のほかにもある。定家の所持本がおそらくそうなっていたので天福本だけの誤写ではあるまい）。したがって、意の通じぬところがあっても定家本の一つとしての天福本を軽視無視すべきではあるまい。本書で、この学習院大学本を底本としつつ、必要に応じて校訂を加え、天福本の本文を復原したゆえんである。

他の系統の本についても簡単に触れておこう。

池田亀鑑博士は、定家本にあらざる普通本を「古本」と命名されたが（『伊勢物語に就きての研究』）、その中には承久三年本や無年号の定家本をも含んでいた。今、それらから、明らかに定家本であると思われるものを除き、鉄心斎文庫所蔵の通具本（築地書館刊の複製本あり）や武者小路本（『伊勢物語に就きての研究（補遺篇）』に翻刻あり）などの新出本を加え、これを別本と呼んだ。種々の文献資料を徴するに、平安末期から鎌倉時代にかけて流布していた『伊勢物語』の大半はこの別本であり、定家本自体もこの別本の中から生まれ出たと考えられるのである。

次に、広本系統というのは、普通本より段数の多い本のことである。しかし、巻末に幾つかの章段を増補したからそうなったのであって、たとえば阿波国文庫旧蔵本や谷森本の場合（『伊勢物語に就きての研究（補遺篇）』所収）、本来的な章段は百二十段で、定家本などの普通本より五段も少ない。しかしその後に普通本にない九章段を含めて十四章段が付加せられ、合計すれば百三十四段となる。そして、そこに付加せられている章段は、おおむね定着力の弱い、あるいは新しい段階ででき上がった章段であって、いわば『第三次伊勢物語』以後に付け加えられたと見てよいものが多いようである。

なお、これら広本系諸本に付載されている章段の本文を「補充章段」として本書の後ろ（120頁）に加えて掲載した。

最後に略本系統である。これを一般には塗籠本系統と呼んでいるが、正しくない。末尾に「此本は高二位本。朱雀院のぬりごめにをさまれりとぞ」とあるゆえにかく呼ぶのであるが、同趣の奥書は広本系にもあるからである。従来は、伝民部卿局筆本を江戸時代に謄写した本を用いていたが（『国文学秘籍叢刊』の一冊として複製本あり）、昭和二十九年に、その原本である伝民部卿局筆本が発見された。前述した酒田市の本間美術館本がそれである（『伊勢物語に就きての研究（補遺篇）』に翻刻があり、朝日新聞社の日本古典全書もこの本を底本にしている）。章段数は百十五段。普通本よりも十段も少ないが、これをもって原初形態に近いとは言えない。前にも触れたように、第百十四段（芹川行幸の段）を第八十二段の交野御狩《かたののみかり》の段の前にまとめ、しかも定家本第百十四段に相当する「仁和の帝」を業平没後のことになるゆえに、「深草の帝」と改めているのを始め、第六段（鬼一口の段）の後に同じく女を盗んだ「せかゐの水の段」（定家本にはないが、真名本では第二十九段の次、阿波国文庫旧蔵本では第百十六段の次にある。（補充章段二））を付加していること、東下りの第八段と第九段が同じような書き出しであるところから一章段にまとめられていること、その東下りの中で古来問題になっている富士山の喩え「なりはしほじりのやうになんありける」を「上《うへ》は広く下《しも》は挟《せば》くて大傘のやうになむありける」としていること、あるいは第五十九段の悶絶蘇生の段を終焉の段（第百二十五段）と一体化して一つにまとめていることなど、さかしらな改竄が目立つからである。しかし、だからと言って、この本が定家本などよりも古い点をまったく残していないとも言えない。結論的に言えば、現在に伝わっている『伊勢物語』の伝本はすべてこの程度の欠陥を持っているのである。天福本を始めとする定家本の場合もその点は同じである。本文を尊重することは勿論大切であるが、その本文を読み解く能力をみがくことの方が、現在においてはむしろ必要であると私は思うのである。

六　研究史と参考文献

日本の古典作品の中でもっとも数多くの伝本を持つのが『伊勢物語』であると言ったが、それほど数多くの読者を持った『伊勢物語』の研究史が、長く充実したものであることはだから当然である。

平安時代における『伊勢物語』注釈は、『奥義抄』などの歌学書などにわずかに伝えられている程度であるが、鎌倉時代の古注に、その注釈方法・物語の把握の態度などが継承されていることは既に述べた（144頁）。そして、その代表的なものとしては、『冷泉家流伊勢物語抄』と『和歌知顕集』がある（いずれも拙著『伊勢物語の研究（資料篇）』・『伊勢物語古注釈大成1・2』に翻刻した）。

これらに代表される鎌倉時代の『伊勢物語』注釈書の特性は、物語の登場人物のすべてに実在人物の名をあて、物語中の事件には現実の年号年月日をあてることがもっとも著しい。先に述べた「実相」を「仮相」の形で表わすというこの物語の書き方に忠実なわけであって、実相では×年×月×日に誰々が〇〇した事蹟を、物語では「昔」とおぼめかし、「男」とおぼめかす仮相の形で表わしているのだと注釈するわけである。

このような鎌倉時代の古注は、前述のように平安時代の『伊勢物語』享受を継承するものとして甚だ興味深く、また実際に、鎌倉時代から室町時代中期にかけて絶大な影響力を持ち、たとえば、『伊勢物語』を本説とする謡曲などはすべてその影響の下に成り立っているほどであるが、しかし一面、甚だしく荒唐無稽、牽強付会の態度に終始していることも確かである。

室町時代の注釈は、鎌倉時代の注釈が古注と呼ばれているのに対して、旧注と呼ばれて区別されるが、その特性は、一条兼良の『伊勢物語愚見抄』の序文にもっとも顕著に見られるごとく『冷泉家流伊勢物語抄』や『和歌知顕集』などの古注の荒唐無稽さを鋭く攻撃否定するところにあった。続いて出た宗祇の説をまとめた肖柏の『伊勢物語肖聞抄』と宗長の『伊勢物語宗長聞書』（『愚見抄』以下の三書は、『伊勢物語の研究（資料篇）』・『伊勢物語古注釈大成３』所収）になると、さらに具体的に古注を批判している。宗祇の説は、その後、清原宣賢の『伊勢物語惟清抄』（『伊勢物語古注釈大成４』所収）などに伝えられ、細川幽斎の『伊勢物語闕疑抄』（『伊勢物語の研究（資料篇）』・『伊勢物語古注釈大成５』所収）となって大成されるのであるが、これら室町時代の注釈書は、鎌倉時代の古注の荒唐無稽さから脱脚して鑑賞的態度を強く打ち出しているものの、『伊勢物語』を業平の実伝と見ることにおいては変わりなく、そのためにかえってちぐはぐなことになる場合も多かった。

かような傾向は、江戸時代に入っても、室町旧注の継承である北村季吟の『伊勢物語拾穂抄』（『国文学註釈叢書』所収）は勿論、歴史的事実の考証に画期的成果をあげた契沖の『勢《せい》語《ご》臆《おく》断《だん》』（『契沖全集９』所収）においてすら払拭し切れていなかったが、荷田春満《かだのあずままろ》の『伊勢物語童子問』（『伊勢物語古注釈コレクション４』所収）は、この傾向を打ち破って、伊勢物語を作り物語としてとらえた最初のものであり、その方針は、賀茂真淵の『伊勢物語古意』（同

5所収）にそのまま継承された。その後も『伊勢物語』の注釈書は多く、藤井高尚の『伊勢物語新釈』（『国文学註釈叢書3』その他）が柔軟な解釈を示して注目される。

思うに、近代になっての伊勢物語研究の中心は、池田亀鑑・大津有一両博士の『伊勢物語に就きての研究』全三冊に代表される伝来本文資料の客観化にあった。過去何百年もの、注釈を中心とした伊勢物語の研究は、いわば、みずからの主観、みずからの内なる合理性によって本文を改変し続けてきたのであるから、その恣意性を押し殺して、伝えられた本文資料を完全に復原するという姿勢は、研究史上画期的なことではあった。しかし、従来の本文研究が、常に注釈・鑑賞と結合していたのに対して、近年のそれは注釈や鑑賞と断絶した所で生まれ育ったために、本文研究自体も「低部本文批判」という呼称がまことによくあてはまるものになってしまったし、注釈研究の方もせっかくの本文研究の成果を取り入れることなく不毛の状態を続けなければならなかったのである。前述のように、中世の注釈研究には問題が多いが、しかし当時の伊勢物語観、あるいは平安時代以来の『伊勢物語』の享受法に、裏打ちされていたそれに対して、現代の注釈研究には、形式上の客観性を求めるあまり、その点が欠けているのではないか、と思うのである。

最後に言えば、拙著『伊勢物語全読解』（和泉書院、平成二十五年刊）は詳細な注釈で、画期的なものになったと思う。

なお、『伊勢物語』についてさらに深く知りたい人のために、主な参考文献をあげ、簡単な解説を加えておく。

『伊勢物語に就きての研究』（池田亀鑑・大津有一著）有精堂刊

昭和八年と九年に大岡山書店より（校本篇）（研究篇）が上梓されたが、昭和三十六年に（補遺・索引・図録篇）が加わって全三冊となった。昭和の伊勢物語研究の金字塔である。校本篇は学習院大学現蔵の定家筆天福本の臨写本を底本に四十四本の校異を示し、研究篇はその伝本考を中心に成立論に及んでいる。補遺・索引・

図録篇では、定家本系の新出重要本の校異を加えたほか、新たに阿波国文庫旧蔵本を底本にした広本系の校本、さらには略本系の伝民部卿局筆本、別本系の武者小路本の翻刻を収めた（福井貞助氏の担当）。またそれら新出諸本の解題と最近の研究の解説はまことに要を得ており（大津有一氏担当）、異本系本文をも検索し得る単語総索引（伴久美氏担当）と併せて、便利なものとなっている。

『伊勢物語古註釈の研究　増訂版』（大津有一著）八木書店刊

昭和六十一年の刊。伊勢物語研究の歴史の古さについては既に述べたが、その間の注釈書・研究書についての徹底的な調査報告である。昭和二十九年刊の元版にその後の稿を併せたもの。末永く伊勢物語研究史の研究の水先案内をつとめてくれるだろう。なお、江戸時代の注釈書を主として対象とした田中宗作『伊勢物語研究史の研究』（昭和四十年、桜楓社刊）も併せて貴重である。

『伊勢物語の研究』『伊勢物語の新研究』（片桐洋一著）明治書院刊

『伊勢物語の研究』の研究篇は昭和四十三年、資料篇は翌四十四年、『伊勢物語の新研究』は六十二年の刊。研究篇では、『伊勢物語』がどのようにしてでき上がったのか、またどのようにして読まれ、どのようにして伝わったのかを論じた。資料篇は研究篇で立論に用いた資料の公開。中世の主な古注釈のほとんどを翻刻したから伊勢物語古注釈大成としても有効である。

『伊勢物語古注釈大成』全五冊（片桐洋一・山本登朗編）笠間書院刊

鎌倉時代から江戸時代末までの注釈書を集大成したもの。

『伊勢物語古注釈コレクション』全六冊（片桐洋一編）和泉書院刊

編者所蔵の注釈書。鎌倉時代から江戸時代後期までの代表的なものを選び、影印・活字化して利用しやすくしたもの。

『伊勢物語全読解』（片桐洋一著）和泉書院刊

一一二八頁を費して、『伊勢物語』を徹底的に分析した著作。『伊勢物語』全百二十五章段に、ある時期の『伊勢物語』の本文と認められる十九章段を加えて、語釈・通釈はもとより校異や注釈史・享受史の問題点などを評釈・論評したもの。

『伊勢物語』関係系図

系図一～三は『尊卑分脈』による。
ゴチック活字は伊勢物語の登場人物を示す。傍らの人物説明のうち、（　）内は通称。

系図一〔皇室と在原氏〕

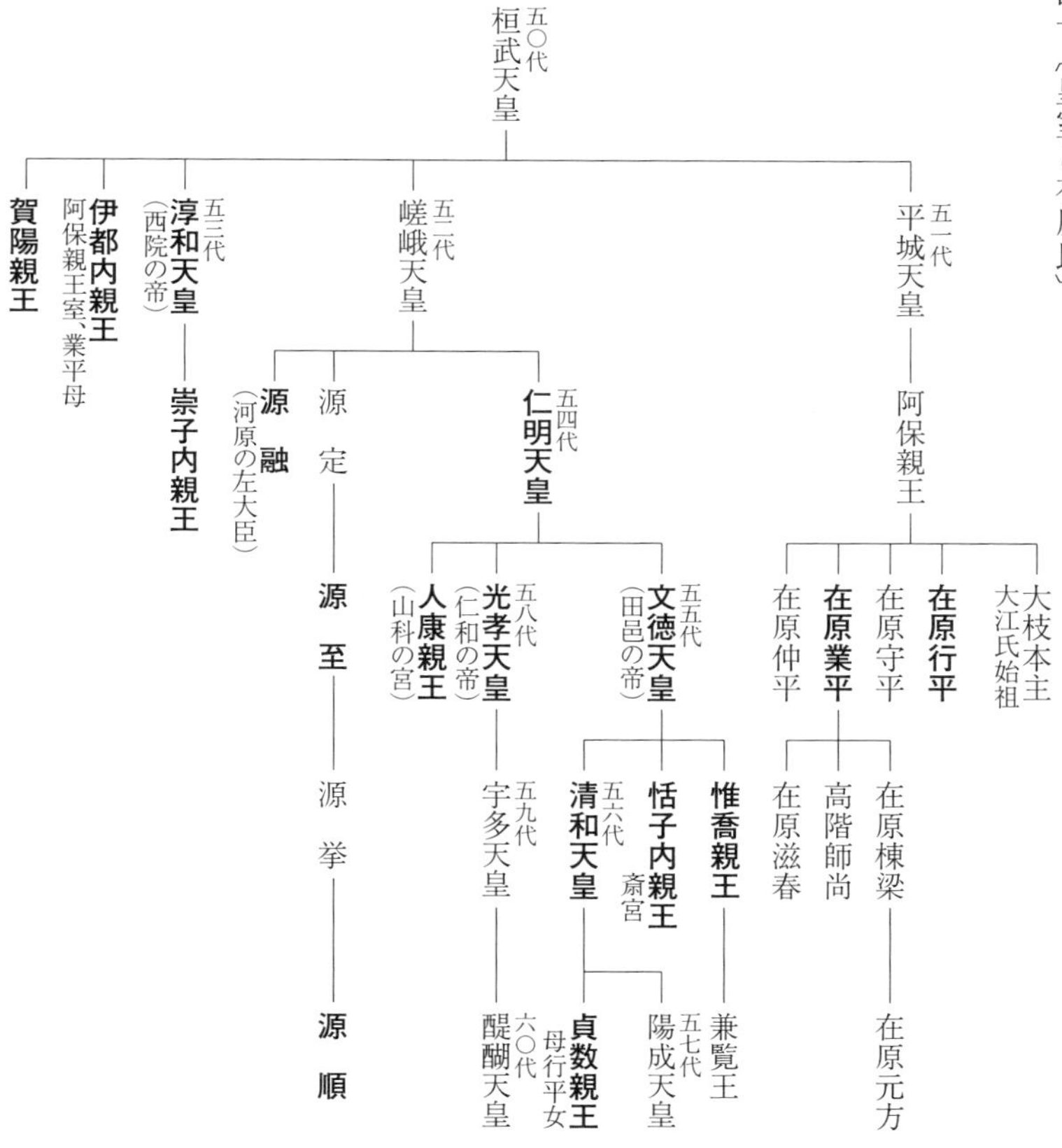

系図二〔紀氏〕

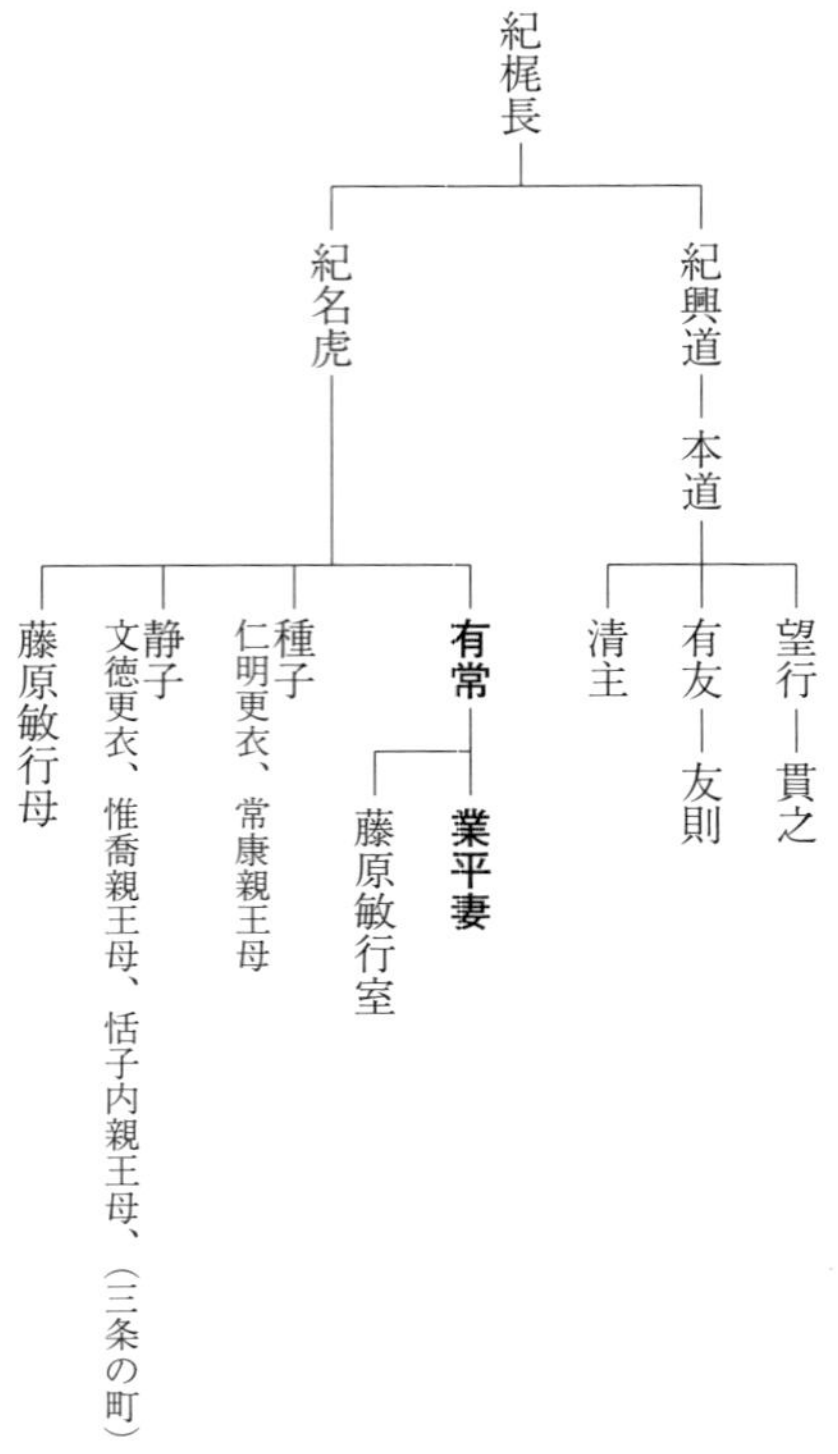
紀梶長
紀興道
本道
望行
貫之
有友
友則
清主
紀名虎
有常
業平妻
藤原敏行室
種子
仁明更衣、常康親王母
静子
文徳更衣、惟喬親王母、恬子内親王母、（三条の町）
藤原敏行母

系図三（藤原氏）

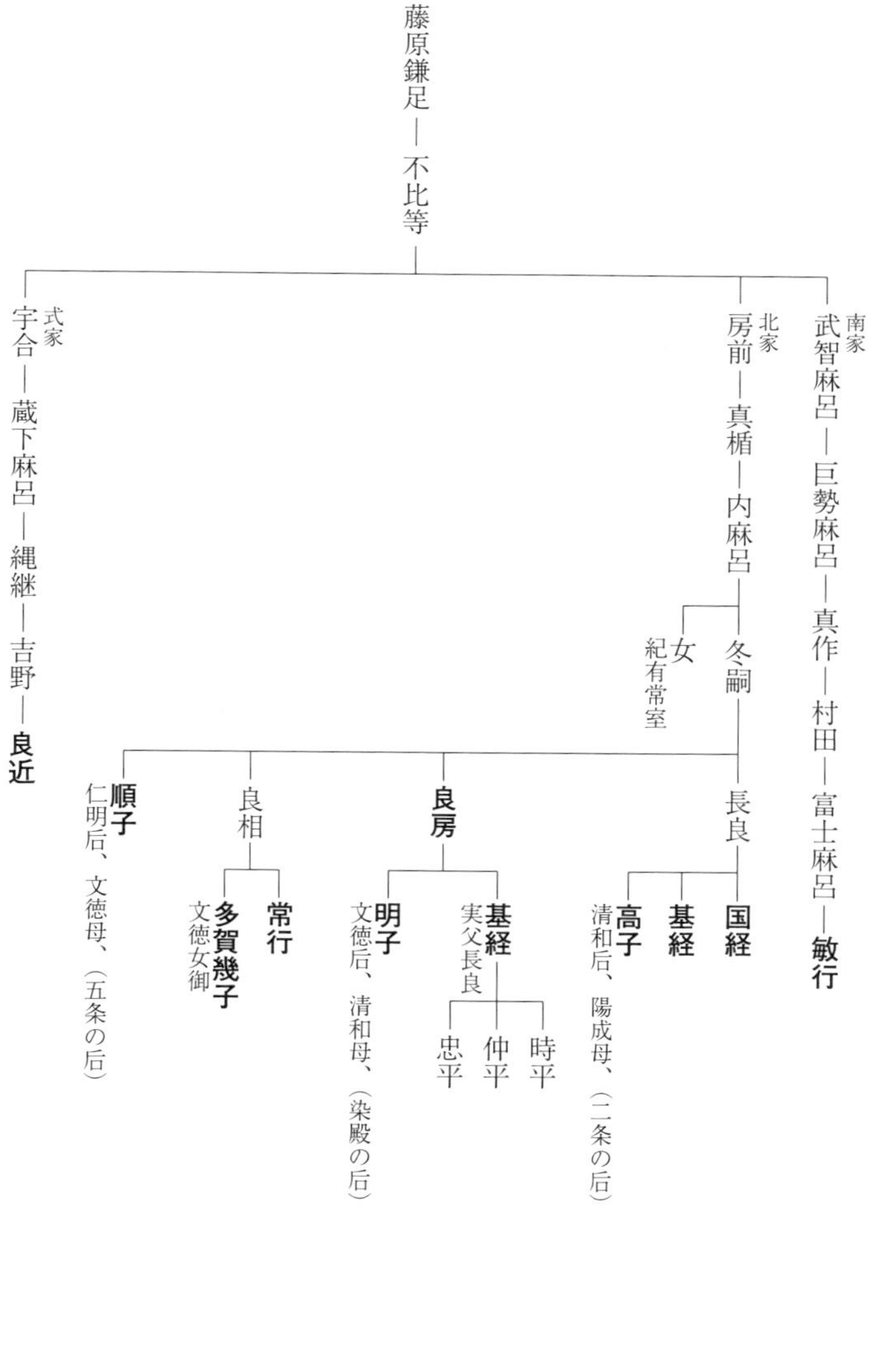
藤原鎌足
不比等
南家
武智麻呂
巨勢麻呂
真作
村田
富士麻呂
敏行
北家
房前
真楯
内麻呂
冬嗣
女
紀有常室
長良
国経
基経
高子
清和后、陽成母、（二条の后）
良房
基経
実父長良
時平
仲平
忠平
明子
文徳后、清和母、（染殿の后）
良相
常行
多賀幾子
文徳女御
順子
仁明后、文徳母、（五条の后）
式家
宇合
蔵下麻呂
縄継
吉野
良近

『伊勢物語』関係年表

年齢はすべて数え年。（ ）内の段数は、関係する『伊勢物語』の章段番号。

年号	西暦	天皇	業平年齢	関係事項
延暦 三	七八四	桓武	生前41	平城京より長岡京に遷都。
一三	七九四		31	長岡京より平安京に遷都。
弘仁 一三	八二二	嵯峨	3	源融誕生。
天長 二	八二五	淳和	生後一	在原業平誕生。（第一段）
三	八二六		二	行平、業平ら在原朝臣姓を賜わる。
承和 元	八三四	仁明	一〇	紀有常、この頃より仁明天皇に仕える（三代実録）。（第十六段など）
五	八三八		一四	源融、内裏にて元服。
八	八四一		一七	一月、業平、右近衛将監なるか（三十六歌仙伝）。
九	八四二		一八	八月四日、道康親王（文徳天皇）立太子。 十月二十二日、阿保親王薨五十一歳。 藤原高子（二条の后）誕生。
一一	八四四		二〇	惟喬親王誕生。（第八十二・八十三・八十五段）
一二	八四五		二一	業平、左近衛将監か（古今集目録）。
一四	八四七		二三	業平、蔵人になるか（古今集目録、三十六歌仙伝）。
嘉祥 元	八四八		二四	五月十五日、崇子内親王薨。（第三十九段）
二	八四九		二五	一月、業平、従五位下（続日本後紀）。
三	八五〇	文徳	二六	三月二十一日、仁明天皇崩御。 三月二十五日、惟仁親王（清和天皇）誕生。 四月十七日、文徳天皇即位。 七月九日、多賀幾子、女御となる。（第七十七・七十八段） 十一月二十五日、惟仁親王（清和天皇）立太子。時に惟喬親王は七歳。
斉衡 二	八五五		三一	行平、従四位下因幡守。有常、従五位上左近少将。
天安 元	八五七		三三	二月十九日、藤原良房、太政大臣となる。（第九十八・百一段）

				十二月一日、惟喬親王元服。
二	八五八	清和	三四	八月二十七日、文徳天皇崩御。 十一月七日、清和天皇即位。時に九歳。同日、藤原良房、摂政となる。 十一月十四日、女御多賀幾子卒。（第七十七・七十八段）
貞観元	八五九		三五	一月十三日、行平、任播磨守。 五月七日、人康親王。（山科宮）出家。（第七十八段） 十月五日、恬子内親王、伊勢斎宮に卜定。（第六十九段など） 十一月二十日、藤原高子、従五位上。五節の舞姫をつとめる。十八歳。
二	八六〇		三六	六月五日、行平、任内匠頭。
三	八六一		三七	二月二十五日、藤原順子（五条の后）、大原野行啓。（第七十六段） 九月十九日、伊都内親王薨。（第八十四段）
四	八六二		三八	三月七日、業平、正六位上より従五位上になる（三代実録）。ただし続日本後紀によれば、嘉祥二年一月七日に従五位下になっている。
五	八六三		三九	二月十日、業平、左兵衛権佐。惟喬親王、弾正尹となる。二十歳。 三月二十八日、業平・有常・良近ら次侍従となる（三代実録）。
六	八六四		四〇	一月十六日、惟喬親王、常陸大守。二十一歳。 三月八日、業平、左近権少将。行平、左兵衛督。（第百一段）
七	八六五		四一	三月九日、業平、右馬頭。（第七十七・七十八・八十二・八十三段）
八	八六六		四二	一月、藤原敏行、少内記となる。（第百七段） 三月二十三日、藤原良相の西三条の百花亭に行幸（三条の大御幸）。（第七十八段） 十二月十六日、藤原常行、右近大将。（第七十七・七十八段） 十二月二十七日、藤原高子（二条の后）女御となる。
一〇	八六八		四四	十二月十六日、貞明親王（陽成天皇）誕生。父清和天皇、母二条の后。
一一	八六九		四五	一月七日、業平、正五位下。 二月一日、貞明親王（陽成天皇）立太子。
一二	八七〇		四六	二月、藤原敏行、大内記となる。（第百七段）
一三	八七一		四七	九月二十八日、順子（五条の后）薨。（第四・五段） 十月八日、賀陽親王薨。七十八歳。（第四十三段）

	一四	八七二		四八	二月二十九日、惟喬親王、上野大守。 五月五日、人康親王薨。（第七十八段） 五月十七日、業平、鴻臚館に遣されて渤海使を労問する（三代実録）。 七月十一日、惟喬親王出家。二十九歳。（第八十二・八十三・八十五段など） 八月二十五日、源融、左大臣。（第八十一段） 同日、藤原基経、右大臣。（第九十七段） 九月二日、藤原良房薨。（第九十八・百一段）
	一五	八七三		四九	一月七日、業平、従四位下（古今集目録、三十六歌仙伝）。
	一六	八七四		五〇	藤原良近、左中弁。（第百一段）
	一七	八七五		五一	一月十三日、業平、右近衛権中将。（三代実録の誤りか）。 二月十七日、藤原常行薨。（第七十七・七十八段） その際、業平は勅使として贈従二位の旨を伝える。 貞数親王誕生。（第七十九段） 藤原基経四十賀。（第九十七段） 九月九日、藤原良近卒。五十三歳。（第百一段）
	一八	八七六	陽成	五二	十一月二十九日、清和天皇、譲位して陽成天皇受禅。九歳。その時業平は勅使として文徳天皇の田邑山陵にその趣を伝える（三代実録）。同日、藤原基経、摂政となる。
元慶	元	八七七		五三	一月二十三日、紀有常卒。（第十六・三十八・八十二段） 十一月二十一日、業平、従四位上権中将。（第七十九・九十七・九十九段）
	二	八七八		五四	一月三日、業平、勅使として、源融の上表に対する綸旨を伝える。 一月十一日、業平、中将のままで、相模権守となる。
	三	八七九		五五	十月、業平、蔵人頭となるか（職事補任）。
	四	八八〇		五六	業平、美濃権守を兼任。 五月二十八日、在原業平卒。（第百二十五段） 十二月四日、清和天皇崩御。三十一歳。同日、藤原基経、太政大臣となる。
	八	八八四	光孝	没後4	二月五日、陽成天皇譲位。時康親王（光孝天皇）受禅。 二月二十三日、光孝天皇即位。時に五十五歳。（第百十四段）
仁和	二	八八六			一月七日、源至、従四位上。（第三十九段）

					十二月十四日、芹川行幸。	（第百十四段）
	三	八八七	宇多	7	八月二十六日、光孝天皇崩御。五十八歳。	
寛平	三	八九一		11	一月十三日、藤原基経薨。五十六歳。	
	五	八九三		13	七月十九日、在原行平薨。七十六歳。	
	七	八九五		15	八月二十五日、源融薨。七十四歳。	
	九	八九七		17	二月二十日、惟喬親王薨。五十四歳。	（第八十二・八十三・八十五段など）
昌泰	元	八九八	醍醐	18	在原棟梁没。	
延喜	元	九〇一		21	藤原敏行卒。	（第百七段）
	五	九〇五		25	四月十八日、古今集撰進。	
	八	九〇八		28	六月二十九日、藤原国経薨。	（第六段）
	一〇	九一〇		30	三月二十四日、高子（二条の后）崩御。	（第四～六段など）
	一三	九一三		33	六月八日、元斎宮恬子内親王薨。	（第六十九段など）
	一六	九一六		36	五月十九日、貞数親王薨。四十一歳。	（第七十九段）
天慶	八	九四五	朱雀	65	紀貫之、この年に没か。	
天暦	五	九五一	村上	71	十月四日、後撰集撰集開始。源順、後撰集の撰者となる。	（第三十九段）
	七	九五三		73	在原元方、この年に没か。	

和歌各句索引

一、本書に用いた通行本の『伊勢物語』の和歌と通行本にない補充章段の和歌のすべてを、各句に分けて検索できるようにした。
一、索引の本文は、本書に用いた校訂本文により、歴史的仮名遣いに統一した。
一、配列は歴史的仮名遣いによる五十音順によった。なお、助動詞「ん」、「らん」、「けん」、助詞の「なん」の「ん」は「む」の位置に置いた。
一、数字は、本文の和歌に付した番号である。
一、歌句が同じ場合は、原則として次の句をも掲げた。ただし、第五句の場合は、直前の句を掲げ、その下に—を付けた。

あ

あかしては　三
あかつきがたの　二二一
あかなくに　一四九
あかねども　一四一
あきかけて　一七一
あきかぜふくと　八四
あきなきときや　九七
あきののに　五六
あきのやまかぜ　二三四
あきのよとだに　一五一
あきのよの
　ちよをひとよになず
　らへて　四五
　ちよをひとよになせ
　りとも　四六
あきのよは　一六八
あきのよも　二一七
あきはあれど　一二五
あきやくる　二七
あくときのあらん　四五
あくやととひし　二一二
あくらんことも　二三一
あけぬるものを　二一七
あけんをりをり　二一八
あさかげに　二二一
あさがほの　七一
あさつゆは　九三
あさなぎに　一四
あさまのたけに　九
あさみこそ　一八四
あしたゆくくる　五七
あしのやの　一五七
あしべこぐ　一六六
あしべより　六六
あすのよのこと　一六四
あすはゆきとぞ　二九
あだなりと　二八
あだにぞあるべき　一一
あだにちぎりて　三七
あぢきなく　一〇三
あづさゆみ
　ひけどひかねど　五四
　まゆみつきゆみ　五三
あとだにいまだ　七九
あともなく
　みのいたづらに　三九
　みのはかなくも　四二・二二四
あなたのみがた
　あすのよのこと　一六四
　ひとのこころは　九四
あねはのまつの　二二
あはでぬるよぞ　五六
あはでのみねむ　一一五
あはぬなりけり　二・二三〇
あはぬひおほく　一三四
あはむとぞおもふ　六九
あはれいくよの　一〇四
あひおもはで　五五
あひみしことを　二四
あひみては　四四
あひみるまでは　七三
あふごかたみに　六一
あふことは
　たまのをばかり　六三
　はるのわかれを　一四〇
あふとあへば　二一七
あふなあふな　一六七
あふにしかへば　一一八
あふみなる　二〇二
あふよしもなし　一八三
あまぐもの
　よそにのみして　三三
　よそにもひとの　三二
あまたあらば　二二八
あまたあれば　八〇
あまつそらなる　一〇〇
あまとしひとを　一八〇
あまのがは
　とわたるふねの　一〇八
　へだつるせきを　一七〇
あまのかはらに　一四七
あまのかりほす　一三六
あまのかる　一二〇
あまのかるもに　一〇三
あまのたくひか　一六〇
あまのつりぶね　一二九
あまのはごろも　二六
あめのおとを
　たえぬこころに　二一一
　つれなきひとの　二一〇
あめはふらねど　一八七
あめはふるとも　五〇
あやなくけふや　一七四
あやめかり　九八
あらじとおもへば　一四三
あらじとぞおもふ　一四八

あらたまの　五二
あらなくに
うらみてのみも　一三三
このはふりしく　一七一
あらねども
あはぬひおほく　一三四
くるればつゆの　一〇二
あらばこそ　二三六
あらましものを　二〇一
ありしにまさる
けふはかなしも　七七
ふぢのかげかも　一七七
ありしよりけに　四一
ありといふものを　八八
ありといへば　一五三
ありぬべし　九三
ありへばひとに　二一四
ありもすらめど　一〇一
ありもやしけん　一九〇
ありやなしやと　一三
あるならん　一八九
あるにもあらぬ　一二一
あるはなみだの　二七
あれたるやどの　一〇五
あれにけり　一〇四
あわをによりて　六九

い

いかでかは
いろになるてふ　一一〇
とりのなくらん　九九
ふねさすさをの　六七
いかにみじかき　一九四
いくそたび　一六六
いくたびきみを　二五
いくよへぬらん　一九八
いこまやま　五〇
いざこととはむ　一三
いざさくら　二二四
いささめに　二二五
いざといはましを　一二
いざなはれつつ　一二二
いそなれや　一八六
いたづらに　一三三
いたりいたらぬ　二二七
いつかきにけむ　一四四
いつかわすれん　一五
いつしかも　二一〇
いつとてか　一一
いつのまに　二五
いづれたかけん　一五八
いづれのかみに　一六三
いづれまてでふ　九六
いづれをさきに　一八八
いでていなば
いとどふかくさ　二〇六
かぎりなるべみ　七五
こころかるしと　三六
たれかわかれの　七七
いでてこし　七九
いでてゆく　八三
いでにしたまの　一八九
いとあはれ　七六
いとどさくらは　一四六
いとどしく　八
いとどふかくさ　二〇六
いとどみえつつ　三八
いとひては　七七
いとまなみ　一五七
いにしへの
しづのをだまき　六五
にほひはいづら　一二二
いにしへは　一九〇
いぬべくは　八四
いのちのほどに　一九四
いはでこそおもへ　二一九
いはでぞただに　二〇八
いはにぞかふる　一四一
いはねばむねに　六八
いはねふみ　一三四
いはひそめてき　一九
いはふもも　一六
いはまより　一三七
いひしながらも　一七一
いひしよごとに　五一
いひやせん　三六
いへばえに　六八
いほりあまたと　八一
いほりおほき　八二
いまぞしる
くるしきものと　八九
まだみぬひとを　一九〇
いまはあたなれ　二〇一
いまはかぎりと　一〇七
いまはとて
わがみしぐれに　二二五
わするるくさの　三九
いまはなるらん　七九
いまはやめてよ　一七〇
いままでに　一五六
いまもやくると　二三三
いもみざるまに　四七
いやはかなにも　一七九
いやましに　六六
いよいよみまく　一五三
いるべきものを　一一六
いれずもあらなん　一四九
いろこきときは　七八
いろになるてふ　一一〇
いろみえぬ　一四一

う

ううとだにきく　四〇
うきながら　四三
うきめみえなん　二一四
うきよになにか　一四六
うぐひすの
はなをぬふてふかさ
はいな　二〇四
はなをぬふてふかさ
もがな　二〇三
うしとなりけり　二二四
うたがひに　四一
うちもねななん　六
うちわびて　一〇六
うつつにも　二・二三〇
うつのみやまの　二三〇
うつのやまべの　一一
うづらとなりて　二〇七
うつりてけふに　一四〇
うつろひにける　二二五
うつろふいろの　二五
うとまれぬれば　八一
うみわたるふね　一二三
うらごとに　一二三
うらなくものを　九一
うらみてのみも　一三二
うらやましくも　八
うらわかみ　九〇
うるはしみせよ　五三
うれしげもなし　二〇〇
うれたきは　一〇五
うゑしうゑば　九七
うゑつれば　一四二

え

えだもとををに　三〇
えにこそありけれ　一七一
えにしあれば　二八a

お

おいとなるもの　一六二
おいぬれば　一五三
おいらくの　一七二
おきつしらなみ　四九
おきなさび　一九五
おきのゐて　一九六
おきもせず　三
おくもみるべく　二三
おしなべて　一五〇
おちぼひろふと　一〇六
おとづれもせぬ　一〇四
おのがうへにぞ　六四
おのがさまざま　一五六
おふといふなる　六四
おふるのべとは　一七六
おふるみるめし　一三七
おほかたは　一六二
おほぬさと　八八
おほぬさの　八七
おほはらや
　せかゐのみづを　二一二
　をしほのやまも　一三九
おほみやびとの　一三〇
おほよどの
　はまにおふてふ　一三五
　まつはつらくも　一三三
おもかげにたつ　八六
おもかげにのみ　二八
おもかげにみゆ　一一四
おもはざりしを　二〇九
おもはずは　一〇一
おもはぬかたに　一九三
おもはぬひとを
　おもふなりけり　九五
　おもふものかは　九二
おもひあまり　一八九
おもひあらば　四
おもひいづらめ　一三九
おもひおもはず　一八五
おもひきや　一五二
おもひけりとは　一四〇
おもひけるかな　九一
おもひつつ
　ぬればやひとの　二一六
　をればすべなし　二三三
おもひでにせよ　二三八
おもひならひぬ　七三
おもひぬる　二一三
おもひのみこそ　一七五
おもひはすべし　一六七
おもひますかな　六六
おもひやすらん　一三八
おもひをつけよ　二〇四
おもふかひ　三七
おもふこころの　四一
おもふこころは　九九
おもふこころを　六七
おもふこと　二〇八
おもふなりけり　九五
おもふには　一一八
おもふまで　二七
おもふものかは　九二
おもふものから　八〇
おもふらんこそ　一二一
おもへどえこそ　八七
おもへども　一五五
おもへばみづの　五九
おもほえず
　そでにみなとの　五八
　ゆめかうつつか　一二六
おもほえて　六三
おもほえなくに　八六

か

かいのしづくか　一〇八
かかるをりにや　一九
かきくらす　一一七
かぎりしられず　一
かぎりなるべみ　七五
かくこそあきの　三四
かくるるか　一四九
かくれざるべき　一四二
かくろふは　一二四
かけずもあらなん　二一一
かざしにさすと　一六一
かさなるやまに　一三四
かさぬとも　九二
かさはいな　二〇四
かさもがな　二〇三
かしかまし　二一九
かずかくよりも　九五
かずかずに　一八五
かすがのの　一
かすみにきりや　一六八
かぜにしたがふ　二二一
かぜにはありとも　一一七
かぜのまにまに　二二六
かぜはやみなり　三三
かぜふけば
　おきつしらなみ　四九
　とはになみこす　一八六
かぜをいたみ　一九三
かぞふれば　二四
かたからん　七七
かたすぎぬ　四八
かたみこそ　二〇一
かたやいづこぞ　二一九
かたらはねども　二二五
かたるがごとは　一九一
かちびとの　二八a
かつうらみつつ　四三
かつみるひとや　二二三
かつらのごとき　一三三
かなしきは　一九六
かなしけれ　一二一
かのこまだらに　一二
かはしまの　四四
かはづさへ　六〇
かはづのあまた　一八七
かはらじを　七九
かひもありなん　一三七
かへるなみかな
　うらみてのみも―　一三三
　うらやましくも―　八
かみのいがきも　一三〇
かみのいさむる　一三一
かみはうけずも　一一九
かみよのことも　一三九
かみよもきかず　一八二
からくれなゐに　一八二
からころも　一〇
かりくらし　一四七
かりごろも　一九五
かりそめに　二三三
かりなきて　二二五
かりにだにやは　二〇七
かりにつげこせ　八四
かりにもおにの　一〇五
かるぞわびしき　九八
かれなであまの　五七
かれぬるひとを　五五
かわくときなき　一八六
かをかげば　一〇九

き

きえずとて　一八一
きえずはありとも　二九
きえなましものを　七

きえのこりても　九三
きえはてぬめる　五五
きかばたのまむ　一八四
きかませば　一〇六
ききしかど　二〇九
きくのはなさく　一二五
きしのひめまつ　一九八
きせてかへさん　二〇三
きつつなれにし　一〇
きつにはめなで　一二
きてもみよかし　一三一
きのふけふ　一二四
きのふけふとは　二〇九
きみがあたり　五〇
きみがかたにぞ　一四
きみがさとには　三五
きみがため　三四
きみがためにと
ぬぎつれば　八三
をるはなは　一七三
きみがためには　一六一
きみがみけしと　二六
きみこむと　五一
きみならずして　四八
きみにあひみで　一九七
きみにこころを　六六
きみにぞありける　一三三
きみにより　七三
きみはこざらむ　二〇七
きみはしらなみ　一九
きみはぬまにぞ　九八
きみまてば　一四八
きみやこし　一二六
きみをみむとは　一五三
きゆるものとも　七六
きるといふなり　一二

く

くさのいほりに　一〇二
くさひきむすぶ　一五一
くたかけの　二二
くだきつるかな　一〇三
くはこにぞ　二〇
くもなかくしそ　五〇
くもにはのらぬ　一七八
くものうへまで　八四
くものたちまひ　一二四
くもゐのみねに　二三三
くらべこし　四八
くりかへし　六五
くりはらの　三三
くるしかりけり　一六七
くるしきものと　八九
くるればつゆの　一〇二
くれがたき　八五
くれなゐに
にほふがうへの　三一
にほふはいづら　三〇

け

けさこそみつの　一三
けさぞなく　八一
けなばけなん　一八一
けふかあすかと　一五八
けふこずは　二九
けふこそかくも　一六四
けふこそは　一三九
けふのこよひに　六二
けふのひの　一六五
けふはかなしも　七七
けふはかりとぞ　一九五
けふはなやきそ　一七

こ

こえぬべし　一三〇
こけるからとも　一二
ここによらなん　一四四
ここまでくれど　二一八
こころかるしと　三六
こころこのはに　二二六
こころともがな　二二〇
こころなるらん　一九四
こころのやみに　一二七
こころはきみに　五四
こころはなぎぬ　一三五
こころひとつに　六八
こころひとつを　四四
こころをぞ　二一三
こころをみせむ　一四一
こぞのさくらは　九四
ことぞともなく　二一七
ことのなからん　一一〇
ことのはさへぞ　二三五
ことのはぞ　九一
ことのはの　一〇一
ことばのこりて　四六
こともせじ　一五一
ことをきくらん　九六
ことをしぞおもふ　九〇
こぬひとを　二三三
このはふりしく　一七一
こはしのぶなり　一七六
こひしかるべき　二二三
こひしきに　八
こひしきひとに　一二五
こひしくは
あやなくけふや　一七四
きてもみよかし　三一
こひしとは　一九二
こひずぞあるべき　一九一
こひせじと　一一九
こひつつぞふる　五一
こひといふらん　七三
こひとはいふと　七四
こひにしなずは　一二〇
こひのしげきに　二三一
こひはまさりぬ　一七〇
こひんとかみし　一八八
こひわたるかな　一三四
こひわびぬ　一〇三
こふるものとは　一九〇
こむといふなる　一七二
こもりえに　六七
こよひさだめよ　一二七
こよひもや　一一五
これぞこの　一六二
これなくは　二〇一
これやこの
あまのはごろも　二六
われにあふみを　一三三
これやこのよを　一三三
ころもかたしき　一二五
こゑしたえずは　八二

さ

さかざらん　七九
さくはなの　一七七
さくらばな
けふこそかくも　一六四
こけるからとも　一二三
ちりかひくもれ　一七二
としにまれなる　二八
さけるさかざる　二二七
ささずきにけり　一五七
ささわけしあさの　五六
さしてしるべき　六七
さしはせずとも　二二八
さすがにかけて　一八

さすがにめには 三
さつきまつ 一〇九
さとはあらじ 一二七
さとをばかれず 八九
さむしろに 一一五
さめざらましを 一二六
さもあらばあれ 一一八
さよふけて 一三四
さらにもいはじ 一九二
さらぬわかれの
　ありといへば 一五三
　なくもがな 一五四
さりともと 三
さわがれて 六八
さわぐかな 五八
さをさして 一二九

し

したにかくるる 一一七
したにもありけり 五九
したひもとくな 七一
したひもの
　しるしとするも 一九一
　とけむをひとは 一九二
しづのをだまき 六五
しでのたをさは
　けさぞなく 八一
　なほたのむ 八二
しなのなる 九
しのびてかよふ 二三
しのぶのみだれ 一
しのぶもぢずり 二
しのぶやま 二三
しのぶることぞ 一一八
しひてをりつる 一四三
しほがまに 一四四
しほひしほみち 一三七
しほやくけぶり 一九三
しらぎくは 三
しらずして 一三一
しらたまか 七
しらたまの 一五九
しらつゆは 一八一
しらねばや 五七
しらゆきの 三〇
しりもしなまし 四〇
しるしとするも 一九一
しるしらぬ 一七五
しるひともなみ 一六六
しるべなりけれ 一七五

す

すぎにけらしな 四七
すぎぬれば 五一
すぎゆくかたの 八
すぐるよはひと 九六
すだくなりけり 一〇五
すまのあまの 一九三
すみけんひとの 一〇四
すみこしさとを 二〇六
すみよしの 一九八
すみよしのはま 一二五
すみわびぬ 一〇七
すりごろも 一
するがなる
　うつのみやまの 二三〇
　うつのやまべの 二

せ

せかゐのみづを 一二二
せきはこえなん 一三八b
せきもりは 六
せしかども 六二
せしみそぎ 一二九
せなをやりつる 二

そ

そでかともみゆ 三
そでにみなとの 五八
そでぬれて 一三六
そでのかぞする 一〇九
そでのしづくか 一三八
そでのせばきに 一五九
そでのみひちて 一八三
そではひつらめ 一八四
そでよりも 五六
そでをしつつも 四
そのこととなく 八五
そふるこころし 二三三
そむくとて 一七八
そめかはを 一一〇
そらゆくつきの 一六
それとしらなん 一九二

た

たえじとぞおもふ 四四
たえてさくらの 一四五
たえてのちも 六九
たえぬこころに 二一一
たえぬこころの 二〇〇
たえむとひとに 七〇
たがかよひぢと 七九
たかきいやしき 一六〇
たかければ 二三三
たがゆるさばか 一一七
ただこよひこそ 五三
たちのをがはの 二一八
たちゐるくもの 四一・二三四・二三九
たつけぶり 九
たつたがは 一八二
たつたやま 四九
たづねざるべき 二三三
たづもなくなる 一五五
たてまつりけれ 二六
たななしをぶね 一六六
たなばたつめに 一四七
たなびきにけり 一九三
たにせばみ 七〇
たねをだに 三九
たのまざりけれ 八七
たのまぬものの 五一
たのまるるかな
　めくはせよとも— 一八〇
　をりふしごとに— 一〇一
たのまれなくに 一五一
たのみきぬらん 二五
たのみしかひも 二〇五
たのみはつべき 九三
たのむには 一八
たのむのかりも 一四
たのむのかりを 一五
たはれじま 一二
たびをしぞおもふ 一〇
たまかづら
　おもかげにのみ 三八
　たえむとひとに 七〇
　はふきあまたに 二〇〇
たまくしげ 二三八
たますだれ
　たがゆるさばか 一一七
　ひまもとめつつ 一一六
たまにぬくべき 一八一
たまのをばかり
　おもほえて 六三
　なるべかりける— 二〇
たまのをを 六九
たまむすびせよ 一八九
たもとには 一〇〇
たれかあぐべき 四八

たれかこのよを　九三
たれかわかれの　七七
たれゆゑに　二
たをれるえだは　三四

ち

ちぢのあき　一六九
ちはやぶる
　かみのいがきも　一三〇
　かみのいさむる　一三一
　かみよもきかず　一八二
ちひろあるかげを　一四二
ちへまさるらん　一六八
ちよもといのる　一五四
ちよをひとよに
　なずらへて　四五
　なせりとも　四六
ちらずとも　九四
ちらばちりなん　二二四
ちりかひくもれ　一七二
ちりくるさくら　二二五
ちりもみだれめ　二二六
ちるはなと　九六
ちればこそ　一四六

つ

つきしあれば　二三一
つきぬらん　三五
つきのうちの　一三三
つきふきかへせ　二三四
つきもいらじを　一五〇
つきやあらぬ　五
つきをもめでじ　一六二
つくしより　二一八
つくまのまつり　二〇二
つくもがみ　一一四
つげのをぐしも　一五七
つつゐつの　四七
つともなし　二一八
つひにゆく　二〇九
つひによるせは　八八
つましあれば　一〇
つまもこもれり　一七
つみもなき　六四
つもればひとの　一六二
つゆぞおくなる　一〇八
つゆとこたへて　七
つゆやおくらん　一〇〇
つゆやまがふと　二七
つらきこころの　六三
つらきこころは　一二八
つりするふねは　一四四
つれづれの　一八三
つれなきひとの
　こころともがな　二一〇
　なべのかずみむ　二〇二
つれなくは　一三七

て

てにはとられぬ　一三三
てにむすび　二〇五
てをりて　二四

と

とかじとぞおもふ　七二
ときしなければ　八六
ときしもわかぬ　一七三
ときしらぬ　一二
とくせなん　二〇二
とけなくに　一九一
とけむをひとは　一九二
としだにも　二五
としつきふれど　一一三
としつきを　三七
としにまれなる　二八
としのうちに　一四三
としのへぬれば　一五六
としのみとせを　五二
としへぬるかと　七五
としをへて
　すみこしさとを　二〇六
　わがせしがごと　五三
とどめかね　五五
とはになみこす　一八六
とはぬもつらし　一八
とはねばうらむ　一九
とひがたみ　一八五
とひしとき　七
とひしわれしも　七四
とふとなるべし　一四〇
とふべかりけり　八九
とふもうるさし　一八
とへばいふ　一九
ともしけち
　きゆるものとも　七六
　としへぬるかと　七五
ともにこそちれ　一六九
とりとめぬ　一一七
とりのこを　九二
とりのなくらん　九九
とりやなきなん　四六
とわたるふねの　一〇八
とをづつとをは　九二
とをといひつつ　二四
とをとてよつは　二五

な

ながからぬ　一九四
ながくみゆらん　六三
なかぞらに　四二・二三四・二三九
なかなかに　二〇
ながなくさとの　八〇
なかばたけゆく　二三四
ながむれば　八五
ながめくらさん　一七四
ながめくらしつ　三
ながめにまさる　一八三
なからなん　二二五
なかりせば　一四五
ながれても　八八
なきなおほせん　一六三
なきよなりけり
　たのみしかひも――　二〇五
　としつきを　三七
なきをらん　二〇七
なくこゑをきけ　七五
なくぞきこゆる　七六
なくたには　一八七
なくもがな　一五四
なげきはいつも　六二
なげくころかな　六八
なごりにけふも　二三三
なすよしもがな　六五
なずらへて　四五
なせりとも　四六
なぞへなく　一六七
なだのしほやき　一五七
なつのひぐらし　八五
なつふゆたれか　一四二
などかくもゐも　二三三
などてかく　六一
などめづらしき　九一
なにかあやなく　一七五
なにこそたてれ
　さくらばな　二八
　ながれても　八八
なにしおはば
　あだにぞあるべき　一一一
　いざこととはむ　一三

なにぞとひとの 七
なにはづを 一二二
なにをかも 七四
なのみたつ 八一
なのみなりけり 二一七
なべのかずみむ 二〇二
なほうとまれぬ 八〇
なほぞこひしき 四三
なほたのむ 八二
なみだがは
　そでのみひちて 一八三
　みさへながると 一八四
なみだにぞ 一三八
なみだのたきと 一五八
なみのぬれぎぬ 二一
なみまより 一九七
ならはねば 七四
なりななむ 一五〇
なりにけん 六二
なりにけるかな
　かみはうけずも― 一一九
　こけるからとも― 一二二
　みのはかなくも― 四二
　ゆふぐれにさへ― 一六五
なりにけれ 一八八
なりぬとも 一六
なりぬべきかな
　みのいたづらに― 二三九
　みのはかなくも― 二三四
　われさへもなくも― 八三
なりぬれば
　おもへどえこそ 八七
　たえぬこころの 二〇〇
なりまさるかな 一七九
なりゆくか 三三
なるべかりける 二〇
なをもたつめり 二一五

に

にひまくらすれ 五二
にほひはいづら 一二一
にほふがうへの 三一
にほふとも 一六四
にほふはいづら 三〇
にるときはなし 六二

ぬ

ぬぎつれば 八三
ぬきみだる 一五九
ぬるめるひとに 二〇三
ぬれつつしほる 一三八
ぬれつつぞ 一四三
ぬればやひとの 二一六

ね

ねさへかれめや 九七
ねてかさめてか 二一六
ねてくるわれを 二三一
ねぬるよの 一七九
ねもしなん 四
ねもせでよるを 三
ねよげにみゆる 九〇
ねられざりけり 二三三
ねをこそなかめ 二一〇

の

のがれつつ 一一三
のちもたのまん 一七六
のどけからまし 一四五
のどけきはるの 二一五
のとならば 二〇七
のとやなりなん 二〇六
のなるくさきぞ 七八
のもせにすだく 二一九

は

はかなきは 九五
はしのみぞある 二一八
はつくさの 九一
はなこそちらめ 九七
はなたちばなの 一〇九
はなとみましや 二九
はなにあかぬ 六二
はなにさかなん 二三〇
はなにはありとも 七一
はなのはやしを 一二四
はなのみゆらん 二二七
はなよりも 一八八
はなをぬふてふ
　かさはいな 二〇四
　かさもがな 二〇三
はふきあまたに 二〇〇
はまにおふてふ 一三五
はまひさし 一九七
はるながら 三四
はるなかるらし 三五
はるならぬ 五
はるのうみべに 二一五
はるのかぎりの 一六五
はるのこころは 一四五
はるのひの 二一七
はるのものとて 三
はるのわかれを 一四〇
はるはいくかも 一四三
はるばるきぬる 一〇
はるひわするる 一六八
はるやむかしの 五
はるるよの 一六〇

ひ

ひくてあまたに 八七
ひけどひかねど 五四
ひこぼしに 一七〇
ひさかたの 二三四
ひさしかるべき 一四六
ひさしきよより 一九九
ひさしくなりぬ
　きみにあひみで 一九七
　すみよしの 一九八
ひしきものには 四
ひたぶるに 一四
ひちまさりける 五六
ひとこそあだに 一八八
ひとさかり 一五九
ひとしなければ 二二四
ひとしれず 二〇八
　おもふこころは 九九
　われこひしなば 一六三
ひとしれぬ 六
ひとたびきます 一四八
ひとつのはるに 一六九
ひととせたらぬ 一一四
ひととせに 一四八
ひとなとがめそ 一五五
ひとならば 三
ひとのこころに 二九
ひとのこころの 二三
ひとのこころは 九四
ひとのこのため 一五四
ひとのむすばむ 九〇
ひとはいさ 三八
ひとはいづらは 二二三
ひとはこれをや 七三
ひとはしぬらん 一九
ひとはしらねば 三六
ひとまたむ 八九
ひともあらじを 一八一
ひともまちけり 二八
ひとやみつらん 二三一

ひとりこゆらん　四九
ひとりして　七二
ひとをうけへば　六四
ひとをおほみ　一七七
ひとをおもふ　二三六
ひとをばえしも　四三
ひまもとむべき　一一七
ひまもとめつつ　一一六

ふ

ふかければ　二三三
ふくかぜに
　こぞのさくらは　九四
　わがみをなさば　一一六
ふたりして　七二
ふぢのかげかも　一七七
ふねさすさをの　六七
ふりくらし　二一〇
ふりくらしつる　二一〇
ふりぞまされる　一八五
ふりなまし　二九
ふりゆけば　二三五
ふりわけがみも　四八
ふるかともみゆ　三〇
ふることは　三三
ふるにぞありける　二七

へ

へだつるせきを　一七〇
へにけるを　二五

ほ

ほしかかはべの　一六〇
ほしききみかな　一五三
ほしてかへさん　二〇四
ほたるかも　一六〇
ほととぎす　八〇
ほどはくもゐに　一六

ま

まかせずもがな　三九
まきしなでしこ　二三〇
まくらとて　一五一
まけにける　一一八
まさりがほなき　一二三
またあふさかの　二三八
まだきになきて　二
まだきもつきの　一四九
まだみぬひとを　一九〇
またもあらじと　五九
まだよふかきに　九九
まちしよの　二三三
まちわびて　五三
まつかひの　一五八
まつはつらくも　三三
まどひける　九八
まどひにき　一二七
まどろめば　一七九
まなくもちるか　一五九
まゆみつきゆみ　五三
まろがたけ　四七

み

みえつらん　二三六
みさへながると　一八四
みずもあらず　一七四
みたらしがはに　一一九
みだれそめにし　二
みちくるしほの　六六
みちとはかねて　二〇九
みちならなくに　一三一
みちのくの　二
みちまがふがに　一七二
みちもがな　三
みづかきの　一九九
みづくるとは　一八二
みづこそまされ　一八七
みつつををらん　五〇
みづのしたにて　六〇
みづのながれて　四四
みづもらさじと　六一
みなくちに　六〇
みねまではへる　七〇
みねもたひらに　一五〇
みのいたづらに　二三九
みのはかなくも
　なりにけるかな　四二
　なりぬべきかな　二二四
みまくほしさに
　いざなはれつつ　一二
　おほみやびとの―　一三〇
みもせぬひとの　一七四
みやこしまべの　一九六
みやこどり　一二
みやこのつとに　三
みやはとがめぬ　九
みゆるこじまの　一九七
みゆるものから　三
みよしのの
　たのむのかりも　一四
　たのむのかりを　一五
みるからに
　こころはなぎぬ　二三五
　めくはせよとも　一八〇
みるめかる　二九
みるめなき　五七
みるらめど　一七六
みるをあふにて　一三六
みをかくすべき　一〇七
みをしらずして　一二一
みをしるあめは　一八五
みをしわけねば　一五五
みをやくよりも　一九六

む

むかしのひとの　一〇九
むかしより　五四
むかしをいまに　六五
むかはめや　一六九
むぐらおひて　一〇五
むぐらのやどに　四
むさしあぶみ
　かかるをりにや　一九
　さすがにかけて　一八
むさしのは　一七
むしのねや　二一九
むすびしひもを　七二
むすびしものを　六一
むすびつつ　二二
むすべれば　六九
むつましと　一九九
むばたまの　二三三
むべしこそ　二六
むらさきの　七八

め

めかるとも　八六
めかれせぬ　一五五
めくはせよとも　一八〇
めぐりあふまで　一六
めでたけれ　一四六
めにはみて　一三三
めもはるに　七八

も

もとのみにして　五
もにすむむしの　一三〇
ものおもふひとは　五九
ものぞかなしき
　ありしよりけに―　四一

そのことなく—　八五
ものならなくに　三三
ものならば　四〇
ものなれど　一七八
ものなれや　一六八
ものにぞありける　一七三
ものゆゑに　一三
もみぢしにけれ　三四
もみぢもはなも　一六九
もともせに　一二四
もろこしぶねの　五九
もろごゑになく　六〇

や

やちよしねばや　四五
やどかすひとも　一四八
やどからむ　一四七
やどなれや　一〇四
やどもとめてん　一〇七
やどりなりけり　一〇二
やどるてふ　一〇三
やまざとに　一〇七
やましろの　二〇五
やまのはなくは　一五〇
やまのはにげて　一四九
やまのみな　一四〇
やまはふじのね　一一
やまむとやする　一三六
やみぬべき　二〇八
ややもせば　一一一

ゆ

ゆかましものを　一〇六
ゆきかへるらん　一六六
ゆきてはきぬる　一三三
ゆきのつもるぞ　一五五
ゆきのふるらん　一一
ゆきふみわけて　一五二
ゆきやらぬ　一〇〇
ゆくほたる　八四
ゆくみづと　九六
ゆくみづに　九五
ゆふかげまたぬ　七一
ゆふぐれにさへ　一六五
ゆふつくよ　三一
ゆめうつつとは　一二七
ゆめかうつつか　一三六
ゆめかとぞおもふ　一五二
ゆめぢをたのむ　一〇〇
ゆめとしりせば　二一六
ゆめにもひとに　二・二三〇
ゆめをはかなみ　一七九

よ

よしのなければ　一四一
よそになるてふ　一七八
よそにのみして　三三
よそにもひとの　三三
よそへつつみん　二三〇
よつはへにけり　二四
よにもあらじ　一五六
よのありさまを　三六
よのうきことぞ　一七八
よのなかに
　さらぬわかれの　一五四
　たえてさくらの　一四五
よのなかの　七三
よのひとごとに　七四
よのひとの　一三八
よはにやきみが　四九
よひごとに　一八七
よひよひごとに　六
よふかくみえば　一九九
よもあけば　二
よりしばかりに　五八
よりにしものを　五四
よるとなくなる
　きみがかたにぞ—　一四
　みよしのの　一五
よるになりなば　二三二
よをうみの　一八〇
よをばうらみじ　一三〇

わ

わがうへに　一〇八
わがおもはなくに　七〇
わがおもふひとは　一三
わがかたに　一五
わがかどに　一四二
わがかよひぢの　六
わかくさの　一七
わかくさを　九〇
わがこころなる　一五五
わがこころもでの　一八六
わがすむかたの　一六〇
わがすむさとに　八二
わがせしがごと　五三
わがそでは　一〇二
わがたのむ　一七三
わがみしぐれに　二三五
わがみはいまぞ　五五
わがみはなりぬ　二三一
わがみひとつは　五
わがみをうらと　五七
わがみをなさば　一一六
わかむらさきの　一
わがやどに　二三〇
わがやどは　二三二
わがよをば　一五八
わかれざりける　七八
わかれなりけり　一九六
わがゐるやまの　三三
わきていはん　一七五
わすらるる　八六
わするなよ　一六
わするらんと　四一
わするるくさの　三九
わするるときも　二〇一
わするるは　一九四
わすれぐさ
　うとだにきく　四〇
　おのがうへにぞ　六四
　おふるのべとは　一七六
わすれては　一五二
わすれぬひとは　一五六
わすれねば　四三
わたつうみの　一三六
わたつみの　一六一
わたらむひとの　一一〇
わたれどぬれぬ　一二八a
わりなきものと　二一三
われからと　一二〇
われからみをも　一〇三
われこそゆかめ　二二二
われこひしなば　一六三
われさへもなく　八三
われだにものは　二一九
われとひとしき　二〇八
われならで　七一
われならなくに　二
われにあふみを　一一三
われにをしへよ　二一九
わればかり　五九
われはきにけり　一四七
われはしらずな　七六
われはのにいでて　九八
われみても　一九八
われもこもれり　一七
われもたづらに　一〇六
われやすまひし　三七

われやみゆらん　六〇
われやゆきけむ　一二六
われをこふらし　一一四

ゐ

ゐづつにかけし　四七
ゐでのたまみづ　二〇五

を

をしふともこん　一二三
をしほのやまも　一三九
をしまざりけり　一六一
をしめども　一六五
をちこちびとの　九
をりけるひとの　三
をりふしごとに　一〇一
をるはなは　一七三
をればすべなし　一二三

語彙索引

一、本文中に用いられている重要語彙の索引である。
一、配列は、歴史的仮名遣いによった。なお、「むま」「むめ」「むばら」の類は「うま」「うめ」「うばら」の項に入れた。
一、下段の数字は物語の章段番号である。ただし、紙幅の都合で、例えば、第百十段を一一〇として掲げた。また、補充章段については「補」を加えて示した。

あ

あくたがは(芥川)　六
あさがほ(朝顔)　三七
あさまのたけ(浅間嶽)　八
あしずり(足摺)　六
あしや(芦屋)　八七
あた(仇)　三一・一一九
あだ(徒)　一七・二二・四七
・六一・一〇三・一〇九・一一九
あだくらべ(徒競)　五〇
あづさゆみ(梓弓)　二四
あづま(東)　七・八・九・一一
あて(貴)　一〇・四一・一〇二・一〇七
あてはか(貴はか)　一六
あに(兄)　六六・七九
あね(姉)　一六
あねは(姉歯)　一四
あばら(荒)　四・六
あはれ(哀)　一四・一六・二二・三九
・四六・五八・六三・六五・六六
・七七・八五・九〇・九六・補二
あふご(朸・会ふ期)　二八
あふさかのせき(逢坂関)　六九
あふなあふな　九三
あふみ(近江)　六二・一二〇
あま(海人)　二五・五七
・六五・七〇・七五・八七・一一三
あま(尼)　一六・六〇・一〇二・一〇四
あまぐも(天雲)　一九
あまのがは(天河)
五九・八二・九五
あまのさかて(天逆手)
九六
あまのはごろも(天羽衣)
あめのした(天下)　一六
ありはら　三九
ありはらのゆきひら(在原行平)　六五
ありわぶ(在侘)　一〇一・補一八
あるじ(主)　七
五・一七・四四・
六二・八二・八七・一〇一・一〇七
あるじまうけ(饗設)　一〇一
あん(案)　一〇七
あんしやうじ(安祥寺)　七七・七八

い

いがき(斎垣)　七一
いこまのやま(生駒山)　二三・六七
いさりび(漁火)　八七
いせ(伊勢)
七・六九・七〇・七一・七二・七五
いたじき(板敷)　四・八一
いたづく(労)　六九
いち(市)　補一一
いちはやし(逸速)　一
いつきのみや(斎宮)
六九・七〇・七一・一〇二・一〇四
いづみのくに(和泉国)　六七・六八
いはき(岩木)　九六
いひがひ(飯匙)　二三
いへとうじ(家刀自)　四四・六〇
いも(妹)　二三
いもうと(妹)　四九・六九
いやし(賤)
四〇・四一・八四・八九・九三
いるまのこほり(入間郡)　一〇
いろかは(色革)　補七
いろこのみ(色好み)
二五・二八・三七・三九
・四二・五八・補五・補一三
いろこのむ(色好む)
六一・補四・補一三

う

うぐひす(鶯)　一二一
うけふ(咀)　三一

うこんのうまば(右近馬場) 九九
うさのつかひ(宇佐使) 六〇
うぢ(氏) 七九
うぢがみ(氏神) 七六
うちのおほんつかひ(内御使) 七一
うつのやま(宇津山) 九・補一六
うづら(鶉) 一二三
うばら(茨) 六三
うばらのこほり(菟原郡) 三三・八七
うひかうぶり(初冠) 一
うひも(初裳) 補一五
うぶや(産屋) 七九
うへのきぬ(袍) 四一
うまのかみ(馬頭) 八二・八三
うまのはなむけ(餞別) 四四・四八・一一五
うめ(梅) 四・九八
うめつぼ(梅壺) 一三一
うれたし 五八

え

え(えん)(縁) 六九・九六
えうなし(用無) 九
えびすごころ(夷心) 一五

お

おきな(翁) 四〇・七六・七七・七九・八一・八三・九七
おきなさぶ 一一四
おきのゐで 一一五
おに(鬼) 六・五八
おひうつ(追棄) 四〇
おほきおとど(太政大臣) 一〇一
おほきさいのみや(大后宮) 四
おほたか(大鷹) 一一四
おほぢがた(祖父方) 七九
おほぬさ(大幣) 四七
おほはら(大原) 七六・補二
おほみやすんどころ(大御息所) 六五
おほみやびと(大宮人) 七一
おほやけ(公・帝) 六五・八五・一一四
おほやけごと(公事) 八三
おほよど(大淀) 七〇・七二・七五
おもしろし(面白) 一・九・二〇・四四・六五・六八・七八・八一・八二
おもなし(面無) 三四
およぴ(指) 二四
おりゐる(下居) 九・六八・八二
おんみやうじ(陰陽師) 六五

か

かいまみる(垣間見る) 一・六三
かう(講) 七七
かうちのくに(河内国) 二三・六七
かきつばた(杜若) 九
かざし(挿頭) 八二・八七
かざりちまき(飾粽) 五二
かしは(柏) 八七
かずかずに(数々) 一〇七
かすがのさと(春日里) 一
かたの(交野) 八二
かたは(不具) 六五
かたみ(形見) 一一九
かたゐおきな(乞食翁) 八一
かたゐなか(片田舎) 二四
かちびと(徒歩人) 六九
かはしま(川島) 三
かはちのくに→かうちのくに
かはづ(蛙) 二七・一〇八
かへで(楓) 九・二〇・九六・補一六
かみ(雷) 六
かむなぎ(巫) 六五
かもがは(鴨河) 八一
かものまつり(賀茂祭) 一〇四
かやのみこ(賀陽親王) 四三
からころも(唐衣) 九
からたち(枸橘) 六三
かりぎぬ(狩衣) 一
かり(雁) 一〇・四五・六八
かりのつかひ(狩使) 六九・七〇
かれいひ(乾飯) 九

き

ききおふ(聞負) 一〇八・一一四
きじ(雉) 五二・九八
きつ(水漕) 一四
きのありつね(紀有常) 一六・三八・八二
きのくに(紀伊国) 七八
きのさねふん 補一三
きやう(京) 二・七・八・九・一三・一四・二〇・五九・八四・一〇二・一一六・補一六

く

くさのいほり(草庵) 五六
くたかけ(朽鶏) 一四
くないきやうもちよし(宮内卿) 八七
くにつねのだいなごん(国経大納言) 六
くにのかみ(国司) 三・六九
くはこ(桑子) 一四
くもで(蜘蛛手) 九
くり(栗) 八七
くりはら(栗原) 一四

け

けこ(家子) 一三
けさう(懸想) 三
けさう(化粧) 一三
けぶり(煙) 八・一二
げんぎやう(現形) 一七

こ

こうらうでん(後涼殿) 一〇〇
こころざし(志) 四・四一・八六・一〇五
こころばへ(心延へ) 一・七七・九〇
こころやむ(心病) 五
ごたち(御達) 一九・三一
ごでう(五条) 四・五・二六
ごでうのきさき(五条后) 六五
ことざま(異様) 一一三
ことたつ(言立) 八五

このかみ（兄） 八七
このゑづかさ（近衛府） 七六
こもりえ（隠江） 三三
これたかのみこ（惟喬親王） 六九・八二・八三

さ

さいくう（斎宮） 六九・七一・一〇四
さいくうのみや（斎宮の宮） 一〇二
ざいごちゆうじやう（在五中将） 六三
さいし（釵子）→さし
さいゐん（西院） 補一
さいゐんのみかど（西院の帝） 三九
さが（性・相） 三一
さかな（酒菜） 六〇
さがなし 一五
さし（釵子） 補一五
さだかずのみこ（貞数親王） 七九
さむしろ（狭蓆） 六三
さんでうのおほみゆき（三条大行幸） 七八

し

しぎ（鴫） 九
しぞう（祇承） 六〇
したがふ（順） 三九
したひも（下紐） 三七・一一
じちよう（実用） 一〇三
しづのをだまき（倭文苧環） 三二
しでのたをさ（死出田長） 四三
しなののくに（信濃国） 八
しのびありき（忍歩） 五〇
しのぶぐさ（忍草） 一〇〇
しのぶずり（忍摺） 一
しのぶやま（信夫山） 一五
しほがま（塩竈） 八一
しほじり（塩尻） 九
しま（島） 七八
しもつふさのくに（下総国） 九
しらぎく（白菊） 一八
しらずよみ（不知詠） 一八
しらゆき（白雪） 一八
しる（領） 一・六六・八七
しをる（責） 六五
しんじちに（真実に） 四〇
しんぞく（親族） 一〇二

す

ずいじん（随身） 七八
すきごと（好色事） 七一
すきもの（好色者）
すぎやうざ（修行者） 五八・六一・補一九
九・（補一六）
すずろ 九・一四・
七六・一一六・補一六・補一七
すまのあま（須磨の海人） 一一二
すまふ（辞） 四〇・一〇一
すみだがは（隅田川） 九
すみよし（住吉） 六八・一一七
すりかりぎぬ（摺り狩衣） 一一四
するがのくに（駿河国） 九・補一六

せ

せうえう（逍遥） 六七・一〇六
せうかうじ（小柑子） 八七
せうと（兄人） 五・六・九六
せかゐのみづ 補二
せきもり（関守） 五
せつつのくに→つのくに
せな（夫） 一四
せりかは（芹河） 一一四
ぜんじ（禅師） 八五

そ

そのかみ（当時） 七七
そほふる（そほ降る） 二・八〇
そめがは（染河） 六一
そめどののきさき（染殿后） 六五

た

たかいこ（崇子） 三九
たかきこ（多賀幾子） 七七・七八
たかやす（高安） 二三
ただびと（直人） 三
たちのをがは（太刀緒革） 補七
たちばな（橘） 六〇
たつたがは（龍田河） 一〇六
たつたやま（龍田山） 二三
たななしをぶね（棚無小舟） 九二
たなばたつめ（七夕女） 八二
たのものかり（田面雁） 一〇
たばかる（謀） 七八
たはれじま（戯島） 六一
たびのこころ（旅の心） 九
たまかづら（玉葛） 二一・三六・一一八
たまくしげ（玉櫛笥） 補一五
たますだれ（玉簾） 六四
たまのを（玉の緒） 一四・三〇・三五
たまむすび（魂結） 一一〇
たむらのみかど（田邑の帝） 七七

ち

ちさとのはま（千里浜） 七八
ちのなみだ（血涙） 四〇・六九
ちゆうじやう（中将） 七九・九七・九九
ちりかふ（散交） 九七

つ

ついひぢ（築泥） 五
ついまつ（続松） 六九
つかひざね（使ざね） 六九
つくし（筑紫） 六一・補七
つくまのまつり（筑摩祭） 一二〇
つくもがみ（つくも髪） 六三
つくりえだ（作枝） 九八
つた（蔦） 九・補一六
つと（苞） 一四・補七
つのくに（津国） 三三・六六・八七
つれづれ 四五・八三・一〇七
つれなさ 四七
つれなし 三四・五四・
五七・七五・九〇・一二〇・補一

と

とうぐうのにようご(春宮女御) 二九
とうぐうのみやすんどころ(春宮御息所) 七六
とうし(藤氏) 一〇一
とこはなる(床離) 一六
とねり(舎人) 七八
とのもづかさ(主殿司) 六五
とも(友) 八・九・四六
ともだち(友達) 一一・一六・六六・八八・一〇九・補一四

な

なかぞら(中空) 二・補三・補一六
ながむ(眺) 二・二一・四五・九九
ながめ(眺) 一〇七
ながをか(長岡) 五八・八四
なぎさのいへ(渚の家) 八二
なでしこ(撫子) 補九
なには(難波) 六六
なにはつ(難波津) 六六
なほびと(直人) 一〇
なまみやづかへ(生宮仕) 八七
なまめく 一・三九・四三
なめし(無礼) 一〇五
ならのきやう(奈良京) 一・二・補一四

に

にしのきやう(西の京) 二
にでうのきさき(二条后) 三・五・六・七六・九五
になし(二無) 九三
にひまくら(新枕) 二四
にんなのみかど(仁和帝) 二四

ぬ

ぬきす(貫簀) 二七
ぬのびきのたき(布引滝) 八七
ぬれぎぬ(濡衣) 六一

ね

ねんごろ 一六・二四・四七・六九・八二・一二三

の

のろひごと(呪言) 九六

は

はしたなし 一
はつかなり(僅) 三〇
はつくさ(初草) 四九
はつもみぢ(初紅葉) 九六
はなのが(花賀) 二九
はなのはやし(花林) 六七
はまひさし(浜庇) 一一六
はめなで 一四
はらから(兄弟) 一〇一
はらふ(祓) 六五
はるのもの(春の物) 二
はるのわかれ(春の別) 七七

ひ

ひえのやま(比叡山) 九・八三
ひこぼし(彦星) 九五
ひじきも(鹿尾菜) 三
ひだりのおほいまうちぎみ(左大臣) 八一
ひとつご(一つ子) 八四
ひとのくに(人の国) 一〇・四六・六〇・六二・六五
ひなぶ(鄙) 一四
ひをりのひ(引折日) 九九
ひんがしのごでう(東五条) 四・五
ひんがしやま(東山) 五九

ふ

ふかくさ(深草) 一二三
ふかくさのみかど(深草帝) 一〇三
ふじのやま(富士山) 九
ふぢ(藤) 八〇・一〇一
ふぢはら(藤原) 一〇
ふぢはらのつねゆき(藤原常行) 七七・七八
ふぢはらのとしゆき(藤原敏行) 一〇七
ふぢはらのまさちか(藤原良近) 一〇一
ふりわけがみ(振分髪) 二三
ふるさと(古里) 一

ほ

ほい(本意) 四・二三・(三九)
ほとけのみな(仏の御名) 六五
ほととぎす(時鳥) 四三
ほりかはのおとど(堀河大臣) 六
ほりかはのおほいまうちぎみ(堀河大臣) 九七

ま

まきゑ(蒔絵) 七八
まめ(忠実) 六〇・一〇三
まめをとこ(忠実男) 二
まらうどざね(客人ざね) 一〇一
まろ(麿) 二三

み

みかど(朝廷) 八一
みかはのくに(三河国) 九
みぎのうまのかみ(右馬頭) 七七・七八・八二
みけし(御衣) 一六
みそぎ(禊) 六五
みたらしがは(御手洗河) 六五
みちのくに(陸奥国) 一四・一五・八一・一一五・一一六
みづのを(水の尾) 六五・六九
みなせ(水無瀬) 八二・八三
みなもとのいたる(源至) 三九
みやこじま(宮古島) 一一五
みやこどり(都鳥) 九
みやづかへ(宮仕) 一九・二〇・二四・六〇・七八・八四・八五・八六
みやばら(宮腹) 五八
みやび(雅) 一
みよしの(三吉野) 一〇
みる(海松) 七五・八七
みるめ(海松布) 二五・七〇・七五
みわざ(御業) 七七・七八

む

むぐら(葎) 三・五八
むこがね(婿がね) 一〇
むさしあぶみ(武蔵鐙) 一三
むさしの(武蔵野) 一二・四一
むさしのくに(武蔵国) 九・一〇
むらさき(紫) 四一

め

め(海藻) 一〇四
め(妻) 一五・一六・六〇
めかる(目離) 四六・八五
めくはす(目配) 一〇四
めしあづく(召預) 二九
めのこ(女子) 八七

も

も(藻) 五七・六五・八七
も(裳) 四四
も(喪) 四四
ものがたりす(物語す) 五三・八二・九五
ものごし(物越) 九〇・九五
もののな(物名) 補一九
もはら(専) 六九
もろこしぶね(唐船) 二六
もんとくてんのう(文徳天皇) 六九

や

やつはし(八橋) 九
やまざき(山崎) 八二
やましなのぜんじのみこ(山科禅師親王) 七八
やましなのみや(山科宮) 七八
やましろ(山城) 一二二
やまと(大和) 二〇・二三
やもめ(鰥夫) 一一三

ゆ

ゆきひらのむすめ(行平女) 七九
ゆめがたり(夢語) 六三
ゆめぢ(夢路) 五四

よ

よごころ(世心) 六三
よし(縁・由) 一・三二・四〇・七八・八七・一〇七
よのありさま(世の有様) 二一
よのなか(世の中) 二一・三八・四六・六三・八二・八四・一〇二
よばひわたる(婚渡) 六・九五
よばふ(婚) 一〇・二〇・一〇七
よるのもの(夜着) 一六

ろ

ろうさう(緑衫) 四一
ろうず(弄) 九四

わ

わかむらさき(若紫) 一
わすれぐさ(忘草) 二一・三一・一〇〇
わたしもり(渡守) 九
わらうだ(円座) 八七
わらは(童) 六九・八五
わらはべ(童部) 五・七〇
われから(割殻) 五七・六五
われて 六九

ゐ

ゐづつ(井筒) 二三
ゐで(井手) 一二二
ゐなか(田舎) 五八
ゐなかびと(田舎人) 三三・八七
ゐなかわたらひ(田舎渡) 二三

ゑ

ゑ(絵) 九四
ゑふのかみ(衛府督) 八七
ゑふのすけ(衛府佐) 八七

を

をかし 四九・六五・九八
をがはのはし(小川橋) 補七
をさをさし(長長し) 一〇七
をしほのやま(小塩山) 七六
をちこちびと(遠近人) 八
をの(小野) 八三
をはり(尾張) 七
をはりのくに(尾張国) 六九
をんながた(女方) 六五・六九・八七・九四
をんなのさうぞく(女の装束) 四四
をんなはらから(女同胞) 一・四一

著者紹介

片桐洋一（かたぎり　よういち）

1931年生まれ。1954年、京都大学卒業。1959年、同大学院博士課程単位取得。同年、大阪女子大学助教授。1974年、同教授。1987年、同学長に就任。1991年、関西大学教授。2002年、同退職。現在、大阪女子大学名誉教授。2011年、文化功労者として顕彰される。

　主な著書

『伊勢物語の研究（研究篇）（資料篇）』『伊勢物語の新研究』（明治書院）、『拾遺和歌集の研究（校本篇・伝本研究篇）（索引篇）』『拾遺抄—校本と研究—』（大学堂書店）、『中世古今集注釈書解題1～6』（赤尾照文堂）、『日本の作家5　在原業平・小野小町』『日本の作家7　伊勢』（新典社）、『小野小町追跡』『歌枕歌ことば辞典　増訂版』『古今和歌集以後』『源氏物語以前』（笠間書院）、『新日本古典文学大系　後撰和歌集』（岩波書店）、『古今和歌集全評釈上・中・下』（講談社）、『伊勢物語全読解』『平安文学の本文は動く』（和泉書院）

田中まき（たなか　まき）

1955年生まれ。1978年、松蔭女子学院大学卒業。1981年、大阪女子大学大学院修士課程修了。2004年、神戸女子大学大学院博士課程修了。博士（日本文学）。1997年、神戸松蔭女子学院大学助教授。2005年、同教授。

　主な著書

『伊勢物語絵巻絵本大成（研究篇）（資料篇）』（角川学芸出版、共著）、『宗達伊勢物語図色紙』（思文閣出版、共著）、『八雲御抄の研究（枝葉部・言語部）（正義部・作法部）（名所部・用意部）』（和泉書院、共著）、『伊勢物語古意　宝暦九年加藤千蔭写』『勢語通・伊勢物語明暦抄』（和泉書院）

新校注　伊勢物語

二〇一六年三月三一日初版第一刷発行

著　者　片桐洋一
　　　　田中まき

発行者　廣橋研三

印刷・製本　亜細亜印刷

発行所　有限会社　和泉書院

大阪市天王寺区上之宮町七－六
〒五四三－〇〇三七
電話　〇六－六七七一－一四六七
振替　〇〇九七〇－八－一五〇四三

ISBN978-4-7576-0795-8 C3095